오 싱

OSHIN by SUGAKO HASHIDA
Copyright ⓒ 1984 by SUGAKO HASHIDA
Original Japanese edition published by NHK Publishing
(Japan Broadcast Publishing Co., Ltd.)
Korean translating for novelization rights arranged with
NHK Publishing(Japan Broadcast Publishing Co., Ltd.)
through Shin Won Agency Co., Seoul.
Korean translating rights ⓒ 2013 by CHUNGJOSA Publishing Co.,

하시다 스가코 원작 김 균 옮김

호성

3

청조사

국립중앙도서관 출판시도서목록(CIP)

오싱 3 / 원작 : 하시다 스가코 / 옮긴이 : 김 균 -- 개정 4판 --   서울 : 청조사 2013
  p. ; cm

원표제: おしん
원저자명: 橋田壽賀子
ISBN 978-89-7322-342-8 04830 : ₩ 12000
ISBN 978-89-7322-346-6(세트) 04830

일본 문학[日本文學]
833.6-KDC5
895.636-DDC21   CIP2013020930

원작 | 하시다 스가코(橋田壽賀子)
1929년 한국에서 태어난 일본인으로서 일본여자대학, 와세다대학 문학부를 졸업했다.
1950년 일본 송죽영화사에 입사해 TV시나리오 작가로 활약했다. 대표작으로 〈대가족〉
〈오싱의 딸〉 〈이혼〉 〈부부〉 등이 있다.

옮긴이 | 김 균
1933년 서울에서 태어나 서울신문·신아일보 사회부 기자, 조선일보 미주 논설위원을 지냈다.
옮긴 책으로 〈대통령과 임금님〉 〈대가족〉 〈오싱의 딸〉 등이 있다.

 (3)

개정 4판 2013년 11월 15일

원작 | 하시다 스가코
옮긴이 | 김 균

펴낸이 | 최혜숙
펴낸곳 | 청조사
주소 | 04206 서울시 마포구 마포대로 204 마포SK허브블루 2007호
등록 | 1976년 9월 27일 (제 1-419호)

전화 | 02-922-3931
팩스 | 02-926-7264
메일 | chungjosapress@naver.com

* 잘못 만들어진 책은 구입한 서점에서 바꾸어 드립니다.
* 이 책은 국제 저작권법에 의해 보호받으므로 어떤 형태로든
  전재 · 복제 · 표절할 수 없습니다.

차례

여자의 길 · 7   첫날밤 · 29   일본 제일의 아내 · 49

가족 · 69   행복과 불행 · 85   축하연 · 105

불황 · 126   생활고 · 149   디딤돌 · 164   성공 · 179

움트는 새봄 · 191   빛나는 축복 · 208   첫사랑의 파문 · 222

불씨 · 239   잿더미 · 254   시집살이 · 264   상처 · 283

밝음과 어두움 · 300   추방 계획 · 312   외로운 인내 · 327

가엾은 출산 · 337   죽음보다도 깊은 고통 · 358

여자의 길

　여자는 일생에 단 한 번뿐인 결혼하는 날에 가장 아름답게 보이는 법이리라. 그러나 가요는 간밤에 내린 비에 흠뻑 젖은 가녀린 꽃처럼 맥 빠진 모습이었다.
　많은 일꾼들이 잔치 준비로 북적거리고 곳곳에서 밀려온 축하객들로 가가야는 근래 보기 드문 경사를 맞이하고 있었다.
　떠들썩한 분위기를 고요히 잠재우던 밤은 일찍 물러가고 가요는 창백한 표정과 담담한 자세로 아침을 맞이했다. 전날 오싱과 함께 해변을 거닐며 모든 것을 떨쳐 버리겠다던 가요였지만 막상 결혼을 눈앞에 두니 밑도 끝도 없는 깊은 곳으로 빠져드는 것만 같았다.
　오싱은 자신이 할 수 있는 모든 정성을 들여 새신부 가요의 시다마게(결혼식 때 하는 일본식 머리)를 해 주었다. 가요의 머리를 다듬으며 그날따라 가요가 무척 예쁘다고 생각했다. 그러나 가요는 가장 행복해야 할 날에 엷은 미소조차 짓지 못했다.

오싱은 고우타에 대한 얘기는 입 밖에도 내지 않았다. 그렇게 하는 것이 가가야를 위하고 이제 새 출발을 하려는 가요를 위하는 일이라 믿기 때문이었다.

오싱은 자신의 손으로 가요의 인생을 선택해 준 것이다. 그 인생이 행복하기를 애절하게 기원하며 오싱은 가요의 머리를 정성껏 다듬었다.

머리를 올리고 신부 화장을 끝낸 가요는 주위의 시선을 한 몸에 받을 정도로 아름다웠다. 그러나 여전히 굳게 다문 입을 열지 못하는 그녀는 흡사 모든 것을 체념한 사람 같았다.

오싱은 마음속을 짓누르는 갈등으로부터 겨우 헤어나려는 듯 애써 밝게 말했다.

"아가씨, 축하해요."

가요는 그 말에 보일 듯 말 듯한 쓴웃음을 잠깐 비쳤을 뿐 아무런 대꾸도 하지 않았다. 오싱은 그런 가요의 모습이 가슴 아파 견딜 수가 없었다. 한 번만이라도 활짝 웃어 주었으면, 몇 마디라도 기쁜 얘기를 들려 주었으면 더 바랄 것이 없을 것 같았다.

"가요 아가씨, 행복하셔야 해요."

진심에서 우러나오는 말이었다.

그때 가요는 물끄러미 오싱을 바라보며 사뭇 진지한 어조로 말했다.

"오싱, 오싱은 자기 뜻대로 살아야 해."

가요의 가라앉은 목소리에는 형언하기 어려운 어떤 애절함 같은 것이 잔뜩 서려 있었다. 오싱은 아무 대답도 할 수 없었다. 가요를 위해 고우타의 일을 숨기기는 했지만 가요의 한숨과도 같은 그 말이 오싱의 가슴을 짓눌렀기 때문이다.

가요의 결혼식이 끝난 직후 오싱은 착잡한 심정으로 다시 도쿄행 열차에 몸을 실었다.

가요 아가씨의 갑작스런 결혼, 도쿄에 있을 고우타…… 차창에 머리를 기대고 앉은 오싱의 머리는 터질 듯이 복잡하기만 했다.

무엇보다도 괴로운 것은 가요에게 고우타에 대한 말을 한마디도 꺼내지 못한 사실이었다. 비록 집안의 강요에 못 이겨 결혼을 하긴 했지만 가요의 가슴속에 고우타의 존재가 너무도 크게 자리 잡고 있다는 사실이 두고두고 오싱을 괴롭혔다.

도쿄에 돌아온 오싱은 곧장 가요의 아파트에 가서 그때까지도 그곳에 숨어 있던 고우타를 만났다. 그러나 고우타는 오싱에게 만년필 한 자루를 기념으로 건네준 채 다시 어디론가 훌쩍 떠나 버렸다.

오싱이 형사에게 붙잡힌 것은 바로 그 직후였다. 괴롭고 견디기 힘든 심문이었으나 오싱으로서는 고우타의 행방을 알 수 없었다. 설령 안다고 해도 입 밖에 낼 수도 없을 터였다. 오싱은 옛 상전 가요가 결혼을 하게 되어 그 방을 치워 주기 위해 왔을 뿐, 모르는 일이라고 버텼다.

고우타와의 일이 알려지면 새로운 마음으로 겨우 새 출발을 시작한 가요에게 누가 미칠 것이 염려되기 때문이었다. 오싱은 오랜 구류를 각오하고 있었으나 생각보다 빨리 풀려나왔다. 의외로 빨리 풀려나올 수 있었던 것은 다노쿠라 류조가 뒤에서 많이 힘써 준 덕분임을 오싱은 어렴풋이 짐작할 수 있었다.

그럭저럭 평온을 되찾고 다시 일에만 몰두할 수 있게 된 어느 날이었다. 오싱의 인생에 또 하나의 커다란 변화가 찾아왔다.

오싱으로서는 전혀 상상조차 할 수 없는 일대 전환점, 그것은 다노쿠라 류조의 전격적인 구혼이었다. 물론 오싱은 그 엉뚱하고도 갑작스런 구혼을 한마디로 거절했다. 마음속에 여전히 머물러 있는 고우타를 향한 감정을 떨쳐 버릴 수 없었고, 무엇보다도 앞으로도 상당 기간 시골집에 돈을 부쳐 주어야 하기 때문이었다.

류조의 구혼이 매우 끈질기고 진지했지만 오싱은 굳게 입을 다문 채 오로지 일에만 전념했다. 여러 가지로 복잡한 때에 일에 전념할 수 있어서 다행이라고까지 여기며 새벽부터 밤늦게까지 일에만 파묻혀 지냈다. 그러다가 오싱은 과로를 이기지 못해 쓰러지고 말았다. 외로운 객지에서 몸져누운 오싱을 류조는 알뜰히 간호하고 위로해 주었다.

류조의 집안은 사가의 명문대가인 다노쿠라가이다.
류조의 어머니 기요는 아들로부터 오싱과 결혼하겠다는 말을 듣고 펄쩍 뛰었다. 소작농의 딸을 며느리로 들인다는 것은 다노쿠라가의 전통과 체면을 손상시킬 뿐 아니라, 그것을 떠나서라도 우선 상식을 벗어난 그런 혼담은 입에 담지도 못하게 했다. 류조를 따라와 있는 겡우에몽까지 오싱의 출현에 노골적인 불만을 표시하며 완강하게 반대했다.
그러나 류조는 어떤 일이 있어도 오싱과 결혼하리라 굳게 결심하고 있었다. 만일 집에서 끝까지 반대한다면 집과의 인연을 끊겠다는 각오로 끈질기게 오싱을 설득했다.
오싱은 처음부터 류조와의 결혼이 불가능하다고 생각했다. 그의 됨됨이가 마음에 들고 안 들고는 나중 문제이고 현실적으로 양쪽 집안의 신분상 격차를 생각하지 않을 수 없었다. 명문대가에서 무지한 소작농의 딸을 며느리로 받아들일 리가 없을 뿐더러 류조 역시 한때의 연정으로 구혼했으리라고 여긴 것이다.

그런데 시간이 흐를수록 오싱의 마음은 차츰 기울기 시작했다. 류조의 모든 행동이 처음 그를 대했을 때의 인상과는 달리 매우 진지하고 진솔하다는 사실을 깨달은 것이다. 특히 자신이 과로로 쓰러져 누워 있는 동안 그가 베푼 자상함과 따뜻함이 결코 일시적인 꾸밈이 아니었음을 가슴으로 느낄 수 있었다.

게다가 송금이 늦어진다고 야마가다에서 불쑥 도쿄로 올라온 아버지 사쿠조의 태도는 오싱으로 하여금 류조의 구혼을 수락해 버리고 싶은 충동 쪽으로 기우는 데 결정적인 촉진제가 되었다. 아버지는 오로지 아들을 위해 새 집을 지어서 장가들일 일에만 집착을 보이며 오싱에게 차츰 큰돈을 요구해 오던 터이다.

객지에서 고생하다 쓰러진 딸을 위로하고 안쓰러워하기는커녕 송금을 제때에 하지 않는다고 성화를 부리는 아버지를 오싱은 조금도 원망하지 않고, 이해하려고 애썼다.

며칠을 뜬눈으로 지새다시피 하며 큰 진통을 겪은 오싱은 비로소 류조의 구혼을 받아들이기로 결심했다. 그러나 예상했던 대로 양쪽 집안의 반대는 맹렬했다. 류조의 집안에서는 가난한 소작농의 딸을 받아들일 수 없다는 것이었고, 사쿠조는 딸이 훌쩍 시집을 가 버리면 당장 집안의 수입이 줄어든다는 사실만으로 한사코 반대하고 나섰다.

사쿠조는 오싱의 결심이 굳어진 것을 알고 몹시 흥분하여 큰 소란을 피웠다. 오싱의 머리채를 휘어잡다시피 하고 류조의 가게에 쳐들어가서 고래고래 소리를 지르며 "내 딸을 유혹해서 데려가려는 놈이 누구냐."고 막무가내로 대들었다.

겡우에몽이 영문을 몰라 자초지종을 따져 물었으나 사쿠조는 이미 이성을 잃고 있었다. 고지식한 겡우에몽도 사쿠조의 경우 없는 행동 앞에서는 속수무책이었다. 류조가 눈앞에 있으면 당장 죽일 것 같은 상대방의 기세에 질려 어떻게든 돌려보내는 데 급급했다. 양가의 반대가 거세면 거셀수록 오싱의 류조에 대한 신뢰는 점점 두터워지기만 했다.

1921년. 다노쿠라 류조의 나이 스물일곱이고 오싱이 스물한 살 되던 해, 두 사람은 어떠한 어려움이 있더라도 평생을 함께 하기로 굳게 약속을 했다.

류조와 결혼을 약속한 날부터 오싱은 새로운 인생에의 첫발을 내딛는 기분으로 모든 생각을 정리하고 열심히 살기로 다짐했다. 이제까지 무거운 짐으로 느껴지던 시골집의 송금도, 그 돈으로 오빠의 신접살림 집을 지으면 그때는 류조와 정식으로 결혼할 수 있다는 희망이 생겨 한결 덜 괴롭게 느껴졌다.

여러 가지 걱정들로 늘 어두운 그늘이 드리워졌던 오싱의 얼굴이 류조의 애정과 격려로 다시 밝게 빛났다. 그러나 주위 사정은 오싱이 생각하는 것처럼 밝기만 한 것은 아니었다.

다노쿠라상회도 밤이 되자 손님의 인적이 끊기고, 겡우에몽은 그날 매상을 장부에 정리하여 류조에게 내보였다.

"도련님, 요즘 경기가 점점 나빠지고 있어 새로 양복을 맞춰 입는 사람이 드문 모양입니다. 주문이 부쩍 줄어들고 있어요. 외상으로 갖고 간 천값을 오래 미루는 집도 많아지고요. 위험해 보이는 곳에서는 늦기 전에 물건으로라도 건지는 게 낫겠습니다."

"기다려 줘야지 어쩌겠소. 야박하게 굴어 양복점을 쓰러지게 한다면 양복지 장사를 하는 우리가 우리 발등을 찍는 게 아니오."

"그야 그렇지만, 양복점 상대로 이렇게 장사가 안되면 우리가 직접 양복을 만들어 팔든지 무슨 수를 써야지, 이렇게 느긋하게 앉아만 있을 수는 없을 듯합니다. 도련님이 결단을 내려야 할 시기입니다."

"난 이제 곧 쫓겨날 사람이니 이러쿵저러쿵 할 게 없지. 안 그래요?"

"도련님, 그게 무슨 말씀이십니까?"

겡우에몽은 큰 눈을 끔벅이며 류조를 바라보았다.

"할아범한테 얘기해 두겠소. 나는 오늘 오싱상과 결혼하기로 약속했소. 물론 우리 집안과 인연을 끊고 이 가게에서 쫓겨날 것도 감수하고 내린 결정이오."

너무나 갑작스런 말에 겡우에몽은 넋이 빠진 듯 류조를 바라보았다.

"금방 쫓겨날 가게를 걱정한들 무슨 소용이 있겠소. 그렇게 되면 할아범도 사가에 돌아가야 하겠기에 미리 말해 두는 것이오."

"그런 말도 안되는 말씀 마세요! 어쩌다가 그런 여자에게 빠져서 이 지경이 되셨어요?"

의외로 날카로운 반응을 보이는 겡우에몽의 태도에 류조는 주춤거렸다.

"저는 댁에 계신 두 분 어른의 명으로 그분들을 대신해서 여기에 온 겁니다. 그러니 도련님도 제 말을 들으셔야 하는 겁니다."

하지만 류조의 결심을 꺾을 수는 없었다.

"이미 결정된 일이오. 어머니 아버지께는 내 쪽에서 먼저 인연을 끊겠어요. 인연을 끊은 다음에는 용서하고 말고도 없잖소? 부모 대신 와 있는 할아범도 말할 자격이 없는 거요."

"도련님, 그런 여자 때문에 부모까지 버리시겠다는 말이에요? 그따위 여자와 자신의 일생을 바꾸겠다는 말이에요?"

겡우에몽의 말은 류조를 발끈하게 만들었다.

"할아범이 오싱상을 알면 얼마나 알기에 그따위 여자라고 하는 거요? 아무것도 모르면서 무조건 반대를 하는 이유는 뭡니까?"

겡우에몽 역시 못마땅한 얼굴로 퉁명스럽게 대꾸했다.

"우선 집안만 봐도 그래요."

"사람 됨됨이가 중요하지 집안이 무슨 상관이오. 그건 이유가 안돼요."

류조는 겡우에몽의 말을 한마디로 일축해 버렸다.

"소학교도 못 나왔다지요. 편지 한 장, 장부 한 줄도 못 쓸 것 아니에요?"

류조는 대답조차 하기 싫은 듯 입을 꾹 다물었다.

"도련님에게 맞는 아가씨가 얼마든지 있을 텐데 왜 하필이면 그런 여자 때문에 일생을 망치려 하는 겁니까?"

겡우에몽은 더욱 진지하게 류조를 설득하려 했다.

"어떻게 살아왔는지 모르지만 그 아버지의 소행을 보더라도 막 자란 것이 분명해요. 보나마나 여자로서 지켜야 할 예의범절도 모를 겁니다. 못된 여편네를 얻으면 남자가 일생을 망친다는 말도 있지요. 제발 부탁이니 지금이라도 마음을 돌리세요."

류조는 자기를 키우다시피 하며 함께 지내온 겡우에몽이 이때처럼 서운한 적이 없었다. 자신의 마음을 조금도 알아주지 않는 겡우에몽을 야속한 듯 바라보기만 할 뿐 입을 다물고 있었다.

"이 할아범은 걱정이 되어 사가로 돌아갈 수 없어요. 지금껏 모셔온 도련님과 어떻게 헤어진단 말입니까."

겡우에몽은 말끝을 흐리더니 울먹거리는 목소리로 류조의 마음을 착잡하게 만들었다. 류조는 평소에 보지 못했던 겡우에몽의 태도에 마음이 편치 않았으나 그렇다고 오싱과의 결혼을 포기할 수는 없었다. 오히려 결심이 더 굳어질 뿐이었다.

다음 날 아침 일찍 류조는 오싱을 찾아갔다.

"오싱상."

노크 소리와 함께 자신을 부르는 류조의 목소리에 오싱은 바느질하던 손을 멈추고 얼른 일어나 문을 열었다.

"어서 오세요."

오싱은 밝게 웃는 얼굴로 류조를 맞았다. 류조는 자리에 앉자마자 다짜고짜 말했다.

"우리 오늘 당장 식을 올립시다."

오싱은 자신의 귀를 의심했다.

"갑자기 무슨 일이에요? 결혼식은 시골집을 짓고 나서 하기로, 그때까지 기다려 주시기로 했던 것 아니에요?"

"나도 그럴 작정이었소. 그런데 사정이 바뀌었소."

오싱은 숨을 죽이며 류조의 그늘진 얼굴을 바라보았다. 그리고 다음 말을 기다렸다.

"우리 일을 겡우에몽에게 말했소."

"네?"

"겡 할아범은 나의 할아버지 때부터 우리 집에서 일해 온 사람이오. 할아범이 나를 키워 주었지. 동생을 일찍 보는 바람에 어머니가 날 봐줄 수 없어서 거의 할아범 손에서 자란 거요. 그래서 하인이지만 내가 몹시 어려워한다오. 우리가 결혼을 하면 자연히 겡 할아범도 고향으로 가야 할 것이기에, 미리 알려 주는 것이 고마운 할아범에게 마지막으로 보답하는 것이라 생각하고 얘기했던 거요."

"그분도 처음부터 반대하지 않던가요?"

"그렇소. 오늘은 진짜 펄쩍 뛰더군. 할아범으로서는 오싱을 알지 못하니 무리도 아니지."

오싱은 정색을 하고 물었다.

"그런데 식을 올리자고요?"

"그렇기 때문에 더 빨리 식을 올리기로 마음먹은 거요. 식을 올리고 오싱상이 다노쿠라가에 와 있길 바라오. 우리끼리 살림을 차리기 전에 할아범에게 오싱상의 사람 됨됨이를 보여 줌으로써 그가 안심하고 사가에 돌아갈 수 있게 해 주고 싶소. 그것이 나를 사랑하고 귀여워해 준 할아범에 대한 도리라고 생각하오."

오싱은 묵묵히 류조의 말을 듣기만 했다. 그런 오싱의 태도에 류조는 조심스럽게 다음 말을 이었다.

"이건 내 의견이니 마음에 안 들면 따르지 않아도 좋아요. 사실 이대로 집으로 가면 할아범한테 싫은 꼴을 당할 게 뻔해요. 오싱상이 안 해도 될 고생을 하게 되는 거지. 무리하게 꼭 그러자고는 않겠소. 오싱상으로서는 할아범에게 그런 꼴을 당해야 할 이유가 없지만 난 할아범의 마음이 풀어져서 돌아갔으면 하는 게 본심이오."

류조는 오싱이 아무런 반응을 보이지 않자 왠지 멋쩍어졌다.

"또 좀 더 솔직한 심정으로는 하루빨리 둘이 함께 있고 싶은 것이고…… 어쩌면 그쪽이 진짜일지도 모르지."

류조의 수줍은 미소에 오싱은 쿡 하고 웃음이 터져나올 것 같았으나 겉으로는 담담한 얼굴로 그의 말을 들었다.

"꼭 오늘이 아니더라도 괜찮소. 중대한 일이니까 더 신중하게 생각하는 것도 좋지."

조심스런 류조의 말을 듣고 있던 오싱은,

"난 오늘이라도 좋아요."

하고 선뜻 한마디로 대답했다.

"오싱상, 정말이오?"

류조는 오싱의 선선한 태도가 의외라는 듯이 기뻐서 어쩔 줄 몰랐다.

"벌써부터 마음속으로 각오하고 있었던 일이에요. 기왕 결혼하기로 약속한 이상 언제라도……"

"정말 집에 오는 게 좋단 말이오?"

"네, 다만 집에 송금을 하지 못하게 되는 게 마음에 좀 걸려요."

"지금처럼 계속 출장을 나가면 되잖소? 할아범에겐 잘 말해 두리다. 식을 올리고 빨리 짐을 옮깁시다. 이거 바쁘게 됐군."

들뜬 마음에 벌어진 입을 다물지 못하는 류조를 보며 오싱은,

"이제 여기 방세를 내지 않아도 되구요."

하고 마주 웃었다.

"그렇군. 그 돈을 시골에 보내면 좀 더 빨리 집을 짓겠군. 그야말로 일석이조야."

두 사람은 서로 마주 보며 한참을 웃었다.

그들이 이름도 알려지지 않은 절에 도착했을 때는 한낮이 거의 다 되어 있었다. 류조도 오싱도 평상시에 입던 수수한 차림이었다.

법당으로 향하는 길에 류조는 문득 발걸음을 멈추고,

"정말 후회하지 않겠소?"

하고 물으며 오싱의 얼굴을 조심스럽게 살폈다.

그러나 오싱은 일단 결정을 한 이상 어떠한 난관에 부닥치더라도 꺾이지 않겠다는 결연한 의지가 두 눈에 가득 담긴 모습이었다.

"지금이라도 늦지 않았으니 상의할 사람이 있거든 더 신중하게 얘기해 봐요."

"내 일생을 결정하는 일이에요. 누구와 상의해서 될 일이 아니잖아요. 내가 선택한 길이니 평생 후회하지 않을 거예요."

"주례도 들러리도 없는데 말이오?"

"우리 단둘이 살아갈 거예요. 그러니 우리끼리만 식을 올려도 좋지 않아요?"

그런 오싱을 애정이 담뿍 담긴 눈으로 바라보며 류조는 잠시 머뭇거리더니 자신이 오히려 쑥스러워졌다. 두 사람은 아무 망설임도 없이 법당으로 발걸음을 옮겼다.

갑작스런 결혼식은 말 그대로 단 두 사람뿐이었다. 결혼 의복도 없고 시마다마게도 하지 않은 채였으며 결혼을 축복해 줄 하객 한 사람 없었다. 오싱은 문득 성대하고 화려했던 가요의 결혼식이 머리에 떠올랐다.

그러나 부럽지 않았다. 오싱은 어느 누구도 아닌 자신을 위해서 또한 자신의 의지대로 한 남자를 사랑하고 결혼하게 된 것이 흐뭇하고 행복했다. 그리고 자기가 선택한 행복을 자기 손으로 반드시 지켜 가리라 굳게 마음먹었다.

그 절은 오랜 기간 그 자리를 지켜온 것을 증명이나 하듯 무척 낡고 보잘것없었다. 그곳을 찾는 사람들의 발길도 그리 많지 않다는 걸 느낄 수 있었다.

불단 앞에서 합장을 하는 할머니 모습을 옆에서 지켜보던 게이는 다시 한번 주위를 둘러보며 말했다.

"아주 작은 절이네요."

그 목소리에 오싱은 가볍게 눈을 떴다.

"큰 절에서 식을 올릴 만한 처지가 못되었어. 여기는 그때

나 지금이나 변함없구나. 아직 남아 있으리란 생각도 못했는데."

"그건 그렇고, 할머닌 어떻게 그렇게 쉽게 결혼하실 수 있었어요?"

"두 사람 다 젊었던 탓이야. 그때 할미 눈에는 류조상의 뱃심 있는 모습이 마치 서양의 기사처럼 멋지게 보였거든. 그것만으로도 이 사람에게 평생을 맡기자, 하고 생각을 굳히게 됐단다."

"할머니도 할아버지도 꽤 낭만적이었군요."

"그때는 아직 자기가 좋아하는 사람이라고 해서 자유롭게 혼인할 수 있는 때가 아니었단다. 가요 아가씨만 해도 그렇게 애를 태우다가 결국은 자기 뜻을 굽히게 되지 않았니? 그렇기 때문에 내가 그럴 수 있다는 것이 뿌듯하기도 했단다."

"할머니도 그럼 신여성의 기수였네요?"

"그런 셈이기도 하지. 지금은 꼬부랑 할미가 되어 버렸지만…… 생각해 보면 결혼이란 이리저리 재다 보면 못하게 되는 것 같다. 그렇듯 주위의 반대에 부딪치고 나니 더욱 반발심이 커졌던 게야."

"할머니, 그때 고우타상 생각은 나지 않았어요?"

장난기가 섞인 게이의 질문에 오싱은 엷은 미소를 잠깐 비치더니 담담하게 얘기했다.

"첫사랑은 첫사랑이야. 여자로선 평생 잊지 못할 일이지.

그런데 어떤 면에선 고우타상이 있었기 때문에 류조상과 결혼하게 됐다고도 할 수 있지. 고우타상과의 쓰라린 경험이 있었기에 그와는 아주 대조적인 류조상의 사랑을 받아들이게 됐는지도 몰라."

"그렇군요. 사람이란 누구나 숱한 과거를 지닌 채 살아가게 마련이에요. 또 그런 과거에 이리저리 얽히면서 말이에요. 이곳에서의 결혼식이 결국 오늘의 할머니를 만들게 한 것이군요."

"고생하기 위해서 결혼한 셈이 되어 버렸지만 그건 훗날 되돌아봤을 때 하는 소리고…… 그 당시엔 그저 세상이 온통 환하게만 보였단다."

오싱은 쓴웃음을 지으며 물끄러미 게이를 바라보았다. 그런 할머니의 얼굴에서 게이는 또다시 파란 많은 인생의 한 단면을 보는 듯했다.

절에서 돌아오자마자 오싱은 짐을 꾸리기 시작했다. 류조가 오싱을 거들었다.

바쁘게 일손을 움직이던 오싱은 문득 손을 멈추고,

"오늘 옮기는 것은 역시 지나치지 않을까요?"

하며 근심스런 표정을 지었다.

"아직도 망설이고 있는 거요? 결혼식을 올렸으니 둘이 함께 사는 게 당연하지 않소?"

"할아범한테 한마디 말도 없이 불쑥 가기가 민망해서 그래요."

"미리 알려 준다고 누그러질 할아범이 아니오. 그러니 아무 말 말고 우리 할 일을 합시다. 우리가 쫓겨 나오게 될 때까지요. 적어도 그때까지는 내 집이니 딴 사람의 눈치를 살필 일이 없소. 물론 오싱상의 심기가 편치 않으리라는 것을 알고 있지만."

"겡 할아범의 마음에 들지 어떨지 모르지만 나대로 정성껏 해 나가겠어요. 우리 도련님이 역시 아내 하나는 잘 골랐다는 소리가 나오게 말이에요."

"오싱상……"

"자기 처한테 오싱상이 뭐예요? 겡 할아범이 들으면 흉잡힐 테니 그 상이란 호칭은 떼어 버리세요."

"알았소, 오싱!"

두 사람은 다시 부지런히 짐을 꾸리면서도 가벼운 흥분과 함께 이제 막 시작될 새로운 날들에 대한 두려움을 감출 수가 없었다.

잠시 후 도착한 수레에 오싱의 짐을 모두 싣고 보니 겨우 한 수레도 되지 않을 정도로 단출한 이삿짐이었다. 짐꾼들의 뒤를 따라 다노쿠라상회로 향하면서 오싱은 가슴이 마구 뛰었다.

그곳까지는 그리 많은 시간이 걸리지 않았다. 류조가 가게 안으로 들어가자 오래 전부터 기다리고 있었던 듯 겡우에몽이 뻣뻣하게 지키고 서 있었다.

"어딜 가셨던 겁니까. 아침 일찍 나가셔서 통 연락도 없으시더니……"

"결혼식을 올리고 오는 길이오."

아무 일도 아닌 듯 쉽게 얘기해 버리는 류조의 태도에 겡우에몽은 펄쩍 뛸 듯이 놀랐다.

"결혼식? 누구 얘기에요?"

"나와 오싱상이지. 그래서 오늘부터 오싱상이 이 집에서 지내기로 했소."

류조는 아무 일도 아니라는 듯 대수롭지 않게 말했다.

"아니, 도련님?"

"부부가 된 이상 따로 살수 없는 것 아니오. 오싱상의 짐을 옮겨 왔어요. 별로 많지 않아 큰 수레 한 번으로 싣고 왔어요."

류조는 밖에서 짐 내리는 것을 지켜보고 있던 오싱에게 들어오라고 눈짓을 했다. 오싱은 가게 안으로 들어와 겡우에몽에게 다소곳이 머리를 숙여 인사를 했다.

"일전의 저희 아버지의 실례된 언동을 늦게나마 대신 사과 드립니다."

겡우에몽은 오싱의 인사에 아무런 반응이 없었다.

"오늘 식을 올렸습니다. 앞으로 이 댁에 있게 되었습니다.

열심히 살겠으니 혹 모자라는 점이 있더라도 너그럽게 봐 주십시오."

하고 오싱은 공손히 절을 했다.

그러자 겡우에몽이 노기를 감추지 않고 무슨 말인가 꺼내려 하는 것을 류조가 얼른 가로챘다.

"이젠 무슨 말을 해도 소용없어요."

"나리나 마님께 뭐라고 말씀드릴 작정이에요?"

"떳떳하게 알려 드리지! 여기서 나갈 각오는 진작에 하고 있었어요. 다만 잠시라도 여기서 지내 할아범이 오싱의 사람 됨됨이를 알 수 있게 해 주려는 거요. 그래서 데리고 온 거요."

"일이 이 지경이 되어 버렸으니 이놈은 두 분 어른께 배를 갈라 사죄해도 모자라게 되었습니다."

겡우에몽의 얼굴이 침통하게 일그러졌다.

"할아범 잘못이 아니란 말이오."

그때 짐꾼과 오싱이 짐을 들고 안으로 들어가려 하자 겡우에몽은 얼른 그 앞을 가로막았다.

"그 짐 안으로 들일 수 없소. 나가시오!"

짐꾼은 놀라 주춤거렸다. 곁에 있던 류조도 겡우에몽의 강경한 태도에 흠칫 놀랐다. 그러나 이내 짐꾼에게,

"괜찮아요. 자, 어서 들어와요."

하고 방 있는 쪽을 가리켰다.

"절대 안되오!"

겡우에몽이 두 팔을 벌리고 막자 짐꾼은 다시 난처하다는 표정을 지었다. 그러자 가만히 지켜보고만 있던 오싱이 당당하게 그 앞에 나섰다.

"이쪽이에요."

하고 자기가 앞장서서 안으로 들어갔다. 오싱의 그런 태도에 아무 말도 못하고 겡우에몽은 질린 표정을 지었다.

오싱은 짐꾼을 앞세워 류조의 방으로 들어와 짐을 하나 둘씩 정리하기 시작했다.

류조가 마지막 짐을 내려놓으며 한숨을 돌리듯 말했다.

"오자마자 싫은 꼴을 당했지만 할아범에겐 할아범 나름대로 입장이 있으니 오싱상이 이해해 줘요."

그러자 오싱은 환하게 웃으며 말했다.

"화내는 게 당연해요. 그렇게 반대했는데도 뻔뻔스럽게 쳐들어왔으니."

류조는 그런 오싱을 보며 기쁨으로 가슴이 벅차오르는 것을 느꼈다. 대견하기도 하고 사랑스럽기도 해서 가슴이 뿌듯했다.

"오싱……"

류조는 오싱의 어깨를 가볍게 끌어안았다. 그러자 오싱이 화들짝 놀라 류조에게서 한 발짝 뒤로 물러섰다. 그때 마침 방문 옆에 서 있던 겡우에몽의 모습을 발견하고 류조도 쑥스러운 얼굴이 되었다.

오싱은 내색은 하지 않았지만 마음 한구석이 무겁게 가라앉는 기분을 어쩔 수 없었다. 류조의 결단을 좇아 각오를 단단히 하고 들어오기는 했으나 막상 겡우에몽의 완강한 저항을 겪고 나니 마음이 약간은 흔들렸던 것이다. 이 결혼이 혹시 잘못된 판단이 아니었나 하는 의구심마저 생겼다. 어떻든 이렇게 해서 오싱의 결혼 생활은 시작되었고 첫날밤을 맞게 되었다.

첫날밤

 거실의 괘종시계가 6시를 알렸다. 오싱은 살그머니 자리에서 일어나 이부자리를 따로 펴고 자는 류조에게 시선을 돌렸다. 앞으로 숱하게 많은 날들을 함께 지낼 류조의 평화롭게 잠든 얼굴을 물끄러미 바라보았다. 무의식중에도 오싱의 시선을 따갑게 느꼈던지 류조는 잠에서 깨어나 살짝 오싱의 손을 잡았다.
 "안돼요."
 오싱은 깜짝 놀라며 목소리를 한껏 낮추어 말했다.
 "우린 이제 부부가 아니오?"
 "겡우에몽상이 일어나 있어요."
 "어젯밤에도 그러더니……"

류조는 매우 서운한 표정을 지었다.

"남자는 어떤지 몰라도 여자는 그럴 심장이 없어요. 우리 단 둘이 있게 될 때까지……"

오싱은 다정하게 그러나 단호하게 류조의 요구를 거절했다. 그래도 아쉬운 듯 단념하지 않고 오싱의 손을 꼭 쥐고 있던 류조는 밖에 겡우에몽의 기침 소리가 들리자 오싱을 놓아 보냈다.

"우리도 외국 사람들처럼 신혼여행이라도 가야겠군."

류조가 어린애처럼 투덜거리자 오싱은 얼굴 가득 잔잔한 웃음으로 그를 달래듯 말했다.

"그런 한가한 소리를 할 때가 아니에요."

오싱은 가볍게 눈을 흘기며 얼른 옷을 갈아입고 밖으로 나왔다. 겡우에몽이 비질을 하는 모습이 보여 오싱은 그 앞으로 가서 인사를 했다.

"일찍 일어나셨군요."

그러나 겡우에몽은 오싱을 거들떠보지도 않고 신경질적으로 비질을 해 댔다.

"오늘부터 안살림은 제가 하겠습니다. 부엌일, 청소, 빨래도 전부 하겠어요. 이 댁 가풍이 어떤 것인지 가르쳐 주시고 일러두실 게 있으면 말씀해 주시겠어요?"

그러나 겡우에몽은 여전히 오싱을 외면했다.

"그럼 제 나름대로 하겠습니다. 혹시라도 마음에 안 드시는 일이 있으면 그때그때 말씀해 주세요."

오싱이 꾸벅 절하고 안으로 들어가는 모습을 겡우에몽은 못마땅한 표정으로 쳐다보았다.

"아무리 똑똑한 척해 봐야 스무 살도 될까말까한 어린 계집애가 날 대신할 수 있겠어? 내가 얼마나 오랜 세월 도련님을 모셔 왔는데…… 어제오늘 뛰어든 사람이 나보다 도련님을 더 잘 안다면 말도 안되지."

혼잣말로 투덜거리며 겡우에몽은 화풀이를 하듯 세차게 비질을 해 댔다.

류조의 집에서 첫 아침을 맞은 오싱은 부지런히 일을 시작했다. 열심히 쓸고 닦고 집안을 청소한 뒤 가마솥에 밥을 지으며 구석구석 조미료와 식품이 놓여 있는 장소와 분량 등도 살펴보았다.

안에서 류조가 나오는 기척을 느끼고 오싱은 대야에 더운 물을 떠서 거울과 면도칼, 비누 등을 우물가에 가지런히 놓았다. 류조는 오싱의 재빠르고 바지런한 행동에 내심 흐뭇한 표정으로 겡우에몽을 돌아보며 말했다.

"이제 내 시중은 오싱이 들 테니 할아범은 마음 쓰지 마시고 가게 일에만 열중하세요. 할아범이 좀 편해지길 바라 왔어요."

겡우에몽의 얼굴엔 금방 서운한 빛이 역력하게 드러났다. 하루도 빠짐없이 류조의 시중을 들어오다가 하루아침에 오싱에게 그 자리를 빼앗긴 겡우에몽은 한 발짝 물러서서 쓰디쓴 얼굴로 두 사람의 얼굴을 바라보았다.

아침 식사 준비를 끝내고 오싱이 세 사람 몫을 식탁에 마련하고 있을 때 류조와 겡우에몽이 들어왔다. 류조는 식탁에 앉았으나 겡우에몽은 부엌으로 들어가 자기의 소반을 꺼내 앉았다. 오싱이 그런 겡우에몽을 바라보며 물었다.

"왜 그러세요? 거기서 혼자 잡수시려고요?"

겡우에몽은 묵묵히 자신의 소반에 밥그릇을 챙길 뿐 오싱이 있는 쪽을 거들떠보지도 않았다.

"여기에 이 양반과 겸상으로 차려 놓았어요."

그제야 겡우에몽은 시무룩하게 입을 열었다.

"아니오, 난 하인이오. 이제까지도 도련님 시중을 든 다음 여기서 먹어 왔어요."

"그럴 수 없어요. 겡우에몽상이 하인이라니요. 저는 시아버지와 다름없다고 생각하고 있는데."

오싱의 말에 겡우에몽은 흠칫 놀란 듯 약간 표정이 변했다.

"저 양반도 늘 그렇게 말씀하시던데요. 안 그랬어요? 이리 오셔서 같이 들자고 말씀하세요. 우린 한 가족이잖아요?"

"사가에서 그런 일은 없는 걸로 압니다. 규율은 규율이니까요."

한사코 마다하는 겡우에몽의 태도에 오싱은 할 수 없이 겡우에몽의 그릇이라도 옮겨 시중을 들어 주려고 했다.

"그냥 두세요. 내가 하겠습니다."

오싱은 주춤했다.

"오싱상은 도련님 마님이오. 그런 분이 하인의 시중을 들 것까진 없어요."

가시 돋친 겡우에몽의 말에 오싱은 그만 맥이 빠지는 느낌을 받았다. 그런 오싱의 기분을 바꿔 주려는 듯,

"오늘 아침밥은 잘됐는걸. 아주 맛있어."

하고 류조가 서먹하게 웃음을 지어 보였다.

겡우에몽은 즐거운 표정으로 맛있게 밥을 먹는 류조를 보며 못마땅한 표정을 지었다. 오싱을 눈엣가시처럼 생각하고 있는 것이 분명했다. 오싱은 처음 짐을 싣고 다노쿠라상회에 도착했을 때부터 한시도 겡우에몽의 따가운 시선을 피할 수 없었다.

아침도 지나고 거의 한낮이 될 무렵, 오싱이 출장 머리를 할 채비를 하고 나와 가게 안에 있던 류조에게 다가갔다.

"그럼 다녀오겠습니다."

오싱은 류조에게 가볍게 절을 하고 저쪽에서 못마땅한 얼굴로 자신을 쏘아보고 있는 겡우에몽에게도 고개를 숙였다.

"출장 머리를 할 약속이 있어 다녀오겠습니다."

겡우에몽의 굳어진 표정에 류조가 민망해서 불쑥 끼어들었다.

"오싱은 시골에 집을 짓고 있어요. 다 지을 때까지 예전처

럼 돈을 부쳐 줘야 해요."

"도련님!"

"알고 있어요. 결혼한 여자가 벌이를 한다는 게 볼썽사나운 것도…… 그렇지만 그럴 만한 사정이 있어요. 시골집을 다 지을 때까지는 그러기로 약속하고 결혼했습니다."

"죄송스럽습니다."

오싱은 얼굴까지 붉히며 고개를 숙였다.

"괜찮소. 여자도 기술이 있으면 남자처럼 일하는 게 당연하지 그게 무슨 흉잡힐 일이란 말이오. 어렵게 고생해서 배운 기술인데 그냥 썩힐 것 없어요."

겡우에몽은 아무 말도 하지 않았다.

"오는 길에 시장에 들러서 저녁 찬거리를 사오겠습니다."

"무리할 것 없어요. 저녁은 할아범이 해도 되니까."

"아녜요. 그건 제 할 일이에요. 아내 노릇도 제대로 못하고 돈벌이에만 정신을 쏟는다면 왜 부부가 됐는지조차 모르게 되잖아요?"

류조는 얼굴 가득히 흡족한 미소를 지었다.

"그럼 할아범에게 돈을 받아 둬요. 찬거리를 사야 하니까."

그러고는 겡우에몽을 보고 말했다.

"할아범, 오싱에게 생활비를 주세요."

시큰둥한 겡우에몽을 보고 오싱은 다시 한번 착잡해졌다. 그런 기분으로 가게를 나온 오싱이 카페 아테네에 도착하자 소메코와 야에코가 기다렸다는 듯이 반갑게 맞았다.

"오늘도 안 오나 하고 조마조마하던 참이야. 그럼 나부터 시작할까."

오싱은 서둘러 야에코의 머리에 손대기 시작했다.

"도대체 어찌 된 일이야? 어제 갑자기 쉬겠다기에 다시 병이 도진 게 아닌가 걱정이 되어 오늘 아침에 오싱상한테 갔더니 집주인이 이사를 갔다고 하던데."

"미안합니다. 사정이 있어서 말씀을 드리지 못했습니다."

"무슨 사정? 어디로 이사했냐니까 다노쿠라상회로 갔다고 하던데 어떻게 된 거야?"

소메코는 알 수 없다는 표정으로 물었고, 오싱은 난처해하며 어떻게 말해야 좋을지 몰랐다.

"오싱상, 정말 다노쿠라한테 간 거야?"

다시 다그치듯 물어오는 소메코의 말에 오싱은 더 이상 숨길 이유가 없었다.

"언젠가 때가 되면 누구보다도 먼저 말씀드리려 했어요. 사실은 어제 다노쿠라상과 결혼했어요."

오싱의 말이 떨어지자마자 소메코는 깜짝 놀라 피우던 담배를 떨어뜨리고 말았다. 야에코도 믿을 수 없다는 표정이었다.

"정말 마른하늘에 날벼락이로군. 오싱상은 다노쿠라상을 아주 싫어하는 것 같더니 어느새?"

"뭐 어때? 여자 마음은 수시로 변하게 마련이야. 잘됐어.

오싱상, 축하해요. 진심으로 축하해."

이런 상황을 충분히 짐작은 했었지만 막상 부딪치고 나니 오싱은 몸 둘 바를 몰랐다.

"여러분께는 정말 미안해요."

"너무 갑작스러워 잘 믿어지지 않는 일이지만 축하해."

"왜 결혼식에 부르지 않았지? 당장 뛰어갔을 텐데."

소메코와 야에코가 호기심을 드러내며 묻자 오싱은 더욱 쑥스러워서 머뭇거리듯 말했다.

"단둘이서 식을 올렸어요."

"그랬어? 그럼 이제라도 알았으니 모두 모여 한바탕 축하 파티를 해야지. 우리 모두 류 도련님의 신세를 져 왔는데."

"고마운 말씀이지만 아직 그럴 처지가 못됩니다."

"왜? 결혼을 했잖아?"

"다노쿠라상의 양친께서 몹시 반대를 하셔서 만일 결혼한 게 알려지면 어른들과 인연이 끊길 거예요."

"오싱상이 어디가 마음에 안 든다는 거야?"

소메코는 흥분을 감추지 못하고 오싱에게 물었다.

"반대를 각오하고 혼인한 거니까 괜찮아요. 그런 사정이 있어서 아직 아무에게도 알리지 않았던 거예요."

"그렇다면 오싱상이 힘들겠네. 그래도 함께 살기는 하는 거지?"

"함께 있기는 하지만 진짜 부부는 언제나 될지……"

"오싱, 그건 또 무슨 말이야?"

야에코와 소메코가 동시에 놀라며 오싱을 바라보았다.

"진짜 부부가 될 수 있을 때 여러분을 모시겠어요."

"그럼 왜 다노쿠라가에 들어갔어? 미용 일은 어떻게 할 건데?"

"머리는 그대로 합니다. 제가 시골집을 지을 때까지는 하기로 약속했어요. 그래도 식을 올렸으니 아내로서 할 일을 다해야지요."

아직도 믿어지지 않는 듯 할 말을 잃고 소메코와 야에코는 질린 표정으로 마주 보았으나 오싱은 여전히 밝은 얼굴로 야에코의 머리를 매만지는 일에 열중했다.

오싱의 미용 일은 저녁 늦도록 끝나지 않았다. 다노쿠라상회의 가게 문을 닫을 때까지도 오싱이 돌아오지 않자 류조와 겡우에몽은 책상 위에 장부들을 펼쳐 놓고 정리하고 있었다.

"아니, 새색시라는 사람이 이렇게 늦게까지 나돌아 다녀도 되는 겁니까? 벌써 들어와 저녁 준비를 해도 모자랄 판에…… 이런 일만 보아도 아내될 자격이 없는 거예요."

"할 수 없어요. 시골에서는 오싱상만 믿고 있어요. 새 집 지을 돈을 다 부쳐 줄 때까지는 결혼을 미루자고 간청하는 것을 내가 빨리 하자고 우긴 거요."

"이유야 어떻든 아내로서의 의무를 저버리면 그때부터는 인정할 수 없는 거예요."

겡우에몽의 음성에는 찬바람이 돌고 있었다.

"할아범이 있잖아요. 그래서 그나마 안심이 되는 모양이지."

"그건 말도 안돼요. 오싱상이 없었다면 그야 내가 하겠지만 나를 믿고 제때 안 들어온다는 건 말도 안됩니다."

류조는 겡우에몽의 냉담한 태도에 그만 입을 다물었다.

"지금도 늦지 않았어요. 결혼식은 없던 것으로 하세요. 돈으로 어찌 될 겁니다. 시골 어른들께는 잠시 보고를 미루겠습니다. 제발 정신을 차리세요."

대답조차도 하기 싫은 듯 류조는 얼굴을 잔뜩 찌푸렸다.

"지금 꼴을 보니까 이러다간 언제 올지 모르겠군요. 오늘 저녁밥은 내가 짓겠습니다. 하지만 이 할아범의 말을 잘 생각해 보십시오."

여전히 못마땅한 얼굴로 부엌에 들어온 겡우에몽은 얌전하게 저녁상이 차려져 있는 것을 보고 눈을 휘둥그렇게 떴다. 그 상을 덮은 상보 위에 놓인 종이쪽지를 발견하고 얼른 집어 들었다. 그 쪽지에는 달필로 무엇인가 쓰여져 있었다.

겡우에몽 할아범, 저녁 준비를 해 둡니다. 냄비에 생선을 졸여 놓았고 작은 냄비의 것은 맑은장국입니다. 귀찮으시겠지만 화로에라도 올려 따끈하게 데워 드세요. 장국 건더기는 미리 국그릇에 담아 놓았으니 국물만 데워 부으면 됩니다. 양념절구 안에 시라아에(두부에 된장과 양념을 섞고 참깨와

함께 으깬 요리)를 만들어 두었습니다. 생선조림도 데우는 게 낫겠습니다.

　제가 저녁 식사 전에 못 들어올지 모르겠습니다. 그러니 그분과 함께 두 분이 먼저 드세요. 그럼 부탁드립니다.

오싱.

　멍한 눈으로 오싱의 편지를 들여다보던 겡우에몽은 문득 정신을 차리고 상보를 들춰 보기도 하고 냄비 뚜껑을 열어 보기도 했다. 우두커니 서서 넋 잃은 사람처럼 겡우에몽이 그것들을 바라보고 있을 때 류조가 부엌으로 들어왔다. 겡우에몽은 당황해서 오싱의 편지를 아무렇게나 품속에 쑤셔 넣었다. 어느새 낌새를 눈치챈 류조는,

"오싱이 준비를 다 해 놓고 나갔군."

하고, 그러면 그렇지 하는 표정을 지었다.

"그것 봐요. 제 할 일을 아주 안 한 것도 아니잖아요?"

겡우에몽은 그 말에는 대답하지 않고,

"곧 저녁 진지 올리겠습니다."

하고 화로에 냄비를 올렸다. 그러고 나서 불쑥 말했다.

"오싱상이 여간 달필이 아닌데요?"

"그럼 할아범은 오싱의 필적을 본 일이 있어요?"

류조가 이렇게 되묻자 겡우에몽은 그만 움찔했다. 그러자 이내 류조는 무슨 생각이 떠올랐는지 고개를 끄덕거리며 빙

굿이 미소를 지었다.

"아, 왜 카페의 여자 셋이 같은 필적의 편지를 보냈던 적이 있죠? 할아범은 남자가 대필한 편지일 거라며 달필이라고 감탄했는데 그게 바로 오싱이 쓴 거예요. 오싱이 부탁받고 대필해 주었던 거죠."

겡우에몽은 무슨 생각이 났던지 눈을 껌뻑이며 말했다.

"어쩐지 어디서 본 글씨라 했지. 야마다가의 소작농 딸이 학교도 안 나왔다더니 어디서 배운 걸까요?"

"사카다의 큰 쌀 도매상이라고…… 참, 할아범도 아는 가요상의 집 말이오. 그 집의 큰방마님이 오싱의 인품이 마음에 들어 그 집에서 일하는 동안, 그러니깐 여덟 살부터 열여섯 때까지 8년 동안 글씨, 주산, 부기 그리고 다도와 꽃꽂이, 예의범절까지 아주 정성으로 가르쳤대요. 요리도 물론이고. 그러니까 오싱을 딸처럼 아낀 셈이죠."

"주산도 부기도 한단 말이지요?"

겡우에몽은 약간 놀란 듯했다

그들이 저녁 식사를 마치고 얼마쯤 지나서야 오싱이 돌아왔다. 가게 안으로 들어서던 오싱은 책상 앞에 앉아 있는 겡우에몽을 발견하고 멈칫했다.

"늦었습니다."

오싱은 당황한 표정을 얼른 감추며 고개를 숙여 인사했다.

"드리고 싶은 말씀이 있습니다."

겡우에몽의 전에 없이 진지한 표정에 오싱은 왠지 가슴이 내려앉는 것 같았다.

"도련님께서는 모임이 있어 나가셨습니다."

오싱은 까닭 모를 불길한 생각에 사로잡혔다. 겡우에몽은 오싱에게 힘겨운 상대임에 틀림없었다. 높은 담처럼 틈조차 없는 사람이 할 얘기가 있다고 신중하게 말했을 때 오싱은 이유도 없이 더럭 겁부터 났다.

이런저런 생각으로 저녁 식사를 대충 끝마친 오싱은 겡우에몽이 기다리고 있는 가게로 나갔다 어두컴컴한 전등 아래에 단정하게 앉아 기다리는 겡우에몽이 몹시 두려운 존재로 눈에 들어왔다.

"출장 머리를 할 동안은 아무래도 저녁 준비가 너무 늦을 것 같아 매일 아침에 차려 놓을 테니 수고스럽지만 당분간만 참아 주세요. 편지를 써 놓았는데 보셨는지요?"

"읽고 그대로 했습니다."

"폐를 끼쳤습니다."

오싱의 인사를 그냥 지나쳐 버리고 겡우에몽은 느닷없는 말을 불쑥 꺼냈다.

"오싱상이 주산을 할 줄 안다면서요?"

"네? 아, 조금요."

겡우에몽은 오싱 앞에 주판을 놓았다.

"그럼 한번 놓아 보십시오."

오싱은 잠시 머뭇거리다가 주판알을 손가락으로 털었다.

"자아, 그럼 터시고……"

겡우에몽은 셈을 부르기 시작했다. 그에 맞춰 오싱 역시도 제깍제깍 주판알을 놓아 갔다. 매우 익숙하고 재빠른 손놀림이었다.

"천구백칠십, 합계는?"

오싱은 놓아진 주판을 보며 아무런 막힘도 없이 대답했다. 잠깐 고개를 끄덕이던 겡우에몽은 다시 재빠르게 다음 말을 이었다.

"이번에는 더하기와 빼기를 섞어 불러도 되겠습니까?"

"네."

겡우에몽은 전보다 더 빠른 속도로 숫자를 부르기 시작했다. 그에 맞춰 오싱도 쉽게 주판을 놓았다. 다 부르고 겡우에몽이 오싱을 바라보자 오싱은 정확하게 답을 말했다.

겡우에몽은 고개를 끄덕이더니 잠시 무슨 생각을 하는 듯하다가 다시 물었다.

"장부의 기장과 처리도 할 수 있습니까?"

"네, 주판을 해 가며 기장을 하는 정도는 합니다."

"출장 머리로 바쁘신 건 알지만 당분간 가게의 장부를 기장해 주시겠습니까?"

"장부 기장을요?"

"매일 아침에 전날의 보고를 하겠으니 그걸 기장해 주십시오."

"네."

"그럼 그만 들어가 쉬십시오. 저는 도련님 오시는 걸 기다리겠습니다."

오싱이 밤늦도록 주문받은 바느질을 하고 있을 때 가게에서 류조가 돌아오는 기척이 났다. 오싱은 얼른 일어나 나가려다가 마침 방문으로 들어오던 류조와 맞부닥쳤다.

류조의 뒤를 따라 들어오려던 겡우에몽이 오싱을 보고

"아직 안 주무셨습니까. 도련님께 차를 드리려구요."

하고 류조의 눈치를 살폈다.

"제가 끓이지요."

"밤참을 드실지 모르겠군요."

"야식 준비를 약간 해 두었습니다."

재빠르게 준비를 해 두었다는 오싱의 말에 류조는 겡우에몽을 보며 말했다.

"할아범, 이제 그런 일은 오싱에게 맡기고 편히 쉬어요."

"아이, 무슨 말을 그렇게 하세요. 할아범도 함께 차 드세요."

오싱은 상냥하게 겡우에몽의 얼굴을 살폈다.

"아닙니다. 난 이제 물러가겠습니다."

뒤돌아 방을 나가는 겡우에몽의 어깨가 왠지 축 처져 보이기까지 했다. 그러자 오싱은 류조에게 원망스런 투로 말했다.

"겡 할아범에게 너무 야박한 소리 하지 마세요. 그분은 류조상이 귀엽고 사랑스러워 꼼짝도 못할 지경이에요."

"나도 알고 있소."

오싱은 류조의 얼굴을 마주 보며 방긋 웃었다.

다음 날 오전, 가게의 책상을 사이에 두고 겡우에몽과 오싱이 마주 앉아 있고, 곁에서는 류조가 흥분해서 언성을 높이며 말했다.

"오싱에게 장부를 기장하게 하다니…… 대체 무엇 때문에 그러는 겁니까?"

"오싱상에게 그걸 부탁해서 안될 이유라도 있나요?"

겡우에몽도 지지 않고 류조의 말을 되받았다.

"여자에게 장부는 시켜서 뭘 한다고?"

"여자라도 장부 정도는 해야 장사하는 집안의 며느리가 될 수 있는 거예요."

"오싱에게 그런 일 시킬 생각 없어요! 이 가게에서 언제 나가게 될지 모르는 판에 다 소용없는 일이야."

묵묵히 듣고만 있던 오싱은 조심스럽게 그들의 말에 끼어들었다.

"제가 하겠다고 해서 하는 일이에요. 제가 한다고 해서 해가 될 일은 아니잖아요?"

"아무 말 말고 가만 있어요!"

류조는 버럭 소리를 질렀다.

"그렇게 화만 내지 마세요."

"이봐요. 겡 할아범은 당신의 흠을 잡아내려는 거요. 장부도 못하는 여자를 이 집 며느리로 받아들일 수 없다는 핑계라도 찾아내려는 거요. 그런 엉큼하고 심통 사나운 속셈에 넘어가지 말아요."

"그렇게 나쁘게만 생각하지 마세요."

류조는 표정없이 돌부처럼 앉아 있는 겡우에몽을 밉살스럽다는 듯 쏘아보았다. 그러고는 오싱에게 고개를 돌리고 말했다.

"겡 할아범은 말이야, 오싱이 마음에 안 들어 미워하고 있는 거야. 오싱도 그쯤은 알 텐데?"

"그게 무슨 말씀이에요?"

"내 말 안 들으려면 마음대로 해요."

류조는 거칠게 문을 닫고 밖으로 나가 버렸다.

겡우에몽은 아무 일도 없었다는 듯 태연하게 장부를 오싱 앞에 내밀었다.

"이것이 어제의 일계표와 출납 전표입니다. 기장해 주십시오."

"네."

오싱은 장부와 전표들을 챙겨 들고 안으로 들어왔다. 처음에는 기장만 하려던 오싱은 장부에 적혀 있는 것들을 하나하나씩 눈여겨보며 깊은 생각에 잠겼다.

잠시 후, 기장을 끝내고 가게로 나간 오싱은 겡우에몽에게 장부를 건네며 말했다.

"제가 이런 말을 하는 것이 분수에 넘치는 짓인 걸 알지만, 이 장부를 보니 도저히 말하지 않을 수 없어서 말씀드리는 거예요."

겡우에몽은 눈을 껌벅이며 오싱을 바라보았다.

"확실히 매출은 잘되고 있어요. 매입가의 2할 이윤을 내고 있으니 괜찮은 장사지요. 그런데 외상 매출의 절반도 넘는 액수가 미수로 남아 있어요. 심지어 해를 넘긴 것도 있어요. 이건 큰돈을 잠재우고 있는 것이니 이자를 생각한다면 장사를 하는 게 아니란 말을 들어도 할 말이 없을 거예요."

그때 류조가 들어오는 모습을 보고 오싱은 입을 다물었다.

"왜들 그래? 여자는 장부 같은 거 몰라도 돼요. 너무 귀찮게 굴지 말아요."

겡우에몽은 무표정한 얼굴로 멀뚱멀뚱 류조를 바라보았다.

"오싱, 머리하러 갈 시간이오. 장부는 신경 쓰지 말고 그 일에나 정성 들여요."

이렇게 말하고 나가는 류조의 뒷모습을 바라보며 오싱은 나지막한 목소리로 겡우에몽에게 물었다.

"저분은 이 일을 모르나요?"

겡우에몽은 여전히 입을 다물고만 있었다.

"이렇게 어리숙하게 장사를 한다면 언뜻 보기에는 상품의 회전이 원활하게 잘되고 있는 것 같지만 겉으로 남고 안으로 밑져 결국에는 꼼짝달싹도 못하게 될 겁니다."

야무지게 따지고 드는 오싱의 질문에 겡우에몽은 회피할 도리가 없었다.

"진작에 도련님께 말씀드렸습니다."

"그럼 알고 있으면서도 다른 방도를 쓰지 않은 거예요?"

"도련님께서는 도련님대로 생각이 있으십니다."

"아무리 그렇지만……"

"여자는 누구라도 장사에 끼어들지 못하는 법입니다."

겡우에몽의 이 한마디에 오싱은 선뜻 다음 말을 꺼내지 못했다.

"나는 장부를 기장해 주십사 했지, 장부를 조사해 달라고 말씀드리지는 않았습니다."

겡우에몽의 냉랭한 말에 오싱은 더 이상 대꾸하지 못했다.

가가야의 큰 거래를 실습으로 구니에게 착실하게 부기를 배운 오싱인지라 다노쿠라상회의 장부를 보자마자 영업 실태를 한눈에 읽을 수 있었다. 그 장부에는 사람 좋은 류조의 느긋하고 여유 있는 기질이 그대로 나타나 있었다. 그러나 부잣집 아들의 심심풀이 장사가 아닌 바에야 즉시 비상수단을 쓰지 않을 경우 흑자도산이 될 위험에 처해 있었다.

그러나 다시 생각하니 오싱은 혼자 흥분해서 설치는 자신이 우습기도 했다. 곧 쫓겨날 처지가 아닌가? 나가게 되어도 아무 미련이 없을 가게다. 그런데도 흥분했던 자신이 우스워서 오싱은 혼자 피식 웃었다. 이런 생각이 오히려 오싱의 마음을 가볍게 했다. 오싱은 이 집에서 나가게 될 때를 대비해 미용 일을 더 열심히 해야겠다는 각오를 새롭게 다졌다.

일본 제일의 아내

 류조의 집으로 들어온 그날부터 오싱은 정성을 다해 무슨 일이든지 열심히 했다.
 겡우에몽의 껄끄러운 반응이 피부로 느껴져 마음은 편치 않았지만, 그가 어떤 어려운 일을 부탁해도 그때그때 잘 처리해 나갔다. 겡우에몽이 내심 무척 놀라고 있다는 것이 느껴져도 오싱은 별다른 느낌을 갖지 않고 출장 미용에 삯바느질에 바쁘기만 했다.
 그날도 오싱이 일을 마치고 가게로 들어섰을 때, 기다리고 있었던 듯 겡우에몽이 불쑥 물었다.
 "오싱상은 차를 끓일 줄 아신다고 했지요?"
 "차요?"

오싱은 느닷없는 겡 할아범의 말에 잠시 놀랐다.

"다도 말입니다."

"글쎄요. 배우기는 했지만……"

"지금 도련님께서 거래선인 영국 손님을 모시고 요정에서 접대하고 계십니다. 그런데 그 손님이 일본의 다도를 보고 싶다고 한답니다. 오싱상이 돌아오면 그리로 오게 하라는 전갈이 있었습니다."

"제게요?"

"다도구는 그쪽에 준비되어 있습니다."

"그래서 나보고 요정에 가라는 겁니까?"

오싱은 요정이라는 말에 눈을 동그랗게 뜨며 되물었다.

"나도 그렇게 말씀드렸습니다. 외국인에게 보여 주려면 제대로 하는 사람이어야 한다고 말입니다. 더구나 중요한 거래선인데 어설픈 솜씨를 보이면 망신만 당하는 게 아니냐고요."

순간 오싱의 안색이 변했다. 자신은 장소가 요정이라서 내키지 않았는데 겡우에몽의 말투에는 오싱에 대한 은근한 악의가 느껴졌기 때문이다. 오싱은 불쑥 오기가 치밀었다.

"기생 중에도 차를 끓일 줄 아는 여자가 있을 겁니다. 그러는 것이 나을 테지요. 곧 전화로 그렇게 말씀드리겠습니다."

겡우에몽은 수화기에 손을 갖다 댔다.

"잠깐 기다리세요. 내가 가겠어요."

"네?"

불쑥 튀어나온 오싱의 말에 겡우에몽은 적잖이 놀란 것 같았다.

"기생이 끓이는 정도의 차라면 나도 할 수 있겠지요."

"기생이라지만 철저하게 다도를 익힌 사람들이에요. 무리할 것 없어요."

"그이는 내가 오길 바라는 거예요. 그런 걸 딴 사람에게 시키면 미안하지 않나요?"

오싱은 더 이상 겡우에몽의 말을 듣지 않고 안으로 들어가서 서둘러 외출 준비를 한 다음 그 길로 겡우에몽과 함께 요정으로 갔다. 산뜻하고 단정하게 기모노를 차려입은 오싱이 연회실로 안내되고 그 뒤로 잔뜩 불안한 표정의 겡우에몽이 따라 들어왔다.

"기다리시게 했습니다. 죄송합니다."

류조는 반가운 얼굴로 오싱을 맞으며 접대하는 외국인 부부에게 소개했다.

"제 와이프입니다."

"오, 기모노도 와이프도 예쁘십니다."

오싱은 그들에게 공손히 절을 했다.

"존 휙스입니다. 제 처 캐더린이구요. 잘 부탁합니다."

영국인 부부는 기모노 차림의 오싱을 눈이 부신 듯 바라보았다. 류조는 흐뭇한 기색을 감추지 못했다.

"화제가 다도 얘기로 번졌소. 당신이 다도를 즐긴다고 했더니 꼭 좀 구경하고 싶다고 그러는군. 그래서……"

겡우에몽의 얼굴은 더더욱 일그러졌다.

"그렇게 쉽게 아무거나 장담하시면 어쩝니까."

"말끝에 그렇게 된 거요. 할 수 없지. 오싱, 이 사람들 호기심으로 그러는 것이니 너무 신경 쓰지 말고 편한 마음으로 해요."

오싱은 아무 말 없이 가마 앞에 앉았다. 그러고는 조용히 차를 달이기 시작했다. 단정한 몸놀림으로, 한치의 어긋남도 없이 오싱은 주위 사람들의 놀라운 시선을 한몸에 받으며 차를 준비했다. 그 표정은 엄숙한 경지에까지 이르렀다.

까다로운 일본의 다도를 알 까닭이 없는 휙스 부부조차도 그런 오싱의 모습에 연신 감탄했다.

"오! 원더풀!"

그들 중 가장 놀란 사람은 오싱의 차 끓이는 모습을 누구보다도 유심히 지켜보던 겡우에몽이었다. 그리고 어느새 황홀하고 매혹적인 것에 빠져들듯 오싱의 자태에 감탄할 뿐이었다.

오싱에게 그런 다도의 품위가 있는 줄은 아무도 몰랐다. 오싱은 구니에게 배운 이후 몇 년 동안이나 손대 보지 못한 게 사실이었다. 일본의 여러 까다로운 법도 중에서도 가장 까다롭다는 다도를 오싱은 구니의 엄한 훈도 아래 몸에 익혔던 것이다.

오랜 공백이 있었음에도 가마 앞에 앉자 오싱은 이내 거의 무아의 경지에 빠져들 수 있었다. 그것은 류조도 겡우에몽도 처음 보는 또 한 사람의 오싱이었다.

오싱과 함께 집으로 돌아와서도 류조는 흡족한 마음이 가시지를 않았다. 거실에 앉아서 차를 마시며 류조는 오싱을 흐뭇한 눈으로 바라보았다.

"오늘은 뜻밖의 일로 내 체면이 선 것 같소. 휙스 부부가 정말 만족해서 돌아갔소. 미스터 휙스와는 우리가 일본에 그 사람 회사의 총대리점을 내기로 하는 계약을 교섭 중이었소. 영국에서도 첫째 둘째 가는 모직 메이커라오. 어떻게 해서든 성취시키고 싶은 일이오. 외국인은 아내를 무척 위하지. 훌륭한 아내의 남편은 존경과 신용을 얻는다는군. 오싱 덕에 나도 주가가 올랐소."

그러던 어느 날이었다. 낯선 중년 남자가 보따리를 들고 당당한 걸음으로 다노쿠라상회에 들어섰다. 양복천을 살피고 있던 류조가 그를 발견하고는 흠칫 놀라며 그 자리에 굳어져 섰다. 그때 미용 출장을 가려던 오싱도 이상한 예감이 들어 주춤 발걸음을 멈췄다.

"아버지……"

류조의 입에서 한마디 외침이 터졌다. 그 사람은 사가에서 올라온 류조의 아버지 다노쿠라 오고로였다.

오싱은 급히 카페 아테네에 전화를 걸어 소메코에게 가지 못할 사정을 대충 설명하고 양해를 구했다.

돌연한 오고로의 출현으로 오싱은 잠시 놀랐으나 이내 마음을 차분히 가라앉혔다. 지금 자신에게 닥친 일은 언젠가는 꼭 오고야 말 상황인 것이다. 이 집에서 나가게 될 것을 각오하고 한 결혼이었다. 그렇게 내쫓긴다 해도 넋을 잃을 오싱은 아니었다.

오싱은 서둘러 오고로를 안으로 모시고 정성스럽게 차를 끓여 들어갔다. 오고로와 류조, 그리고 겡우에몽이 어색하고 딱딱한 분위기로 앉아 있다가 오싱이 들어오자 일제히 시선을 그쪽으로 집중시켰다.

"이 사람이 오싱입니다. 저희들은 보름 전에 결혼식을 올렸습니다. 곧 알려 드리려던 것이 늦어졌습니다."

"처음 뵙겠습니다. 오싱이라고 합니다."

오싱은 공손히 머리를 숙였다.

"제가 알려 드렸습니다."

겡우에몽의 말에 류조와 오싱은 깜짝 놀랐다.

"언제까지나 숨기고 있을 수 없는 일이고, 또 그것은 제 소임을 저버리는 일이고 해서……"

류조는 겡우에몽을 원망스런 눈초리로 쳐다보았다.

"겡우에몽의 편지를 받고 무척 놀랐다. 네 에미가 바로 올라오겠다고 날뛰는 것을 가까스로 잡아 놓고 내가 온 것이다."

"걱정을 끼쳐 드렸습니다."

류조는 아버지 앞에 송구스러운 마음으로 고개를 떨구었다.

"오싱상."

"네."

느닷없이 자신을 부르는 오고로의 말에 오싱은 침착하게 마음을 가다듬었다.

"집이 소작농이라고 했지?"

"네, 야마다가의 소작농의 딸입니다."

왠지 불안한 듯 류조가 그들의 말에 끼어들었다.

"요즘 세상에 그게 무슨 상관입니까?"

"너는 잠자코 있어라. 난 오싱상과 할 얘기가 있다."

그러나 류조는 조금도 굽힘없이 고집스럽게 말했다.

"이제 와서 아버지나 어머니가 뭐라고 말씀하셔도 소용없습니다. 다노쿠라가의 인연을 끊길 것도, 이 가게에서 내쫓길 것도 각오하고 오싱과 결혼했습니다. 원하신다면 당장이라도 나가겠습니다. 그러면 됩니까?"

"도련님!"

겡우에몽이 난처한 표정으로 류조의 말을 막았으나 그는 여전히 봇물이라도 터진 듯 술술 말을 늘어놓았다.

"할아범만 해도 그래요. 내가 집에 알리는 걸 늦추고 오싱을 이곳에 오게 한 것도 할아범에게 오싱의 진면목을 눈으로 확인하게 하고 싶었던 거요. 그래서 오싱이 내 아내로서 손색이 없다는 걸 알려 주고 안심시키려던 것이었소. 그것이 지금까지 날 돌봐 준 할아범에 대한 나의 고마움의 표시가 될 것이라 생각했기 때문이오. 할아범에게 시집살이를 당할 게 뻔한데도 오싱을 오게 한 것은 이 집에 눌러앉기 위함이 아니란 말이오. 할아범은 내 뜻을 너무나 모르고 말았소. 오싱에게 공연히 고생만 시킨 꼴이지……"

"류조! 겡우에몽에게 함부로 말하지 마라. 겡우에몽을 몰라준 건 바로 너란 말이다."

그러나 여전히 류조는 흥분을 감추지 못했다.

"할아범은 처음부터 오싱을 싫어했어요. 그런 눈으로 보니까 끝까지 오싱이 억울한 거지요. 불쌍합니다."

"불쌍한 건 겡우에몽이다. 너 때문에 얼마나 고생을 해 왔느냐. 이번만 해도 그렇지. 너희들을 감싸느라 얼마나 애를 썼는지 알기나 해?"

뜻밖의 이 말에 류조는 머쓱해졌다.

"겡우에몽이 보내온 편지를 너희들에게 보여 주고 싶구나."

"나리……"

오고로는 겡우에몽의 당혹스런 모습에 일별을 던지고 계속 말을 이었다.

"입에 침이 마르도록 오싱상을 칭찬했다."

오싱과 류조는 뜻밖의 말에 퍼뜩 놀라며 오고로의 다음 말을 기다렸다.

"마음씨가 곱고 착한 처녀로 음식 솜씨, 글씨, 주산은 물론 부기를 시켜도 남자 뺨치게 잘한다. 장부를 읽는 걸 보아 상재(商才)도 류조 너를 능가할 정도라 했다. 그리고 여자로서 예의범절도 나무랄 데가 없다. 게다가 꽃꽂이와 다도는 명인의 경지에 이르렀다고 썼더라. 이건 지나쳐도 너무 지나친 칭찬이다 싶을 지경이었다."

오싱은 어쩔 줄 몰라하며 어디든 숨어 버리고 싶었다.

"그러나 나는 겡우에몽의 말을 믿었다. 전에 나는 겡우에몽과 자주 다도회를 열었다. 그래서 겡우에몽이 다도에 대한 조예가 깊다는 걸 잘 알고 있지. 그런 사람이 칭찬할 정도면 어느 정도의 솜씨인지 알기 때문이다."

잠시 무거운 침묵이 흘렀다. 류조와 오싱은 숨을 죽인 채 오고로의 다음 말에 귀를 곤두세웠다.

"네 어머니는 칭찬이 너무 심하다 싶은지 네가 겡우에몽을 매수해서 그렇게 써 보내게 한 것이라고 말하더구나."

"제가 어떻게 감히 그런 짓을 하겠습니까. 전 정직하게 보고 느낀 그대로 알려 드렸을 뿐입니다."

겡우에몽은 당치도 않다는 듯이 고개를 저었다.

"알아. 할아범은 열두 살 때 우리 집에 와서 나와 함께 자란 사이지. 겡우에몽의 성품은 누구보다도 내가 제일 잘 알

아. 거짓말을 할 사람이 아니야. 게다가 류조를 아들처럼 아끼고 사랑하지. 그런 사람이니 류조에게 이롭지 않을 여자를 칭찬할 리가 없어. 진정 류조에게 어울리는 아내감이라고 생각하고 있는 거야. 두 사람을 결혼시켜야 한다고 절실하게 써 보냈더라. 집안이 어떻다고 반대하는 것은 말도 안된다며……"

류조는 감격해서 무슨 말인가 하려 했으나 선뜻 입 밖으로 나오지 않았다.

"전 사실대로만 써서 보내 드린 겁니다."

"난 겡우에몽의 편지를 전적으로 믿고 있다. 네 에미를 야단쳐 놓고 부랴부랴 올라온 거다. 그건 겡우에몽의 성의를 고맙게 여겨서이지."

"나리……"

"겡우에몽이 원하는 대로 너희들의 결혼을 정식으로 승낙하겠다. 이제 정식 부부이니 둘이 마음을 합해서 이 가게를 훌륭하게 키워 나가거라."

"아버지!"

"네 에미가 아무 소리 못하도록 해 놓겠다. 겡우에몽은 내가 늘 마누라 등살에 눌려 지낸다고 하지만 걱정 말아요. 작은 일엔 내가 지는 척 눈감아 주지만 이런 큰일엔 절대 양보하지 않으니까. 그걸 말해 주기 위해 일부러 온 거다."

오고로는 이렇게 말하고는 한바탕 통쾌하게 웃었다. 겡우

에몽은 벅찬 가슴을 억누르기 힘들었는지,

"나리, 고맙습니다. 고맙습니다."

하며 깊이 고개를 숙이고는 급히 도망치듯 밖으로 나갔다.

"할아범……"

류조 역시 뜻밖의 호쾌한 처사에 좋아서 어쩔 줄 모르며 겡우에몽을 붙잡으려 했다.

"그냥 두거라. 혼자 있고 싶을 때도 있는 거다."

오고로의 유쾌한 목소리를 뒤로하고 오싱은 엉겁결에 겡우에몽의 뒤를 따라 밖으로 나왔다. 높이 쌓아둔 양복지 더미 곁에서 눈물을 닦아내던 겡우에몽은 오싱의 기척에 흠칫 놀라 얼른 애써 태연한 표정을 지었다. 한동안 말없이 바라보던 오싱은 조용하고 다정하게 불렀다.

"겡우에몽상……"

그러나 겡우에몽은 아무런 대꾸도 하지 못했다.

"고맙다고 인사를 하려고 나왔는데 무슨 말을 해야 좋을지 모르겠군요."

눈물 가득한 오싱의 눈을 바라보던 겡우에몽의 주름진 얼굴에도 희미하게 미소가 번졌다.

"잘됐습니다. 나리께서 용서하시고 축복하셨으니 얼마나 고마운 일입니까. 정말 잘됐습니다."

"전부 겡우에몽상 덕분이에요."

"할아범이라 부르십시오. 무척 원망하셨지요? 심술궂고

못된 늙은이라고……"

오싱은 밝게 웃음을 띠며 고개를 저었다.

"아니에요. 근본도 없는 여자가 넉살좋게 쳐들어 왔으니 안 그러겠어요? 아버님께서 승낙해 주시리라고는 꿈에도 생각지 못했어요. 정말 기뻐요."

"아씨의 인덕이십니다. 아씨께서 처음 오신 날이 기억납니다. 도련님의 아버지로 생각해 주신다며 함께 밥을 먹자고 하셨습니다. 그때 정말 마음씨 곱고 어진 분이구나 하고 가슴이 뭉클했습니다. 또 준비해 놓은 저녁상 위의 편지 말입니다. 편지 내용은 어느 음식은 이렇게 데우고 어느 음식은 이렇게 하라는 것이었으나 그 문장에서 자상하고 고운 마음씨가 스며 나왔습니다. 그렇게 두고두고 볼 때마다 제 가슴이 따뜻해지는 걸 느낀 겁니다."

오싱은 아무 말 없이 겡우에몽의 말을 들었다.

"아씨가 도련님 곁에 계셔 주시면 이젠 걱정할 것이 없습니다. 장사 일에 여자가 끼어들어선 안된다고들 하지만 도련님이 사람만 좋아서 늘 마음이 놓이지 않았는데, 아씨께서 옆에 계시니 마음 든든하게 됐습니다. 오래오래 도련님을 보필하시고 잘 사셔야 합니다."

"고맙습니다."

"그동안 도련님이 술집에 드나들며 시시한 여자들을 사귀시기에 얼마나 걱정을 했는지 모릅니다. 그런데 생각보다 속이 깊고 똑똑하셨습니다. 아씨를 선택하셨으니 말입니다."

겡우에몽의 환한 웃음에 화답하듯 오싱 역시 미소를 지었으나 어느새 뺨 위로 눈물이 주르르 흘렀다. 그것은 가슴 벅차도록 짜릿한 기쁨과 감격의 눈물이었다.

그때 안에서 류조가 나왔다.

"오싱, 뭘 하고 있는 거요. 우리 요정에 가서 축하 파티를 엽시다. 아버지가 한턱 내시겠대요. 당신 빨리 가서 옷 갈아입고 나와요. 할아범도 어서……"

"아버님 배려는 고맙지만 오늘 밤엔 제가 손수 만든 음식을 잡숫게 해 드리고 싶어요. 그렇게 부탁 좀 드려주세요."

겡우에몽도 오싱의 말에 동감했다.

"그렇게 하시면 나리께서 더 기뻐하실 겁니다."

"오싱, 나는 일본 제일의 아내를 얻었소. 아버지께도 면목이 서게 되었고……"

"그럼, 서둘러 음식거리를 장만해야겠어요."

오싱이 급히 뛰어나가려 하자 겡우에몽이 불러 세웠다.

"아씨, 돈을 가져가셔야지요. 지금 드리겠습니다."

"요전에 받은 것도 아직 남았어요."

오싱은 생긋 웃어 보이며 밖으로 나갔다.

부지런히 시장을 보고 돌아온 오싱은 부엌에서 분주하게 움직이며 요리를 했다. 음식상을 앞에 놓고 오고로는 연신 웃기만 했다.

"이건 뭐지?"

"사카다에서 잔치 때 쓰는 것입니다.

"아주 훌륭해. 류조, 아내란 말이다 음식 솜씨가 있어야 하는 거야. 하루 세끼씩 평생 동안 먹어야 하니 맛이 있고 없고에 따라 인생이 천지 차이라니까."

"그렇고말고요. 그런 뜻에서 나리는 안되셨습니다. 마님께선 음식 솜씨가 좋으신지 어떤지는 몰라도 부엌일은 여자들에게 맡기고 남자처럼 일꾼들이나 부리시니 말입니다."

겡우에몽은 스스럼없이 오고로의 말에 맞장구쳤다.

"그래. 매일 비슷한 것만 먹게 되고 간혹 참견이라도 할라치면 좀스럽다고 흉만 잡히고 말지. 기요와 혼인한 것은 내 일생일대의 실수야."

오고로는 이미 거나하게 술기운이 올라 있었다.

"아버지!"

"응, 괜찮다. 때로는 하고 싶은 말을 해야 해. 넌 장가를 잘 들었으니 이만한 복이 없는 줄 알아라. 오싱도 이리와 함께 들지."

"전 못 마십니다."

"겡우에몽, 이렇게 귀엽고 예쁜 며느리와 한자리에 마실 수 있는 것도 도쿄니까 되는 거야. 안 그런가? 사가에서는 밥도 함께 먹지 못하니 말이야."

오싱은 그 말뜻을 금방 알아들을 수가 없었다.

"아직도 형수랑 부엌방에서 먹고 있습니까? 오싱, 사가에서는 부부가 겸상을 받을 수 없소. 여자는 하인 취급이지."

류조의 말을 듣고 나서야 오싱은 알겠다는 듯 고개를 끄덕였다.

"제 고향 야마다가에도 격식을 찾는 집에서는 그래요."

"류조, 넌 도쿄에서 독립했다. 이곳은 자유로운 곳이고 멋대로 할 수도 있다. 어떻게든 이 가게를 번창시켜 오싱과 함께 도쿄 사람이 되어라. 여기서 살다가 뼈를 묻겠다고 생각해라."

"네, 명심하겠습니다."

"도쿄라면 네 에미 잔소리도 닿지 않을 거야."

즐거운 듯 껄껄 웃어대는 오고로를 보며 오싱도 한번도 만나본 적이 없는 시어머니 기요가 더욱 어렵게 느껴졌다.

"원래는 사가에서 결혼 피로연을 해야겠지만 그보다 도쿄에서 사귄 사람들이 더 중요할 거다. 두 사람을 축하하는 내 뜻이야."

오고로는 품속에서 봉투를 꺼내 오싱의 손에 쥐어 주었다.

"아니, 아버님……"

"이것으로 그간 신세진 사람, 친해진 사람, 거래로 알게 된 사람들을 초대해서 피로연을 열어라."

"아버님, 아닙니다. 저희들이 알아서 하겠습니다."

"그렇습니다. 저희들 결혼을 승낙해 주시고 이 가게에 그대로 있게 해 주신 것만으로도 감지덕지인데 뭘 더 바라겠습니까."

오싱과 류조는 한사코 오고로의 제의를 마다하면서도 새삼 아버지의 따뜻한 마음을 느꼈다.

"류조, 너에게 주겠다는 말은 안 했다. 오싱상에게 시아버지가 주는 거다. 일러 두지만 네 시어머니께 고맙다는 인사는 할 것 없다."

"감사합니다."

오싱은 다시금 오고로에게 고마움을 표시했다.

"아씨, 나리께서 마님 모르게 그 돈을 마련하시느라 얼마나 고생하셨는지 보지 않아도 뻔합니다. 그런 돈이니 더욱 고맙게 받으셔야 합니다."

이렇게 말하는 겡우에몽을 힐끗 쏘아보던 오고로는,

"겡우에몽은 취하면 말수가 많아져서 안 해도 될 말을 하는 게 탈이야."

라고 말하고는 참던 웃음을 터뜨렸다.

오싱의 입가에도 잔잔한 미소가 피어올랐다.

"잘됐다. 이제 마음 놓고 사가에 돌아갈 수 있게 됐다."

그때 갑자기 겡우에몽이 자세를 바로하더니 오고로에게 머리를 숙이며 말했다.

"저도 나리와 함께 사가로 돌아가게 해 주십시오."

"뭐라고?"

"이제 이 할아범의 할 일은 다 끝났습니다. 훌륭한 아씨가 곁에 계시니 저는 도와 드릴 것이 더 이상 없습니다. 저도 이제 노망기가 있을 나이입니다."

"겡 할아범, 취하셨어요?"

느닷없는 말에 제일 먼저 놀란 사람은 역시 오싱이었다.

"아닙니다. 도련님 곁에 아씨가 계시니 이제 든든합니다. 할아범은 이제 마음에 걸리는 게 없습니다."

"안돼요. 그럴 수 없어요. 내가 있어 마음이 불편하다면 내가 이 집을 나가지요.

"아씨!"

"난 겡 할아범을 아버지같이 생각해요. 내가 싫지 않거든 그대로 이곳에 계셔 주세요. 부탁이에요."

겡우에몽은 말문을 열지 못했다.

이렇듯 훈훈한 인간애가 방 안에 가득 넘칠 때 갑자기 문을 세차게 두드리는 소리가 들려왔다. 이어서 "전보요, 전보!"하는 남자 목소리가 요란하게 들렸다.

겡우에몽이 부리나케 밖으로 나가고 조금 있으려니까,

"이 댁에 오싱이라는 분 계십니까?"

하는 소리가 방 안까지 들려왔다.

배달부의 말로는 전보의 주소대로 찾아갔더니 이곳으로 이사를 했다기에 겨우 찾아왔다는 것이다. 겡우에몽은 급히 전보를 받아들고 방으로 와서 오싱에게 넘겨주었다. 오싱은 두근거리는 가슴을 겨우 억누르며 급히 전보를 폈다.

'부친 위독, 즉시 귀가 요망'

전보를 쥔 오싱의 손이 파르르 떨렸다. 이제까지 뜻밖의 기쁨에 들떠 있던 오싱을 천길 낭떠러지 아래로 밀어뜨리는 충격적인 소식이었다. 곧바로 오라고 했으나 오싱은 시아버지가 오자마자 그대로 두고 떠날 처지가 아니었다. 그런데 오고로는 다음 날 새벽에 당장 사가로 가겠다고 해서 오싱은 그럴 수 없다고 실랑이를 벌이기까지 했다.

"전보를 칠 정도라면 여간 위독하신 게 아닌가 보다. 그러니 바로 떠나야 한다."

"그렇지만……"

오싱은 이럴 수도 저럴 수도 없는 난처한 지경에 이르렀다.

"나 때문이라면 쓸데없는 걱정 말아라. 난 새아기를 만나러 온 것인데 인간 됨됨이도 충분히 알았고 할 말도 전부 했고, 이제 마음 놓고 맡겨도 된다고 느꼈다. 둘이서 잘만 살아 준다면 더 바랄 것이 없구나. 난 내일이라도 떠나겠다."

"이렇게 먼 길을 오셨는데 그럴 수는 없어요. 며칠 푹 쉬었다 가셔야지요."

"아무 걱정 말고 가거라. 만일 무슨 일을 당하면 평생 한이 될 테니까."

오싱은 겨우 안도의 빛을 띠었으나 오고로의 다음 말이 류조와 오싱의 표정을 잔뜩 굳어지게 만들었다.

"참, 류조, 넌 야마가다에 안 갈 거냐?"

"전 가게 일 봐야지요……"

류조는 기어들어가는 목소리로 겨우 대답했다.

"그럴 수 있나. 결혼을 해서 장인 장모가 생기면 제 부모처럼 섬겨야 하는 거다. 부부가 함께 가거라."

류조는 난처한 표정을 떨쳐 버리지 못하고 겨우 말했다.

"오싱의 아버님은 저희들이 결혼하는 걸 반대하셨습니다."

"죄송합니다. 저이가 가더라도 섭섭한 대접을 받을 것 같아서……"

"그럼, 아직 혼인한 것도 알리지 않았느냐?"

"네, 사가의 시댁에서도 승낙을 받지 못한 처지니까 알리지 않았습니다."

오싱은 고개를 힘없이 떨군 채 아무 말도 하지 못했다. 류조는 그런 오싱을 보며 다정하고 조심스럽게 당부했다.

"오싱, 먼저 가서 자초지종을 설명하고 내가 가도 될 것 같으면 곧 알려 줘요. 내 곧 갈 테니.

오싱은 그날 밤 조심스럽게 시골집으로 갈 채비를 했다. 옆에서 오싱을 지켜보던 류조의 마음도 착잡하기 그지없었다.

"사가의 아버지는 저렇게 좋아하시는데 야마가다의 장인 어른께서도 기뻐하셨으면 오죽이나 좋을까. 병이 나으시면 언젠가 그럴 날이 오겠지……"

"어떻게든 잘 말해 보겠어요."

"아니오. 잘못 꺼냈다가는 더 큰 불효를 저지를 수도 있어요."

"난 이렇게 행복한데……"

오싱은 울먹거리며 억지로 슬픔을 누르려는 듯 입을 다물었다.

"아무 말 않고 있기가 괴롭겠지만 아버지의 기분을 잘 생각해서 처신해요. 이거 여비요."

류조는 품에서 봉투를 꺼내어 오싱에게 내밀었다.

"돈은 제게도 있어요."

"오싱, 이건 집 짓는 데 쓴 돈과는 달라요. 당신을 다노쿠라의 한 사람으로서 보내는 것이니까 마땅히 내가 여비를 줘야 하는 거요. 할아범이 그리 말합디다. 천천히 아버지 곁에서 간호하고 오시오. 돈이 떨어지면 알려요. 곧 보낼 테니."

오싱은 류조의 얼굴을 물끄러미 바라보았다. 그 눈빛에는 감사와 사랑의 마음이 가득했다.

가족

 다음 날 아침 오싱은 야마가다행 기차에 몸을 실었다. 오싱에게 아버지 사쿠조에 대한 추억은 어두운 그림자처럼 기억될 뿐이었다. 언제나 아버지의 강요로 집을 위해 희생만 했을 뿐 사랑이나 귀여움을 받은 기억은 없다. 그러나 막상 아버지가 위독하다는 소식을 받자 오싱은 가슴을 에는 듯한 아픔을 느꼈다.
 야마가다에 도착해 낯익은 마을 길을 지나 자신의 집 앞에 이르렀으나 왠지 선뜻 들어설 수가 없었다. 머뭇거리던 오싱의 눈에 마침 왕진 왔던 의사와 함께 문밖으로 나오는 어머니가 보였다.
 "수고하셨습니다. 고맙습니다."

"무슨 일이 있으면 곧 알리시오. 얼른 올 테니까."

돌아가는 의사의 등 뒤에 인사를 하고 나서 고개를 들던 후지가 오싱을 발견했다.

"전보는 쳤지만 못 오리라고 생각했는데 이렇게 와 주었구나."

후지는 오싱을 보자마자 눈물을 흘리며 와락 끌어안았다.

"아버지가 그렇게 상태가 좋지 않아요? 요전에 도쿄에 오셨을 땐 건강해 보였는데……"

오싱은 새삼스럽게 주위를 두리번거렸다. 낡고 초라한 옛집 뒤에 번듯하게 서 있는 새 집이 눈에 띄었다.

"다 지었군요."

"자기 명을 알았는지 아버지가 서둘렀으니까."

후지가 한숨 섞인 소리로 중얼거리고 있을 때 들일을 마친 쇼지가 집안으로 들어왔다. 그 뒤를 따라 함께 들어오는 젊은 여자의 모습도 보였다.

"쇼지의 처 도라다. 얼마 전에 결혼했다. 네게도 알린다는 게 그만 늦었구나."

후지는 오싱에게 도라를 소개시키고 나서 도라에게 말했다.

"오싱이다. 도쿄에서 미용사를 하며 매달 집에 돈을 부쳐 줬단다. 새 집은 거의 오싱의 힘으로 지었단다."

오싱은 얼른 엄마의 말을 가로막고 쇼지와 도라에게 머리를 숙였다.

"오싱이에요. 정말 축하해요. 오빠, 반가워."

그러나 쇼지도 도라도 무표정한 얼굴로 멀뚱히 오싱을 바라볼 뿐 아무 말도 하지 않았다. 오싱은 다시 다정한 목소리로 도라에게 말했다.

"아버지 어머니 잘 모시세요."

오싱의 말에 쇼지 부부는 한마디 대꾸도 없이 휑하니 새 집으로 들어갔다.

"몹시 무뚝뚝한 사람이네요."

오싱의 말에 후지는 얼굴에 깊은 그늘을 드리우고 한숨을 쉬듯 말했다.

"예의고 뭐고 아무것도 모르는 참 기막힌 며느리가 들어왔단다."

"엄마, 그러지 마세요. 한번 밉게 보기 시작하면 아무리 잘해도 마음에 안 들게 마련이에요. 아직 젊으니까 몰라서 그러려니 하세요."

"그래, 알았다. 하긴 넌 처음이니…… 좌우간 집에 들어가 아버지를 뵙거라."

오싱은 후지를 따라서 예전보다 더 초라해 보이는 집안으로 들어갔다. 방 안에 있던 미쓰와 남동생 쇼스케, 그리고 막내 여동생 고우가 놀란 얼굴로 오싱을 반겼다.

"오싱이구나?"

"미쓰 언니…… 쇼스케도 고우도 몰라보게 컸구나."

"애들 일하는 댁에서 휴가를 얻어 왔단다. 이런 일이 있어야 모두 만나게 되다니……"

"우리를 보고 아버지가 몹시 반가워하시더라. 그런데 자식들을 한꺼번에 보시는 것도 이제 마지막일지도 모르겠다고 생각하니 아버지가 불쌍해."

오싱은 미쓰의 말을 듣고서야 방 한구석에 쳐놓은 낡은 병풍 옆에 누워 있는 사쿠조에게 눈길을 보냈다. 잠든 아버지의 모습을 뚫어져라 들여다보던 오싱은 후지에게 물었다.

"엄마, 왜 아버지를 이런 곳에다 뉘셨어요? 새 집을 지었는데 깨끗한 다다미에 뉘지 않고."

"아버지가 괜찮다고 하셨단다. 새 집에서 죽으면 뒤에 그곳에서 살 아이들이 언짢아할 테니 여기 있겠다고 우기시는구나. 쇼지네에게 지나치게 마음을 쓰지 뭐냐."

"그럴 수 있어요? 아버지는 새 집 짓는 게 평생 소원이었어요. 그 꿈을 겨우 이루었는데 막상 당신은 하루도 살아 보지 못하다니……"

"괜찮다. 새 집에서 마음 불편하게 지내느니 여기 있는 게 훨씬 낫다. 아버지도, 간호하는 사람도 말야."

"누구의 눈치를 봐야 한단 말이에요? 그 집은 아버지가 지은 집 아니에요?"

오싱은 자신도 모르게 버럭 소리를 질렀다.

"오싱, 너는 출가 외인이다. 설령 네가 보낸 돈으로 지은 집이라고 해도 그 집을 누가 쓰든 상관할 수는 없다. 넌 다시 도쿄에 가 버리면 그만이지만 엄마는 여기 있어야 해. 괜히 풍파를 일으키긴 싫다."

"내가 이러라고 고생해 가며 빚 갚을 돈, 집 지을 돈 보낸 게 아니에요. 아버지랑 엄마를 편하게 하려고 그 애를 쓴 거야. 그런데 이게 뭐예요? 왜 내가 그리도 이를 악물고 고생했단 말이에요?"

그렇게 말하다 말고 오싱은 갑자기 벌떡 일어나 자리를 박차듯 방을 뛰쳐나갔다. 그런 오싱을 붙잡을 겨를도 없이 방 안에 있던 식구들의 눈이 휘둥그레졌다.

방을 나온 오싱은 단숨에 새로 지은 집 현관으로 뛰어들었다. 아무 말도 없이 집안으로 들어서려는 오싱의 앞을 도라가 가로막고 나섰다.

"무슨 일이에요?"

쌀쌀한 도라의 목소리를 들은 척도 하지 않고 오싱은 거실로 들어갔다. 마침 이로리 가에서 술을 마시고 있던 쇼지가 급히 뛰어들어오던 오싱을 보고,

"뭐야, 말도 없이 들어오고······"

하며 인상을 찌푸렸다.

"자기 집에 들어오는데 일일이 허락을 받아야 하나요?"

오싱 역시 쇼지를 똑바로 마주 보며 날카롭게 쏘아붙였다. 만만하지 않은 오싱의 반응에 쇼지는 움찔하여 입을 다

물었다.

"아버지를 이 집으로 옮길 테니 도와줘."

"아닌 밤중에 홍두깨도 아니고 무슨 소리야?"

"여긴 아버지가 그처럼 기대를 걸고 지은 집인데 여기서 보양케 하는 것이 당연하잖아요."

"오싱, 너……"

"아버지가 여기 누워 계시면 미쓰 언니도 쇼스케도 그리고 고우랑 엄마도 모두 이 집에 있을 수 있을 거야. 도라 언니도 가끔 간호를 해 주겠지요. 엄마 혼자서 아버지 뒷바라지를 하는 건 무리예요. 미쓰 언니랑 애들도 모처럼 돌아왔는데 새 집에서 재워 주는 게 오빠로서의 인정이잖아요."

"네가 그렇게 큰소리칠 이유가 없어. 네가 이 집을 위해서 여러 가지로 애를 쓴 건 확실해. 하지만 그건 나도 마찬가지야. 너와 마찬가지로 이 집을 위해서 참을 수 없는 일도 참아 왔어. 이따위 집 한두 채 받아 봤자 내가 그동안 희생했던 것들을 생각하면 턱없이 모자라. 게다가 장남이라고 동생들 뒷바라지까지 시켜야 한다면 수지가 안 맞는 일이잖아?"

쇼지는 그동안 쌓이고 쌓였던 불만을 한꺼번에 터뜨려 놓는 것 같았다.

"그렇다고 집에 들어온 사람을 쫓아 보낼 수는 없지. 있으면 밥도 먹여 줘야 하고. 그 쌀은 누가 만든다는 거야? 그런데도 당연한 얼굴들을 한단 말이야. 그래도 나나 도라는 아무 말도 안 했어. 그것만으로도 고맙게 생각하란 말이야!"

오싱은 치밀어오르는 화를 억지로 참으며 쇼지를 쏘아보았다.

"이 기회에 분명히 말해 두지만 네가 보내준 돈은 아버지가 모두 주머니에 챙겨 넣고 아버지 자신이 진 빚을 갚고 이 집도 지은 거야. 네가 돈을 보내 준 상대는 내가 아니고 아버지야. 나는 아버지한테 이 집을 받았으니까 네게는 아무런 빚도 없어. 큰소리치면 곤란해. 잘 알아 두란 말이야."

오싱은 어이가 없었다. 무슨 말인가 불쑥 튀어나오려다가 어처구니없는 쇼지의 말에 아무 말도 하지 못했다.

"친정이라고 의지하면 곤란해. 아버지가 돌아가셔도 아무것도 물려받을 게 없어. 소작인이란 가난을 이어받는 것이니까."

"하지만 아버지만은 이 집에 들게 해야지. 아버지가 괜찮다고 해도 억지로라도 모셔오는 게 아들의 도리가 아니겠어요? 도라 언니도 그렇지, 이 집 며느리로 들어왔으면 시아버님 뒷바라지를 하는 게 당연한 의무 아니에요? 그런데 안채에는 얼굴도 내밀지 않고……"

못마땅한 눈초리로 계속 보고 있던 도라가 드디어 못 참겠다 싶었는지 내뱉었다.

"여보, 나 이런 말 많은 시누이가 있다는 소리는 못 들었어요. 시어머니한테 부대끼는 것만도 서글픈데 외지에 가 있

가족 75

는 사람까지 나를 못 살게 굴다니. 이 집 며느리 노릇은 못하겠어. 친정으로 돌아가게 해 줘요!"

도라는 토라진 듯 샐쭉한 표정을 지었다. 그런데 쇼지의 다음 말은 오싱을 더욱 어이없게 만들었다.

"상관할 것 없어. 아버지가 죽으면 만날 일도 없을 테니까."

오싱은 할 말을 잃었다. 그때 후지가 급히 현관으로 들어섰다.

"오싱, 아버지가 너를 부르신다."

"깨어나셨어요?"

오싱은 부리나케 밖으로 나왔다. 잡아끌듯 오싱을 데리고 나온 후지는 다짜고짜 물었다.

"바보 같으니, 무슨 말을 한 거냐? 아무리 말해도 소용없다. 쇼지는 본디부터 차가운 아이였는데 색시를 얻고 나니까 이젠 남과 마찬가지다. 나도 화가 나 싸움도 했단다. 하지만 이젠 단념했다. 남이라고 생각하면 화가 덜 난다."

후지는 쓴웃음을 지었다.

"오싱, 가난이 원수란다. 쇼지가 저리 된 것도 다 가난에 너무 시달렸기 때문이야. 그렇게 생각하니 난 쇼지를 원망할 마음도 없어졌다. 아버지도 그렇지, 이런 집에 태어나서 이까짓 집을 지키느라고 고생만 하고 좋은 일은 하나도 없고……"

쓸쓸하고 어둡게 변해가는 후지의 얼굴을 마주 본 오싱은 너무 비참해져서 견딜 수 없을 정도였다. 오랜만에 찾은 고향 집이었지만 그곳에는 여전히 가난에 찌든 모습만 있을 뿐이다.

전신을 무겁게 짓누르는 괴로움을 겨우 추스르며 오싱은 아버지가 누워 있는 방으로 들어갔다. 사쿠조는 수척한 얼굴로 가물거리는 눈을 뜨고 오싱을 바라보았다. 사쿠조의 얼굴에 희미한 미소가 떠올랐다. 오싱도 밝게 웃어 보였다.

"오싱…… 용케 와 주었구나."

힘겹게 입을 여는 사쿠조의 야윈 얼굴을 들여다보며 오싱의 눈에서 쉴 새 없이 눈물이 흘렀다.

아버지의 약하디 약한 미소를 보는 순간 오싱의 가슴속에 쌓였던 아버지에 대한 원망과 미움이 눈 녹듯 사라졌다. 이분은 무엇 때문에 이 세상에 태어났을까…… 그렇게 생각하니 아버지가 불쌍하기만 했다. 새 집에 대한 사쿠조의 집착과 염원은 한순간 물거품처럼 사라지고, 낡고 얇은 이불에 누워 있는 아버지의 수척한 얼굴이 오싱의 가슴을 저미는 것 같았다.

오싱은 아버지 이마의 땀을 닦아 주었다.

"넌 이제 괜찮니?"

"그럼요."

"요전에도 돈을 보내 줬는데 너무 무리하는 게 아닌가 걱정하고 있었다."

"괜찮아요."

"네 힘이 컸다. 집도 다 지었다. 지주의 빚도 갚았고……쇼지에게 색시도 왔다. 네가 무척 고생을 했구나. 나도 내 의무는 그럭저럭 다한 셈이지."

"아버지, 새 집의 새 다다미에서 주무시도록 해요. 그 집은 아버지의 집이에요. 저는 아버지와 엄마를 새 집에서 살게 하려고 돈을 보낸 거예요. 이런 곳에 누워 있을 필요 없어요!"

"괜찮다. 쇼지가 이 집안을 이어받고 아내를 맞았으니까 그것으로 집을 지은 보람은 있었던 거야."

오싱은 전에 없이 기가 죽은 아버지의 모습에 화가 치밀었다.

"나는 이 집이 좋다. 이 집에서 태어나서 여기서 컸다. 너희들 할아버지도 할머니도 바로 여기서 돌아가셨다. 내 집은 여기야……"

"아버지……"

"오싱…… 네게는 너무 고생만 시켰지만 새로 지은 집은 너희들의 것이다. 네가 그 집을 위해 한 일은 쇼지도 잘 알고 있다. 언제든지 떳떳하게 오너라. 미쓰도 쇼스케도 고우도 너 덕분에 쇼지의 아내한테 어렵지 않게 돌아올 수 있다. 나는 말이다, 그 때문에도 집만은 지어 주고 싶었던 거다. 타향에 가 있는 몸은 언제 어떤 사정으로 집에 돌아오게 되는지 모르니까. 본가의 생활만 넉넉하면 언제든지 올 수 있지…… 얼마나 마음 든든한지 모르겠다."

오싱은 그런 아버지의 모습에서 이제까지 전혀 볼 수 없었던 또 한 사람의 아버지를 보았다.

"이젠 안심이야. 오싱, 정말 고맙게 생각한단다. 이제 나는 언제 죽어도 좋다. 할 일을 했으니까."

오싱은 무슨 말이든 하고 싶었지만 목이 메어 좀처럼 입이 열리지 않았다.

"너한테는 꼭 한마디 사례와 사과를 하고 죽고 싶었는데 이렇게 만나 보았고…… 이제 죽어도 여한이 없다."

오싱은 사쿠조의 얼굴에 꺼질 듯 말 듯 번지는 쓴웃음을 바라보며 가슴 한구석이 아프게 저려 왔다. 그런 아버지의 연약한 모습을 그저 바라볼 수밖에 없는 것이 애가 탔다.

"다만 미안한 것은 미쓰가 스물세 살이 되도록 아직 시집을 못 가고 있는 거다. 너도 일만 하다가 혼기가 늦은 게 아닌가 하고 그것만이…… 적어도 미쓰와 네 결혼만은 보고 싶었는데……"

순간 오싱의 마음속에는 작은 갈등이 일었다. 오싱은 애써 담담한 모습으로 아버지의 말에 귀를 기울였다.

"그것도 내가…… 오싱의 혼기가 늦은 건 내 탓이지. 그것만이 미련으로 남는다."

사쿠조의 목소리는 아주 깊은 곳으로 빠져들듯 가라앉았다.

후지가 그런 사쿠조의 모습을 보다 못해,

"여보, 말을 너무 많이 하면 몸에 해로워요."

하고 근심스럽게 말했다.

"괜찮아. 지금 얘기하지 않으면 앞으로 영영 못할지 몰라. 말할 수 있을 때…… 오싱, 나는 너한테만 기대 왔다. 용서해라."

눈물이 가득한 아버지의 희미한 눈빛을 마주 보던 오싱은 자신도 모르게 소리쳤다.

"아버지, 제 걱정은 마세요. 저는 지금 누구보다도 행복한 생활을 하고 있어요."

"그래?"

"저 결혼했어요."

사쿠조도 후지도 그 말에 무척 놀라며 믿을 수 없다는 듯이 오싱을 바라보았다.

"아버지도 아는 사람이에요. 도쿄의 양복지 도매상인 다노쿠라상이에요."

사쿠조는 그 말에 적잖은 충격을 받은 듯했다.

"아버지한테는 마음에 안 드는 사람일지 모르지만 저는 정말 행복해요. 아버지와 싸운 겡 할아범도 절 귀여워해 주고요."

"그래? 다노쿠라상과……"

오싱은 조심스레 아버지의 표정을 살피며 다짐을 하듯이 힘주어 말했다.

"그 사람 좋은 사람이에요."

"나는 다노쿠라상한테 호통치러 갔던 일이 가끔씩 꿈에 나타나 가위에 눌리기도 했다. 그 일이 계속 마음에 걸려 있었지. 내가 네 행복을 가로막은 것이 아닌가 하고 말이다."

사쿠조는 갑자기 심하게 기침을 하더니 말을 이었다.

"아버지라는 건 별수 없어. 알지도 못하는 사내에게 딸을 그렇게 간단히 빼앗길 수 있나 하는 마음이 앞섰지. 나중에 결국 후회했지만 역시 그 사람과……"

사쿠조는 오싱을 뚫어져라 바라보다가 문득 소리치듯 말했다.

"후지, 술을 가져와."

"무슨 당치도 않은 소릴 하는 거예요."

후지도 오싱도 사쿠조의 말에 깜짝 놀랐다.

"오싱의 결혼을 축하해 주고 싶단 말이야. 일생에 단 한 번 있는 일이잖아. 아무것도 해 주지 못했지만 그래도 술이나 마시고…… 이건 내 기분이다."

후지는 잠자코 일어나 부엌에서 술과 잔을 가져와 사쿠조에게 술을 따랐다.

"오싱에게도…… 후지, 당신도 모두에게 한잔씩 따라 줘."

"그럽시다."

후지는 미쓰에게 술잔을 가져오라고 시켰다. 미쓰로부터 잔을 건네받은 후지는 나머지 잔에도 술을 가득 부었다.

그것을 바라보던 사쿠조의 표정에 만족스런 미소가 번졌

다. 후지는 말없이 그를 일으켜 주었다. 그리고 사쿠조의 손에 술이 가득 담긴 잔을 쥐어 주었다.

"모두들 오싱을 위해 건배하자. 오싱…… 잘했다. 축하한다."

사쿠조는 매우 만족한 표정으로 단숨에 술잔을 들이켰다.

그날 밤, 사쿠조는 숨을 거두었다. 병명은 간경화증이었다.

마지막 숨을 거둘 때 그의 얼굴은 평온했고 엷은 미소까지 머금고 있었다. 그게 오싱에게는 커다란 위로가 되었다. 죽어서야 비로소 평온할 수밖에 없었던 아버지의 일생을 눈앞에 지켜보며 오싱은 다시 한번 삶의 덧없음을 보았다.

사쿠조의 장례식은, 죽은 사람을 위해 돈을 쓰는 것은 쓸데없는 짓이란 쇼지의 고집 때문에 모든 절차를 간소하게 했다. 사쿠조의 시신이 연기 속으로 사라져 한 줌의 재를 남긴 것은 잠시였다.

쇼지 내외의 정나미 떨어지는 소행을 보고 오싱은 어머니를 자기가 모셔 갈 결심을 했다.

"엄마, 나랑 도쿄로 가요. 아버지도 없는 집에 엄마 혼자 둘 수 없어요. 류조는 착한 사람이에요. 틀림없이 반가워할 거예요. 엄마는 오빠와 도라 곁에선 절대로 견딜 수가 없어요."

"누가 뭐라 해도 여기는 내 집이야. 떳떳한 얼굴로 버티고 있겠다. 지지 않을 테다."

그러나 후지는 완강히 거절했다.

"전에도 말한 일이 있지만 오싱한테 얹혀 있게 되면 나도 그렇고 너도 그렇고 늘 미안한 생각만 들 거야."

"그런 사람이 아니에요, 류조상은."

"엄마는 싫다. 아무리 좋은 사람이라도 사위는 조심스럽다. 또 조심하지 않으면 네가 신경을 써야 하니까 엄마와 남편 사이에서 고생하게 될 거다. 모처럼 너도 행복을 잡았는데 그걸 망가뜨려선 안돼. 누구에게도 득이 되지 않는 일이다."

후지는 미소까지 머금은 채 말을 이었다.

"여기서야 싸움을 해도 나는 누구에게도 거리낄 것이 없지. 도라가 제아무리 싫은 얼굴을 해도 눈썹 하나 까딱 않을 테다. 밥도 마음 놓고 먹을 거다. 그러나 너희 집 손님으로 가면 그렇게는 안되는 거지."

아무렇지도 않은 듯 웃어 보이는 어머니가 오싱에게는 더한 슬픔으로 다가왔다.

"여기서 일단 나가면 딸네 집에서 살다가 재미가 없다고 해서 다시 돌아올 수는 없는 거야. 또 내가 아버지 곁에 있어주지 않으면 아버지가 쓸쓸해 할 거다. 너희 집까지 아버지 위패를 가지고 갈 수는 없지 않느냐."

"엄마, 그렇지만 난 도저히⋯⋯"

"자, 이젠 너도 돌아가야지. 남의 집 사람이 되면 그렇게 오랫동안 집을 비우는 게 아니다."

후지는 잠시 말을 멈추고 일어서서 밖을 내다보고는 못마땅한 듯 말했다.

"또 시시껄렁한 녀석들이 시시한 의논을 하러 모였군."

"무슨 의논을요?"

"소작인들이 한 패가 되어 소작료를 감해 달라고 지주와 담판을 짓는단다."

"지주와 담판이라구요?"

"그렇게 해 봤자 지주가 응해 줄 리가 없지. 그 사람들이 바보가 아니니까. 순사들이 그런 소작인들을 단속하고 있어. 잘못 보였다가는 끌려가게 될지도 모르는데 쇼지처럼 젊은 소작인들은 무서운 걸 모르니까. 누군가 그런 일을 충동질하며 돌아다니는 사람이 있다더라."

"그 사람이 오는 거예요?"

오싱은 갑자기 민감한 반응을 보였다.

"글쎄다. 쇼지는 완전히 빠져 있다. 지주들 욕심이 과하다는 것은 알고 있지만 여태껏 그렇게 해 왔으니 어떻게 할 수 없는 일인데 말이다. 말끝마다 아버지처럼 한심하게 살기는 싫다고 하면서…… 딱한 녀석이야."

순간 오싱의 머릿속에 무엇인가 번뜩 스치는 것이 있었다. 오싱은 뭔가에 이끌리듯 밖으로 뛰어나갔다.

"오싱? 쇼지한테는 무슨 말을 해도 소용없다. 모르는 척해라."

후지의 말을 귓전으로 흘리며 오싱은 몇몇 젊은이들이 모여 있는 마당으로 나갔다.

행복과 불행

　새로 지은 집안에는 꽤 많은 사람들이 모여 있는 듯했다. 오싱은 발소리를 죽이며 그쪽으로 다가갔다. 어둠 속에 몸을 숨기듯 감추고 방 안을 엿보려고 할 때, 오싱은 마당으로 들어서는 어떤 인기척을 느꼈다. 누군가가 마당으로 들어와 현관으로 다가가는 모습이 보였다.
　나무 그늘 뒤에 몸을 숨기고 유심히 그림자를 살펴보던 오싱의 얼굴색은 순식간에 하얗게 변했다. 다음 순간, 오싱은 자신도 모르게 뛰어나가 그 사람 앞에 우뚝 섰다. 그러고는 뚫어지게 그의 얼굴을 바라보았다.
　그는 분명 고우타였다. 고우타는 무심코 오싱을 마주 보다가 이내 흠칫 놀라는 기색이었다. 두 사람은 잠시 아무런 말도 못하고 서로 쳐다보기만 했다.

"역시 고우타상이었군요."

"여기서 뵙다니, 정말 놀랍군요."

오싱도 고우타도 그렇게 인사하고는 무슨 말을 해야 할지 잠시 망설였다.

"오랜만입니다."

"오싱상이 어떻게 여기 오셨습니까?"

"여긴 저희 집이에요. 아버지가 돌아가셔서 집에 와 있었던 거예요."

"그럼, 오싱상은 쇼지상의……"

"네, 제 오빠예요."

그제야 고우타는 다소 궁금증이 풀린 듯했다.

"그랬군요. 아버님 일은 정말 안됐습니다. 나중에 분향할 생각이었지요."

오싱은 물끄러미 고우타를 바라보다가 불쑥 물었다.

"지금도 역시 농촌운동을 하시나요?"

"물론입니다. 내게는 생애를 건 일이니까요."

"설마 이런 곳에서 고우타상을 만나게 될 줄은 몰랐습니다."

"그렇군요. 오싱상이 이 마을 사람이었군요."

오싱은 고우타를 바라보던 그윽한 눈길을 아래로 떨어뜨린 채 침묵을 지켰다.

"우리가 처음 만났을 때 오싱상과 여러 가지 대화를 나눈 일이 있었지요. 오싱상은 나를 이해해 주었고, 나는 그때 정말 기뻤습니다. 이 고장은 일본의 소작제도가 가장 불합리한 곳이오. 그때 오싱상은 괴로웠던 추억을 내게 이야기해 주었소. 그걸 이제야 알겠군요. 이곳 사람이라면 뼈에 사무쳤을 테니까 말이오. 오싱상이 역경을 견디는 강인함을 지니고 있는 것도 이 고장에서 자란 사람이었기 때문인 것 같소."

고우타는 결연한 어조로 말하다가 문득 화제를 바꾸었다.

"지금은 어떻게 지내고 있소?"

"결혼했어요."

오싱은 의외로 쉽게 튀어나온 결혼했다는 말에 스스로 놀라고 있었다. 고우타는 잠시 고개를 들어 허공에 시선을 못 박고 나서 다시 물었다.

"그렇습니까. 어디서?"

"도쿄에서요. 양복지 도매상을 하는 다노쿠라상네 사람이 됐어요."

"축하해요. 오싱상이 골랐다면 틀림없이 좋은 사람이겠지요. 부럽군요, 그분이."

그 순간 오싱은 이상하리만큼 마음이 차분해지는 것을 느꼈다.

"섭섭한 기분이 안 드는 것은 아니지만 정말 잘됐습니다. 장사하는 집 부인이라면 오싱상에게 가장 걸맞겠군요."

"고우타상은?"

"나는 가정을 가질 처지가 못되오. 여자를 불행하게 만들 뿐이오."

오싱은 예전의 방황하던 그의 모습을 희미하게 보는 듯했다.

"행복해야 돼요. 오싱상은 꼭 행복해지지 않으면 안돼요. 언제나 행복하기를 바라겠소."

"고우타상!"

"이렇게 만나서 반갑군요. 행복한 모습의 오싱상을 만나서 정말 기쁘오."

오싱은 그 순간의 미묘한 감정을 무슨 말로도 나타낼 수 없었다. 다만 고우타의 얼굴에 깊은 시선을 던질 뿐이었다.

"그럼 나중에 또 만납시다."

마치 모든 생각들을 뿌리치려는 듯 고우타는 황급히 현관으로 들어갔다.

오싱은 그가 사라져 버린 현관을 멀뚱히 바라보았다. 고우타와의 뜻밖의 재회에 오싱이 다시금 마음을 가다듬을 때까지는 오랜 시간이 걸렸다.

또 한편으론 고우타에게 자신의 결혼을 알림으로써 오싱의 가슴속에 어둡게 그늘져 있던 것이 활짝 개는 느낌도 들었다. 그것은 첫사랑에 대한 결별이었다.

이제부터는 류조상만을 지켜보며 살아가리라. 이젠 오빠

의 대(代)로 바뀐 이 고향에도 돌아올 일은 없으리라. 첫사랑과 고향에의 결별은 오싱으로 하여금 류조와의 결혼 생활에 새로운 결의를 다지게 하는 계기가 되었다.

아버지 사쿠조의 초라한 초이레가 지나고 더 이상 야마가다에 머물 이유가 없다는 생각이 들자, 오싱은 도쿄로 돌아가기 위해 서둘러 짐을 꾸렸다. 후지는 서운한 감정을 감추지 못했다.

"이건 엄마가 농사지은 콩과 팥이다. 도쿄에서는 무엇이든 살 수 있겠지만 이것밖에 신통한 것이 없구나. 그저 마음뿐이다."

"엄마, 괜찮으니 신경 쓰지 마세요. 오빠와 도라 언니가 언짢아 할 텐데."

"오싱, 내 일은 걱정할 것 없다고 했잖니. 엄마는 이 집을 지켜 온 사람이야. 어제오늘 들어온 며느리 따위가 큰소리치게 만들지는 않을 거다. 떳떳하게 하고 싶은 일 하면서 살 거야. 잔소리 해 봤자 듣지도 않을 테고…… 모른 척하고 있으면 마음도 편하고 화도 나지 않을 게다."

후지는 아무렇지도 않게 웃음 지어 보였다.

"그래도 정 괴로우면 참지 말고 도쿄로 오세요. 류조는 마음이 따뜻한 사람이니까 염려할 것 없어요."

"엄마 걱정은 하지 말고 너야말로 잘해야 한다. 남자란 아내가 하는 대로 좌우된단다. 인연이 있어 부부가 됐으니 남편이 훌륭한 남자로서 좋은 일을 할 수 있도록 네가 뒷받침을 잘해야 한다."

오싱은 묵묵히 어머니의 말을 가슴에 새겨들었다.

"이젠 다른 사람의 일 따위는 꿈에도 생각하면 안된다. 엄마는 네가 며칠 전에 여기서 만난 고우타라는 사람의 일이 걱정되어 하는 말이다."

오싱은 가슴이 철렁 내려앉는 것을 겨우 감추고 어머니를 똑바로 쳐다보았다.

"너도 이제 겨우 행복하게 됐는데 쓸데없는 일로 망치기라도 하면 어떡하니."

"엄마한테는 아무것도 속일 수가 없군요."

오싱은 아무렇지도 않은 듯 웃으면서 말했지만 후지는 계속 불안한 듯했다.

"그 사람은 내가 처음으로 좋아했던 사람이에요. 그렇지만 아무 일도 없이 끝났어요. 그 사람한테 내가 결혼한 이야길 했고 그도 나를 축하해 줬어요. 그것으로 깨끗해진 거예요. 이제부터는 류조상만을 의지하고 살아가겠다는 결심이에요. 그 때문에 하늘이 고우타상을 만나게 해 주신 것이라고 생각해요."

"그래. 잘 생각했다."

"아버지가 돌아가시고 오빠 부부의 세대가 됐으니 이제 고향에 돌아올 집도 없다는 것을 뼈저리게 느꼈어요. 류조상이 있는 곳만이 내 집이라는 것도 알았어요. 류조상과의 생활을 정말로 소중히 아낄 거예요. 난 도쿄에서 착실하게 잘 살 테니까 엄마도 이제 내 걱정은 말아요."

"그래, 걱정하지 않겠다. 오싱도 엄마의 일은 잊어버려라."

눈물이 글썽한 눈으로 후지를 응시하며 오싱은 진한 아쉬움으로 눈길을 움직이지 못했다.

아버지의 죽음과 함께 모든 것을 떨쳐 버리듯 하고 짐을 꾸려 그날 오싱은 사카다로 길을 떠났다. 도쿄로 돌아가기 전에 사카다의 가가야에 들러 자신의 결혼을 알리고 싶었기 때문이다.

한낮이 다 되어 사카다에 도착한 오싱은 8년 동안 걸었던 예전의 그 길이 전처럼 편하지만은 않았다. 어느새 자신이 도쿄 사람이 되었구나 하는 생각이 들자 쓴웃음이 나왔다.

가가야의 앞에 이르러 오싱은 자신의 기억 속에서 점차로 희미해져 가던 옛 추억들이 다시금 선명하게 되살아났다. 선뜻 들어가지 못하고 감회에 젖은 눈으로 가게를 지켜보는 오싱을 기요타로가 먼저 발견했다. 그러고는 깜짝 놀라 가게 밖으로 뛰어나왔다.

"오싱? 오싱이잖아!"

오싱은 공손히 머리를 숙였다. 기요타로는 뜻밖에 나타난 오싱을 반갑게 맞으며 어쩔 줄 몰라 했다. 그의 팔에 이끌리다시피 하여 거실로 들어갔을 때 구니도 미노도 한결같이 놀라고 반가워하며 오싱을 맞았다.

구니와 미노, 그리고 오싱이 거실에 함께 자리해서 한참 이야기를 나누고 있을 때 갑자기 가요가 뛰어 들어왔다.

"아니, 오싱?"

가요는 오싱의 목 앞까지 다가와 똑바로 마주 보았다.

"정말 오싱이구나. 잘 왔어. 그런데 무슨 일이 있었어?"

반갑고 들뜬 표정은 순식간에 사라지고 가요의 얼굴에 문득 불안의 빛이 번졌다. 오싱이 머뭇거리며 대답을 하지 못하고 있을 때 미노가 옆에서 거들었다.

"아버님이 돌아가셔서 집에 왔다가 돌아가는 길에 들렀단다. 아직 돌아가실 나이도 아닌데……"

"천명이라고 생각해야지요."

가요는 놀란 표정을 감추지 못하면서도 오싱에게 서슴치 않고 내뱉었다.

"시원하겠다. 오싱이 아버지에게 얼마나 시달렸니."

"가요!"

"사실이잖아요. 이젠 오싱도 어깨가 가벼워졌을 거야."

오싱은 가요의 말에 별다른 반응없이 그저 덤덤할 뿐이었다.

"실은 오늘 뵈러 온 것은 얼마 전에 결혼을 했기 때문에 그 인사를 올리려고 왔습니다."

"결혼이라니?"

모든 시선이 일제히 오싱에게 쏠렸다.

"네, 인연이 닿아서 시집을 가게 됐습니다."

"오싱이 결혼했어?"

그때도 가장 민감하게 보인 것은 가요였다.

"네."

"상대는 도쿄 사람이야?"

가요는 쉴 틈도 주지 않고 물었다.

"네, 가요 아가씨도 잘 아시는 다노쿠라상이에요."

가요는 깜짝 놀라 눈이 휘둥그레졌다.

"다노쿠라상이라고? 그 양복지 도매상 말이야?"

"네, 다노쿠라의 양친도 저희 아버지도 반대하셨기 때문에 둘이서만 결혼식을 올렸어요. 하지만 다노쿠라상의 아버님께도 이번에 승낙을 받았고 저희 아버지도 기뻐해 주셨으니까, 이제 겨우 큰방마님께 보고를 드리러 오게 됐습니다."

"설마 다노쿠라상과 오싱이…… 언제 그렇게 됐지?

가요의 당돌한 말에 오히려 미노가 민망해져서,

"가요!"

하고 말을 막았다.

"하지만 엄마, 믿어지지가 않는걸. 다노쿠라상은 나와도 서로 잘 알고 있었는데 오싱과 친했다니, 전혀 상상밖이네요."

"가요 아가씨의 덕택이죠. 아가씨가 소개해 주셨으니까."

오고 가는 대화를 줄곧 침묵으로 지켜보던 구니가 한참만에 입을 열었다.

"오싱이 고른 사람이니까 틀림없는 사람일 거야."

"다노쿠라상이라면 훌륭한 사람이야. 나도 신세를 많이 져서 잘 알고 있지만 착실하고 친절하고 게다가 젊은 나이에 가게를 크게 내고 있잖아. 다 좋지만, 하나만 꼬집자면 너무 뼈 없이 좋은 게 흠이라고나 할까."

가요는 여전히 무엇인가 풀리지 않는 궁금증이 있는 듯 고개를 갸웃하며 말을 이었다.

"다노쿠라상은 대지주라는 말을 들었는데 용케도 오싱하고 결혼을 했군."

"그래서 신분이 다르다고 반대를 하셨죠. 하지만 큰방마님께서 이 미천한 것을 어렸을 때부터 예의범절이며 요리까지 모두 가르쳐 주신 덕택으로 그럭저럭 적응해 나갈 각오입니다. 새삼스럽지만 그 감사의 말씀을 드리고 싶어서요."

구니는 얼굴 가득히 흡족한 미소로 기뻐했다.

"정말 더할 수 없이 기쁜 소식이구나. 우리 집에서 일한 보람이 있었어. 정말 잘됐다. 오싱, 축하한다."

"감사합니다."

오싱은 뜨거운 것이 울컥 솟을 정도로 따뜻한 정을 다시 한번 뼈저리게 느꼈다. 그때 가요가 불쑥 끼어들었다.

"그렇다면 연애 결혼이잖아. 부러워. 나 같은 결혼을 하면 끝장이야."

오싱은 가요의 말뜻을 어떻게 해석해야 좋을지 몰랐다.

"오늘 밤엔 모두들 오싱을 축하해 주자. 오싱의 결혼을 축하하게 되다니 나도 오래 살다 보니 이런 좋은 일이 있구나."

구니의 눈에 눈물이 가득 고였다. 오싱은 가가야에 돌아온 그 순간만큼은 자신의 고향에 온 것처럼 마음이 푸근했다.

잠시 후 오싱은 가요와 함께 그들 부부의 방으로 건너왔다. 어릴 적 함께 지내던 기억을 돌이키며 그동안 잊고 지내온 옛정을 다시 나누었다.

"훌륭해, 오싱. 자기가 뜻한 바대로 살 수 있으니. 나는 죽은 인생이나 마찬가지야. 좋아하지도 않은 남자와 살게 되고……"

"가요 아가씨, 훌륭한 남편을 맞으셨는데 그런 말씀을 하시면 안돼요."

"그 사람은 가가야의 재산을 보고 장가든 거야. 지금은 기생한테 딴살림을 차려 주고 나는 가까이 하지도 않아."

가요의 자포자기한 말투에 오싱은 크게 실망했다.

"그래도 모두들 보고도 못 본 척하는 거야. 잔소리를 했다가 나가 버리면 가가야의 창피니까."

"아가씨도 잠자코 있는 거예요?"

"질투할 마음도 없어. 몇 번씩이나 집을 나가려고 마음먹었는지 몰라. 그렇지만……"

오싱은 연민의 정이 가득한 눈길로 가요를 바라보았다.

"어째서 그때 고우타상의 일을 단념했는지 모르겠어. 도쿄에서 기다리고 있었으면 고우타상이 돌아왔을지도 모르는데…… 틀림없이 돌아왔을 거야."

오싱은 그런 가요의 모습을 대하고 보니 잊혀져 가던 아픔이 다시 되살아나는 괴로움을 마음속에서 삭여야만 했다. 가요가 지금까지도 고우타를 잊지 못하고 불행한 날들을 보내고 있는 것이 전부 자기 탓이라는 생각으로 오싱은 견딜 수가 없었다.

"오싱, 내가 사카다로 돌아온 다음에 고우타상이 내 아파트에 돌아오지 않았을까. 나는 지금까지도 그런 생각을 떨쳐버릴 수가 없어. 후회스러워 못 견디겠어."

가요는 차츰 격앙되어 오싱의 어깨를 흔들며 말을 이었다.

"오싱, 제발 부탁이야. 솔직하게 말해 줘. 나는 만일 고우타상이 돌아왔다면 이 집을 나가겠어. 이 집을 나갈 용기가 있단 말이야. 고우타상의 마음을 믿을 수만 있다면 얼마든지 집을 버리겠어. 일생 동안이라도 좋아. 그 사람을 기다리겠어. 어떤 고생을 하더라도, 설혹, 고우타상을 만나지 못해도 그 사람을 믿고 기다리는 편이 이런 생활보다는 훨씬 더 행복할 거야."

가요의 눈에는 금방이라도 흘러넘칠 듯 눈물이 가득 고였다. 오싱 역시 더 이상 참기 어려울 정도로 괴로웠다. 이토록 애절한 가요를 보며 그녀의 소원대로 모든 사실을 말해 버리고도 싶었다. 하지만 그럴 수는 없는 일이었다.

"오싱, 거짓말이라도 좋아. 고우타상이 내 아파트에 왔었다고만 말해 줘. 그것으로 나는 도쿄로 갈 결심이 선단 말이야. 그것만으로도 이 지옥에서 빠져나갈 수 있어. 믿고 싶어, 고우타상을."

오싱은 가슴을 저미는 듯한 아픔을 겨우 누르며 고우타가 가요의 아파트에 돌아왔을 때를 선명하게 떠올렸다. 분명히 그는 가요를 찾아 되돌아왔다. 그러나 오싱은 그 기억을 떨쳐내야 한다고 힘주어 다짐했다.

"아가씨, 돌아오지 않았어요. 내가 아가씨의 아파트를 정리할 때까지도 고우타상은 끝내 모습을 나타내지 않았어요."

오싱은 가요의 얼굴에서 천길 나락으로 떨어지는 절망의 빛을 보았다. 가느다란 희망에 매달렸던 사람이 그것조차도 놓쳐 버렸을 때의 비참함까지 엿보였다.

"그 뒤의 일은 모르지만 그때까지는 한번도 고우타상이 돌아오지 않았어요."

냉철하고 분명하게 말하는 오싱의 태도에 가요의 얼굴에는 또다시 쓸쓸함이 번져 갔다.

"오싱은 지금 고우타상이 뭘 하고 있는지 모르겠어? 만난 적도 없어?"

오싱은 가슴이 뜨끔했다. 그러나 그런 내색을 할 수 없는 상황이었다. 짐짓 태연한 척 오싱은 시치미를 뗐다.

"가요 아가씨가 모르는 일을 어떻게 제가 알겠어요. 소문을 들은 일도 만난 일도 없어요."

"지금도 역시 옛날처럼 농촌운동을 하고 있겠지."

"그런 일을 하고 있는 고우타상은 행복한 가정을 만들 수 있는 사람이 아니라고 생각해요."

"괜찮아. 일 년에 한 번밖에 만날 수 없더라도 고우타상의 사랑을 받고 그 사람을 기다릴 수만 있다면 난 그것으로 행복하겠어."

"고우타상은 가요 아가씨의 일은 이미 잊어버렸을 거예요. 그런 사람에게 언제까지나 미련을 품는 건 어리석다고 생각되지 않으세요?"

"오싱처럼 사랑하는 사람과 결혼한 여자는 내 마음을 알지 못할 거야. 오싱, 차라리 그림이라도 그릴 수 있다면 얼마나 위안이 될는지 모르겠어. 그렇지만 지금의 내게는 그림을 그릴 정열조차도 남아 있질 않아. 이런 기분으로 살아 있어 봤자 아무 희망이 없어."

오싱은 자신도 모르게 가요의 어깨를 움켜쥐었다.

"정신 차리세요. 아가씬 세상 물정을 너무 몰라요. 이렇게 큰 가가야의 상속자로 태어나 훌륭한 어른들도 계시는데 어째서 좀 더 자신을 소중히 여기지 않는 겁니까. 아가씨가 그렇게 계시니까 주인어른이 재미없어 하시는 것도 당연하죠. 주인어른을 탓하기 전에 아가씨의 마음부터 고치셔야 해요."

그러나 가요의 싸늘해진 얼굴을 보자 오싱은 순간적으로 자신의 지나친 말을 후회했다.

"미안해요. 누구보다도 아가씨 마음을 잘 알고 있는 제가…… 이런 말을 할 자격도 없어요. 하지만 아가씨가 괴로워하는 것을 보니 마음이 아파요. 아가씨만은 행복하게 되었으면 하고 바랄 뿐이에요."

터져나오는 슬픔을 감추려는 듯 오싱은 얼굴을 두 손에 파묻었다.

"오싱, 모처럼 와 주었는데 언짢은 말만 해서 미안해. 용서해 주겠지?"

오싱은 얼굴을 들고 눈물이 글썽해진 눈으로 고개를 끄덕여 보였다. 오싱의 얼굴에도 가요의 얼굴에도 서로 닮은 쓸쓸한 미소가 희미하게 비쳤다.

그때 미노가 미닫이를 열고 재촉했다.

"가요, 마사오가 돌아왔다. 어서 나와 보거라."

"엄마, 나 골치가 아파. 감기로 누워 있다고 해요."

그러나 미노의 거듭된 재촉에 가요는 어쩔 수 없이 오싱과 함께 거실로 갔다.

그들이 거실에 들어섰을 때 마사오는 차를 마시며 앉아 있었다.

가요는 내키지 않는 듯 건성으로 인사했다. 여전히 냉랭한 마사오의 태도에 미노가 얼버무리듯 말을 돌렸다.

"오싱이 왔어. 이번에 도쿄에서 결혼을 했대."
"오싱입니다. 갑자기 찾아뵙게 되었습니다."
그러나 마사오는 오싱을 흘깃 한번 쳐다보고는 퉁명스럽게 내뱉었다.
"가요와 어머님께 할 말이 있어요."
미노가 긴장한 얼굴로 마사오를 바라보았다.
"소데가 임신을 한 것 같아요. 내년 여름에 낳을 겁니다. 태어나는 아이에겐 죄가 없으니까 인정해 줄 작정입니다."
갑작스런 마사오의 말에 가요는 더 이상 참지 못하고 방을 뛰쳐나갔다. 오싱은 황급히 그 뒤를 따랐다.
가요는 자기 방에 돌아와서도 한참 동안 터질 것 같은 가슴을 억제하기 힘든 듯 씩씩거렸다.
"오싱, 이런 꼴을 당하고도 나는 참을 수밖에 없으니…… 이 집에 있는 것이 지긋지긋해. 하지만 갈 곳도 없어. 고우타상이 생각해 주지 않는다면 난 아무도 의지할 사람이 없으니 말이야. 오싱이 부러워. 사랑하는 사람과 함께 사니까 얼마나 행복할까. 오싱, 다노쿠라상과의 생활을 소중하게 아끼고 지켜가야 해."
가요의 눈에서 쉴 새 없이 눈물이 흘러넘쳤다. 오싱은 아무 말도 할 수 없었다. 가요가 말했던 것처럼 지옥을 보았다고 생각했다. 가요가 잘되기를 빌면서 했던 거짓말이 과연 가요를 위해 잘한 일이었을까. 그런 생각을 하니 오싱은 살이 도려지는 듯 아팠다.

그 순간부터 오싱은 가요에 대한 커다란 정신적 부담을 일생 동안 짊어지게 된 것이다.

그날 밤 가가야에서 하룻밤을 지낸 오싱은 날이 밝자 도쿄로 떠났다. 가요의 불행을 보며 류조와의 만남이 새삼 축복처럼 느껴졌기에 발걸음을 서둘렀던 것이다.

오싱은 잰걸음으로 다노쿠라상회로 들어갔다. 가게 안으로 불쑥 들어오는 오싱을 류조와 겡우에몽은 깜짝 놀라며 맞았다.

오싱은 류조와 겡우에몽에게 머리 숙여 인사했다.

"염려해 주신 덕분에 무사히 다녀왔습니다. 너무 오래 걸렸지요? 사카다의 가요 아가씨 댁에도 들렀다 오느라고 좀 늦었습니다."

"그거 잘했군. 가요상도 반가워했겠는데?"

"겡 할아범, 내가 없는 동안 수고 많으셨지요."

"아닙니다. 고단하실 텐데 어서 안으로 들어가 쉬시죠."

짐을 들고 부지런히 안으로 들어가는 겡우에몽의 뒤를 쫓아 류조와 오싱은 함께 들어갔다.

"오랜만에 집에 갔는데 좀 더 쉬다 오지 그랬소."

"아니에요. 너무 할아범만 의지해서는 안돼요."

"나는 벌써 몇십 년이나 도련님을 섬기고 있으니까 도련님

뒷바라지 정도야 별로 힘들지 않지요. 다만 도련님이 쓸쓸해 해서요."

"할아범!"

"매일매일 언제 오려나, 무엇을 하고 있을까 하고 초조하게 기다리시고는 아씨 앞에선 좀 더 쉬다 오지 그랬어 라는 말이 잘도 나오시는군요."

은근히 쏘아붙이는 겡우에몽의 말에 류조는 민망해서 멋쩍게 웃었다.

"여러 가지로 폐를 끼쳤습니다. 무사히 초이레도 끝났어요. 어머니도 안부를 전하라고 하셨어요. 정말 고마워요."

"무척 낙심하셨겠죠."

"다행히 아버지가 아직 의식이 있을 때 우리들이 결혼했다는 것을 말씀드릴 수 있었어요."

"승낙받았소?"

"무척 기뻐하셨어요. 그것만으로도 조금은 효도가 됐습니다."

"다행이에요. 아버님이 이곳에 오셨을 땐 그렇게도 반대를 하시더니…… 그때만 해도 무척이나 건강하셨지요. 그 모습이 지금도 눈에 선합니다."

겡우에몽에게는 이미 고인에 대한 악의는 전혀 남아 있지 않은 듯했다.

"그래, 정말 위세당당한 장인어른이었어. 나도 다시 한번 뵙고 싶었는데…… 함께 술이라도 마시며 충분히 대화를 갖고 싶었지."

류조는 못내 아쉬운 마음으로 말했다.

겡우에몽이 방을 나가자 류조는 오싱의 손을 붙잡고 다시 한번 위로의 말을 했다.

"힘들었겠소."

"힘들긴요…… 어쨌든 아버지께는 내 나름대로 정성껏 했다고 생각해요. 미련은 없어요. 그럭저럭 집도 지었고요."

"그래? 다 지었어? 그럼 아버님도 새 집에서 돌아가셨으니 만족하시겠군. 정말이지 당신, 효녀 노릇을 다했어."

"이것으로 이제 친정에 대한 짐은 덜었어요. 앞으로는 내 일만 생각하며 지내겠어요. 야마가다의 일은 이제 잊어버리겠어요. 이제 오늘부터 전 이 집 사람이 됩니다. 일생 동안 당신 옆에서 좋은 자식들을 낳고 훌륭하게 키워서 이 도쿄에 뼈를 묻을 겁니다."

류조는 가만히 오싱의 눈을 들여다보았다. 그의 모습에서는 벅찬 사랑의 기쁨이 역력하게 드러났다.

"잘 부탁하오."

류조는 오싱의 가늘고 예쁜 손을 으스러질 정도로 힘주어 감싸 쥐었다.

"나도 이젠 오싱과 떨어지지 않겠어. 무슨 일이 있어도 죽을 때까지 두 사람이오. 할아범이 말한 것은 사실이오. 나는 오싱이 옆에 없으면 이젠 살아갈 수 없어. 오싱만이 의지가 되오."

자신의 손을 더욱 세게 잡는 류조의 따스한 눈길을 받으며 오싱은 머뭇거리던 말을 꺼낼 수 있었다.

"돌아와서 의논드리려고 했는데요, 만일 내가 미용 일을 계속해서 불편을 끼쳐 드리게 된다면 그만두겠어요. 이젠 시골에 돈을 보낼 생각도 없어졌어요. 오빠네는 그들대로 살아가면 되니까."

"그건 오싱의 마음에 달렸어. 당신이 결정하도록 하오."

"사가의 시아버님한테도 허락을 받았고 야마가다의 아버지도 기뻐해 주셨으니 이제 진짜 부부가 된 거죠? 앞으로는 당신과의 생활을 가장 소중히 할 거예요."

"집안일과 바깥일 양쪽을 겸하는 것이 벅차면 그만둬도 좋아. 또 어떻게든 미용 일을 계속하고 싶다면 그것도 좋소. 돈을 벌기 위해서만 일하겠다면 반대지만, 일이 오싱의 사는 보람이 된다면 계속하는 것도 좋아요."

오싱은 무슨 말을 어떻게 해야 좋을지 몰랐다. 류조의 고마운 마음을 받아들이기가 벅찼다.

"여보…… 고마워요."

오싱의 목소리는 벅차오르는 감격으로 가늘게 떨려 나왔다.

축하연

 야마가다에서 돌아온 다음 날, 오싱은 카페 아테네에 인사하러 갔다. 소메코와 야에코 등 모두들 반갑게 오싱을 맞아주었다.
 "너무 오랫동안 쉬어서 죄송합니다."
 오싱의 말이 떨어지자마자 그 자리에 있던 여자들 모두가 한마디씩 쏟아붓듯 말했다.
 "아버님이 돌아가셨다지."
 "하지만 오싱은 멋진 신랑을 만났으니까 쓸쓸하진 않을 거야."
 "정식으로 부인이 됐으니까 출장 미용은 그만두는 거야?"
 "당연하잖아. 다노쿠라상회의 젊은 새댁이 일을 하다니

꼴사나워. 류조상도 허락할 리가 없어."

"그러면 실망인데. 오싱만큼 머리를 만질 수 있는 사람은 그리 많지 않아. 있다고 해도 우리들은 부탁할 수조차 없는 높은 선생들뿐이야."

묵묵히 듣고만 있던 오싱은 그들의 입방아가 웬만큼 끝난 뒤 한참만에야 입을 열었다.

"아뇨, 종전대로 찾아뵙겠어요. 다노쿠라상도 허락해 주었으니까요."

"어머, 류조상이?"

모두들 놀라움을 감추지 못했다.

"여자도 보람 있는 직업을 갖는 것은 좋은 일이라고 했어요."

"과연 류조상이군. 이해심이 깊잖아."

"그런 사람이었어, 류조상은. 우리들한테도 인간적인 대우를 하고, 여급이라고 해서 다른 손님처럼 박하게 대하지는 않았으니까. 그런 사람을 진짜 신사라고 하는 거야."

"깨끗한 신사였어. 그런 사람을 차지했으니 대단해, 오싱은."

"맞았어. 우리들은 다노쿠라상이나 오싱에게도 많은 신세를 졌으니 모두들 결혼 축하연을 베풀어야겠어."

"응, 한바탕 신나게 놀아 보자구."

야에코와 소메코, 그리고 시게코 등은 모두들 들뜬 기분이 되어 어수선할 정도로 마구 떠들어 댔다.

"참, 오싱은 둘이서 몰래 결혼식만 올리고 아직 피로연은 안 했잖아?"

"네, 여러 가지 사정이 있어서……"

"그렇다면 이 기회에 오싱과 다노쿠라상의 친지도 초대해서 피로연을 갖자구."

"하지만 오싱 아버님이 돌아가신 지 얼마 안되는데, 피로연을 해도 괜찮을까?"

"오싱의 아버님도 딸의 행복을 바라는 마음에는 다를 게 없을 거야. 틀림없이 지하에서 기뻐해 주실 텐데 뭘. 괜찮지, 오싱?"

왠지 멋쩍은 생각이 들어 오싱은 작은 목소리로 기어들어 가듯 말했다.

"하지만 그렇게 야단스럽게……"

"아무튼 맡겨 주세요. 다노쿠라상과 오싱이 알게 된 것은 나 때문이니까. 말하자면 나는 중매쟁이야."

야단스럽게 떠들어 대는 소메코를 바라보던 오싱은 쿡 하고 웃음을 터뜨렸다. 그녀들이 진심으로 자신의 결혼을 축하해 주는 마음이 고마웠다.

아테네를 나와 집으로 돌아온 오싱은 류조에게 있었던 일을 모두 얘기했다. 류조의 반응은 생각보다 호의적이었다.

오싱은 비로소 모든 사람들에게 자신의 결혼을 인정받는 거구나 싶어 기뻤다. 일생 동안 류조를 따르며 사는 것이야말로 가장 행복한 삶이라고 오싱은 다시 한번 다짐했다.

다음 날 아침, 오싱은 류조와 함께 다카 선생의 집으로 인사를 하러 가기 위해 집을 나섰다. 그러한 제의 역시 류조가 한 것이다. 오싱의 기쁨은 더할 나위 없었다. 누구의 눈도 꺼리지 않고 당당하게 남들 앞에 나설 수 있다니, 그것만으로도 오싱은 한껏 가슴 벅찬 행복을 느꼈다.

류조와 오싱이 다카의 미용원 앞에 이르렀을 때 왠지 쓸쓸한 느낌이 그들을 맞았다. 오싱은 살며시 문을 열고 안으로 들어갔다. 홀 안은 텅 비었고 손님도 없이 썰렁하기만 했다.

오싱이 들어서는 기척을 들었는지 안에서 리쓰가 나오면서 손님인 줄 알고 인사부터 했다.

"어서 오세요."

고개를 들던 리쓰는 오싱의 얼굴과 마주치자 깜짝 놀랐다.

"오싱 언니!"

"리쓰짱, 오랜만이야. 선생님은?"

"안에 계세요."

리쓰는 황급히 안으로 뛰어 들어갔다. 오싱은 잠시 주춤거리다가 류조와 함께 다카의 방으로 들어갔다. 오싱이 왔다는 말에 다카는 반가워하며 뛰어나와 그들을 방으로 맞아들였다. 오싱으로부터 결혼 소식을 듣고 다카는 누구보다도 기뻐해 주었다.

"그래서 살림을 차렸어? 참 잘됐구나."

"오싱이 신세를 많이 진 모양입니다만……"

류조는 예의 바르게 인사했다.

"아뇨, 신세를 진 것은 제 쪽입니다. 3년이나 이곳에서 열심히 일했는데 스승다운 일은 아무것도 해 주지 못하고 내보내게 되었으니……"

"내보내 주신 덕택으로 그럭저럭 한몫 할 수 있게 되었으니 늘 감사하게 생각하고 있습니다."

"출장 미용으로 매우 바쁘다는 오싱의 소문을 듣고 있었지. 모두들 잘한다고 아껴 준다는 말을 듣고 이젠 됐구나 하고 기뻐했지."

"모두 선생님의 덕택입니다. 자주 찾아뵈어야겠다고 생각하면서도 다른 분들에 대한 민망함도 있고 해서……"

오싱의 말을 언뜻 이해하지 못한 류조가 약간 의아한 표정을 짓자 다카는 자상하게 일러 주었다.

"우리 집에 있으면 다른 제자들의 체면상 3년 정도는 빗잡이로도 대우할 수가 없으니까요. 차라리 우리 집과 인연을 끊게 하는 편이 오싱도 자유롭게 일할 수 있다고 생각해서 그만두게 한 거죠. 오싱도 시골에 돈을 보내야 할 사정이 있었고 오싱만한 실력이 있으면 밖에 나가서도 넉넉히 혼자서 해 나갈 수 있다고 판단했기 때문이죠. 다만 그런 식으로 그만두게 되어서 우리 집엔 출입을 못하게 되고…… 오싱도 괴로웠을 거야."

"이 분야에도 여러 가지 각박한 문제가 있군요."

"옛날에는 더 심했죠. 6, 7년씩 수업을 받고 빗잡이가 되면 다시 보답으로 일해 주고…… 그럭저럭 10년이나 걸려서 익히던 일이죠. 그것도 이젠 통하지 않게 된 거죠."

예전에 미용사로서 이름을 떨치던 다카의 모습은 간데없고 세태의 변화를 체념처럼 받아들이는 듯했다.

그때 리쓰가 다과를 가지고 와서 오싱의 곁에 앉았다.

"다른 사람들은? 출장 미용이라도 갔어요?"

"모두 그만두고 지금은 리쓰만 남아 있지. 리쓰에게도 어차피 수업을 하려면 서양머리 선생한테 제자로 가라고 권하고 있지만……"

"저는 여기 남아 있고 싶어요. 선생님께서 혼자만 남으시다니 너무 쓸쓸해요."

다카는 그런 리쓰의 말이 고맙기도 했지만 얼굴 가득 드러나는 쓸쓸한 기분은 어쩔 수 없었다.

"리쓰짱, 그런 말만 하고 있다가는 시대에 뒤떨어져. 오싱이 우리 집에 있을 무렵부터 일본머리를 빗는 사람이 줄어들었지만 지난 일 년간은 거의 없다시피 되어 버렸거든. 우리 집에 있어 봤자 서양머리를 배울 수 없으니 가망이 없다고 나가는 것도 무리가 아니지."

오싱은 다카의 말이 믿어지지 않았다. 자신이 처음 미용원을 찾았을 때 눈코 뜰 새 없이 바쁘게 움직이던 많은 미용사들을 떠올리며 물었다.

"그럼 댁에는 아무도……"

"지금은 기생들이 올 뿐이니까 나 혼자서도 충분해. 이런, 안되겠어. 모처럼 좋은 소식을 전해 주러 왔는데…… 리쓰짱, 손님은 없지? 상 준비를 해 줘."

"아뇨, 괜찮습니다."

"정말 기뻐. 오싱, 여자는 말이야 역시 의지할 수 있는 남자가 있다는 것이 가장 행복한 거야. 나처럼 되면 끝장이야."

오싱은 착잡한 심정으로 다카를 지켜보았다. 미소 짓는 다카의 모습이 너무 쓸쓸해 보였다. 한때 그처럼 번성하던 미용원의 자취가 사라진 지금 오싱은 격렬한 시대의 흐름을 절실하게 느끼고 있었다. 그런 격렬한 변동 속을 앞으로 류조와 함께 헤쳐 나가야 한다는 생각을 하니 다카의 일이 결코 남의 일이 아닌 것 같아 섬뜩해지기까지 했다.

류조와 오싱의 신혼 생활은 날이 갈수록 점차 안정되었다. 출장 미용은 지금까지 단골이었던 카페의 여급들 몇 명으로 줄이고 오싱은 가능한 한 가사에 전념하고 또 가게 일을 도우며 하루빨리 익히려고 노력했다.

오싱은 겡우에몽과 함께 장부를 정리하는 일이 잦아졌다. 이제 겡우에몽은 오싱이 장부를 살피는 것에 대해 꺼리는 기색이 전혀 없었다.

"여자가 가게 일에 간섭하는 것을 남편은 싫어하지만 다노쿠라상회가 지금 어떤 상태인지 알아 두는 것은 아내의 의무라고 생각해요."

"옳으신 말씀입니다."

"게다가 언제 무슨 일이 일어나서 내가 남편이나 겡 할아범을 대신해야 할지도 모르잖아요. 그때 아무것도 모른다고 해도 통하지 않을 거예요. 조금은 알고 있어야 할 것 같아요."

"그렇습니다. 상품이나 장사하는 법을 서서히 가르쳐 드릴 작정이니까 아씨는 너무 걱정하지 마세요."

"만일 남편이 일정한 직장에 근무해서 다달이 급료를 받는 생활이라면 아무것도 알려고 하지 않겠어요. 하지만 우리들은 자신이 장사를 해서 부부가 살아가야 하니까요. 이 집의 재산도 부채도 아내로서 일단은 알아 둬야 할 거예요."

"그렇지요."

"여기의 토지와 건물은 남편 소유인가요?"

"아뇨, 토지는 빌린 것으로 토지세만 내고 있으니까 채지권(債地權)뿐이죠. 집은 도련님이 사가의 본가를 나와 독립하실 때 주인님이 내주신 자본금의 일부로 세운 거니까 도련님의 명의로 되어 있습니다."

"그럼 집세는 들지 않는군요."

겡우에몽의 말을 듣고 오싱은 다시 장부를 넘기며 꼼꼼하게 들여다보았다.

"지난달 수익으로는 상점의 경비도 안되잖아요?"

"언젠가도 장부를 보이며 말씀드렸지만 지난 반년 가량 상품이 나가기만 하고 대금은 회수되지 않아서 아무래도 적자가 되는 거죠. 무리하게 수금하거나 납품한 물건을 도로 반품받으면 소매점은 파산할지도 모르죠. 어쨌든 소매점을 소중히 하다 보니 그런 결과가 됐습니다."

오싱은 깊은 생각에 빠진 듯했다.

"하여간 이런 불경기 때는 도매상과 소매점이 서로 돕고 참아야지요. 그러다가 잘 되는 날도 오겠죠."

"그렇다면 집안 살림도 이것저것 줄여야 하겠군요."

"그렇게까지 하지 않아도 되겠죠."

"대금이 회수되지 않는다고 상품을 사들이지 않으면 장사가 안된다고 그나마 남은 이익을 모조리 되쏟고 있으니, 이래서는 돈이 아무리 많아도 모자랄 거예요."

"조금씩 지불해 주는 곳도 있으니까요. 그런 것은 도련님께 맡기세요. 그 때문에 오늘도 뛰어다니고 계시죠."

겡우에몽은 근심이 가득한 목소리로 말을 이었다.

"아씨, 주제넘은 소리 같아서 도련님한테는 그런 말을 못하죠. 도련님도 잘 알고 계시니까요. 만일 아씨께서 옆에서 간섭하시다가 부부 사이에 금이라도 가면 큰일입니다. 남자란 본디 여자한테 아픈 곳을 지적당하길 싫어하니까요."

오싱은 그 이상 아무 말도 꺼낼 수 없었다.

"말씀드려야 할 때는 제가 틀림없이 말씀드릴 테니까요."

겡우에몽의 단호한 태도에 어떤 말도 소용없다는 것을 깨닫고 오싱은 굳게 입을 다물었다.

그날 저녁, 오싱이 식사 준비를 하고 있던 부엌으로 류조가 불쑥 들어왔다.

"이제 오세요?"

"응, 프랑스의 케익 기술자가 만든 맛있는 케익을 사 왔어."

하고 류조는 겉보기에도 고급스러워 보이는 상자를 내밀었다.

오싱은 자신도 모르게,

"그렇게 사치스러운 것을……"

하고 말해 버렸다.

"나는 좋은 음식이라 당신에게 먹이고 싶었소. 그렇게 싫어할 필요까지는……"

류조의 표정이 굳어졌다.

그 순간 오싱은 아차 하고 자신의 경솔함을 깨달았다. 그리고 얼른 표정을 바꿔 상냥하게 대꾸했다.

"고마워요. 곧 차를 끓여 맛있게 먹겠어요."

다행히 류조는 별다른 신경을 쓰지 않는 듯 화제를 다른 곳으로 돌렸다.

"참, 사가의 아버지한테서 편지가 왔소. 오싱이 글씨를 잘

쓴다고 칭찬하시던걸."

류조에게서 재빨리 편지를 건네받은 오싱은 단숨에 그것을 읽어 내려갔다.

"역시 시어머님 말씀은 아무것도 쓰여 있지 않군요. 우리들 일로 화를 내고 계실까요?"

"그런 일엔 신경 쓰지 말라고 했잖아. 아버지가 인정했으니 그것으로 된 거요. 아무리 어머니가 우리의 일을 마음에 들어하지 않아도 이 집을 빼앗지는 못하오. 어머니가 아버지를 꽉 쥐고 있기는 하지만 다노쿠라의 주인은 역시 아버지니까."

"그렇지만……"

"우리는 도쿄에서 뼈를 묻기로 각오했잖소? 나도 평생 사가에 돌아갈 마음은 없어. 이대로 어머니와 만나지 않아도 좋다고 생각하오. 오싱도 어머니와 관계없이 지낼 수 있잖아. 어머니는 처음부터 없다고 생각하면 되는 거요."

오싱은 말없이 찻잔에 차를 따랐다. 그때 겡우에몽이 부엌을 들여다보며,

소메코상이 왔다고 안내를 했다.

"이 시간에 무슨일이야?"

몹시 궁금해 하는 오싱 부부에게 소메코는 뜻밖의 말을 했다.

"다노쿠라 류조상 부부의 결혼 축하연을 갖겠습니다. 잘

부탁드립니다. 날짜는 이번 수요일 밤, 장소는 카페 아테네. 수요일로 정한 것은 그날 손님이 가장 적으니까 가게를 몽땅 세 주겠다고 지배인이 말했기 때문이에요. 그래서 우리끼리 정했어요. 괜찮겠죠?"

"우리야 아무 때라도 상관없지만 미안해서……"

류조는 그다지 싫지 않은 표정으로 말했다.

"참석자한테는 모두 회비를 받는 거죠. 돈을 내고라도 축하연에 참석하겠다는 사람만 모이니까."

"고마워. 마침 잘됐군. 오싱의 옷을 맞추었는데."

그 말에 오싱은 깜짝 놀라며 류조를 쳐다보았다.

"후리소데(겨드랑이 밑을 꿰매지 않은 긴 소매의 일본 옷) 한 벌과 오비도 함께 맞추었지. 2, 3일 안에 될 거야."

"역시 굉장하군요. 과연 다노쿠라상회의 사장님이 하시는 일은 달라. 오싱은 금방석에 앉았지 뭐야. 앞으로는 얼마든지 화려한 마나님이 될 수 있을 테니."

유난히 수선을 떠는 소메코와 달리 오싱은 아무 반응도 나타내지 않았다.

"여자의 행복은 남편한테 달렸다는 말이 정말이야. 아, 부러워라. 그럼 난 다른 곳에도 들러야 하니까 이만 갈게요."

소메코가 나간 뒤 오싱은 정색을 하고 물었다.

"여보, 옷을 맞추셨다니 정말이에요?"

"응, 결혼하고 나서 아직 아무것도 못해 줬잖아. 그리고 나들이옷도 별로 없는 것 같고…… 내가 좋아하는 옷을 오싱에게 입히고 싶어."

"성의는 고맙지만, 가게가 곤란할 때 그렇게 과분한 것을……"

그러자 류조는 정색을 하며 따지듯 물었다.

"가게가 곤란하다니, 누가 그런 말을 했소?"

예민한 류조의 반응에 오싱은 주춤거렸다.

"다노쿠라상회는 내 가게야. 내 재량으로 여기까지 해 온 거야. 설령 남들이 어떻게 보든 나는 나대로의 계산이 있으니까 하고 있는 거야. 겡 할아범도 간섭을 못하게 하고 있어. 더욱이 여자인 당신은 더욱 쓸데없는 걱정을 하지 않는 게 좋아."

오싱은 선뜻 할 말을 찾지 못했다.

"오싱, 내가 오싱을 불행하게 만들 리 없잖아. 조용히 나만 믿고 따라오면 돼."

자신을 달래듯 부드러운 류조의 음성이 오싱에게 그다지 마음 편히 들릴 리 없었다. 그 순간부터 오싱은 류조 앞에서 다시는 가게 일을 언급하지 않았다. 그러나 여자에겐 아무것도 알리지 않는 것이 남자의 애정이라고 생각하는 류조가 답답하기만 했다.

소메코들이 류조와 오싱의 결혼을 축하하기 위해 초대한

날이 다가왔다. 오싱은 류조가 맞춰 준 후리소데를 입었다. 늘 오싱에게 신부 의상을 입혀 주지 못한 것이 마음에 걸렸던 류조는 이날 오싱의 모습에 몹시 기뻐했다. 그래서 더욱 오싱은 순순히 류조의 뜻대로 따르기로 했다.

그들이 아테네에 도착했을 때는 이미 많은 사람들이 모여 있었다. 그 자리에 모인 사람들 대부분은 여급이었다.

턱시도를 입은 류조와 후리소데 차림의 오싱이 단연 돋보였다. 그리고 겡우에몽은 가문(家紋)이 있는 하카마(일본 옷의 겉에 입는 주름 잡힌 하의)차림이었다.

그들이 홀 안으로 들어서자마자 일제히 박수 소리가 터져 나왔다. 뜻밖의 환영을 받고 보니 류조도 오싱도 어리둥절했다.

소메코가 대뜸 일어서서 인사말을 늘어놓았다.

"에…… 신랑 신부가 들어왔으니까 이제부터 다노쿠라 류조상과 오싱상을 위한 축하연을 시작하고자 합니다. 오늘 밤 바쁘신 중에도 불구하고 이렇게 많이들 왕림해 주셔서 발기인 겸 주최자로서 깊이 감사드리는 바입니다. 참석하신 분 중에는 여러 카페에서 인기 있는 아가씨가 일부러 근무를 쉬면서까지 와 주셨습니다. 여러분은 일찍이 가게의 손님이었던 류조상을 동경하여 어떻게든 함락시켜 애인으로 삼아 보고자 별의별 수단을 다해 본 분들입니다. 이 모임은 류조상의 결혼을 축하한다는 명목이지만, 사실 모두들 신랑 신부를 안주로 삼아 마음 놓고 홧술을 마시자는 속셈으로 잔뜩 별렀던 것입니다. 제발 마음대로 드시고 울분을 씻어 주세요. 그럼, 먼저 건배를 준비해 주시고 건배 후에는 자유시간으로 하겠습니다. 이 자리를 무료로 쾌히 제공해 주신 당 카페의 지배인님께 건배의 선창을 부탁드리겠습니다."

사람들의 시선이 일제히 지배인에게 쏠리자 그는 으쓱해서 일어났다.

"지명을 해 주셔서 감사합니다. 그럼 외람되나마 제가 건배의 선창을 하겠습니다. 다노쿠라 류조 부부의 결혼을 축하하며 건배합시다. 진심으로 축하합니다."

그 자리에 모인 모든 사람들은,

"축하합니다."

하고 일제히 술잔을 높이 들었다.

"감사합니다."

류조의 답례 인사말이 채 끝나기도 전에 갑자기 시게코가 덤벼들 기세로 류조에게 다가왔다.

"오늘 밤엔 내가 제일 먼저 류조상과 춤출 거야."

"다음엔 나."

이번에는 야에코였다.

"그 다음엔 저예요."

류조의 주위에는 이미 많은 여급들이 삥 둘러앉아 너도나도 류조에게 춤 신청을 해 왔다.

"오싱, 오늘 밤엔 여러 사람들에게 류조상을 빌려 주라구. 그것으로 모두들 깨끗이 류조상을 단념할 테니까."

오싱은 웃으면서 시게코의 요청을 받아 주었다.

"마음대로 하세요."

오싱의 말을 기다렸다는 듯이 음악이 시작되고 곧 플로어로 끌려 나온 류조는 시게코와 춤을 추었다.

겡우에몽은 어이없이 그 모습을 바라보다가 참지 못하겠다는 듯이 오싱에게 말했다.

"이게 무슨 짓입니까. 정작 아씨를 제쳐 놓고."

"괜찮아요. 여자들에게 인기 있는 남편을 가졌으니 더할 나위 없이 행복한 여자라고 생각되는데요."

"도련님도 어지간히 돈을 쓴 것 같군요. 아씨께서 와 주시지 않았으면 놀러 다니다가 가게를 망칠 뻔했어요. 하기야 지금 상점 형편으로는 놀러 다닐 돈도 없지만."

"할아범!"

오싱은 급히 겡우에몽의 말을 막았다.

"앞으로는 이렇게 여자들에게 둘러싸여 소동을 피울 수도 없을 테니까 그저 잘 봐주십시오."

여전히 류조는 시게코와 플로어를 빙글빙글 돌고 있었다. 잔잔한 미소를 띠며 그 모습을 바라보던 오싱은 자신이 있는 곳으로 다가오는 다카와 리쓰를 발견했다.

"오늘 밤 대성황이군."

"일부러 와 주셔서 감사합니다. 리쓰짱도."

"소메코에게 초대를 받았어. 일전에는 일부러 부부가 인사를 왔는데 제대로 대접도 못하고……"

"가게가 그렇게 된 줄을 몰랐기 때문에…… 아무리 시대가 시대라고 하지만 깜짝 놀랐어요."

"그때 다노쿠라상도 함께 왔기 때문에 잠자코 있었지만 미용원도 다른 사람에게 양도하고 시골에라도 내려갈까 생각해. 새삼스럽게 서양머리를 시작할 생각도 없고……"

"그렇다면 선생님은 일본머리를 하시고 따로 서양머리를 하는 사람을 고용하시면 되잖아요. 아까워요. 하세가와라는 옥호를 없애다니."

"내가 키운 사람이라면 몰라도 알지도 못하는 사람을 고용하면서까지 그럴 생각은 없어. 우선 솜씨 좋은 사람을 발견하는 것도 큰일이고 말야."

"저라도 괜찮으시다면 도와 드리겠어요."

"다노쿠라의 어부인께서 무슨 소릴 하는 거야. 오싱에게는 더욱 소중히 해야 할 일이 얼마든지 있을 텐데……"

그때 소메코가 가까이 왔다.

"오싱, 뭘 하고 있는 거야. 오싱의 축하연이잖아. 자아, 마셔요, 마셔."

오싱이 웃으며 소메코의 술잔을 사양하려고 고개를 돌렸을 때 여급들에게 둘러싸여 연신 술잔을 기울이고 있는 류조가 보였다. 바로 그때였다. 갑자기 겡우에몽이 벌떡 일어나더니 정신없이 춤을 추기 시작했다. 넓은 홀 안을 누비듯이 춤추는 겡우에몽은 이미 상당히 취기가 올라 있었다.

그런 겡우에몽의 모습에 여급들은 까르르 웃으며 떠들어 댔지만 오싱의 마음속에는 뭉클하는 것이 있었다. 절정에 다다른 축하연에서 신들린 사람처럼 춤을 추는 겡 할아범의 모습이 오싱에게 진한 감동을 주었다. 류조와의 결혼을 그토록 반대하던 겡우에몽이 신이 나서 좋아하는 모습을 보고 오싱은 류조와 함께 언제까지나 행복한 부부가 되어야겠다고 다짐했다.

오싱이 이런저런 생각에 깊이 잠겨 있을 때 누군가가 오싱의 손을 덥석 붙잡았다. 깜짝 놀라며 고개를 들었을 때, 눈앞에는 술에 취한 듯이 비틀거리며 몸을 겨우 가누고 있는, 그러나 애정이 담뿍 담긴 시선으로 자신을 바라보는 사람이 있었다. 류조였다.

오싱은 류조의 손에 이끌려 홀 한복판으로 들어섰다. 그러고는 춤을 추기 시작했다. 그때까지 곳곳에서 춤추던 사람들은 행복한 한 쌍의 부부에게 자리를 비켜 주고 모두 가장자리로 비켜섰다.

류조의 가슴에 안겨서 춤을 추는 것은 난생 처음이었다. 춤 같은 것은 전혀 모르는 오싱이었으나 류조에게 자신을 맡기면서 행복이란 이런 것이구나 하고 꿈을 꾸듯 생각했다.

또한 이렇게 달콤한 행복이 언제까지나 계속되기를 간절히 바랐다.

잠시 후 그들이 제자리로 돌아오자 홀 안은 다시 사람들로 술렁거렸다. 오싱은 아무것도 거리낌없는 마음으로 류조와 겡우에몽의 술잔에 술을 따르며 즐거운 시간을 보냈다.

그러던 중 오싱이 무심코 현관 쪽으로 고개를 돌렸을 때, 입구를 기웃거리는 다노쿠라상회의 점원을 발견했다. 류조와 겡우에몽이 눈치채지 못하게 오싱은 살며시 그곳으로 갔다. 점원은 몹시 긴장된 얼굴로 오싱을 맞았다.

"어떻게 된 거죠? 무슨 일이라도 있어요?"

"사장님한테 급히 알릴 일이 있어 찾아왔습니다."

오싱은 류조가 있는 테이블로 시선을 돌렸다. 그는 여전히 겡우에몽과 술잔을 주고받으며 흐느적거리는 몸을 겨우 지탱하고 있었다.

"몹시 취했으니까 내가 대신 알면 안되나요?"

"아닙니다. 알려 드려도 어쩔 수 없는 일입니다만…… 우리한테는 가장 큰 거래처인 양복점이 위험하다는 말이 들립니다."

"망했어요?"

"내일이라도 도산할 거라고 확실한 정보통으로부터 들었어요."

"그럼 우리 상점에서 납품한 원단 대금을 못 받는단 말이지요?"

"네, 그것이 걱정이 돼서 이렇게 달려왔어요. 우선 보고라도 드리려구요."

"알았어요. 미안하지만 오늘 밤 안으로 용달차를 수배해 줘요. 망했다는 것을 알면 틀림없이 채권자가 몰려들 거예요. 그 전에 우리가 팔았던 물건을 회수해야 돼요. 다들 알고 난 뒤엔 이미 늦으니까 다른 채권자가 가져가기 전에 먼저 손을 써야 해요."

"그렇지만……"

"사장님이나 겡우에몽상에게는 의논할 시간이 없어요. 술이 깨는 것을 기다리다가는 늦어질 테니까."

그러나 점원은 불안한 듯이 머뭇거렸다.

"원단뿐만 아니고 양복으로 만들어진 완제품까지 모두 회수해야 돼요."

"하지만……"

"못하겠다면 좋아요. 내가 용달 기사와 함께 갈 테니까. 물론 우리 점원들도 모두 가야 해요. 운반하려면 일손이 모자랄 테니까. 알았지요? 모두에게 연락해 줘요."

"네."

"그럼 내일 아침 6시에 우리 집 앞에서 만나도록 해요. 그렇게 알고 있어요."

고개를 끄덕이고 점원은 문밖으로 사라졌다. 그러나 오싱은 우두커니 그 자리에 서서 밀려오는 많은 생각들을 어디서부터 정리해야 좋을지 망설였다. 조금 전까지의 달콤한 행복이 순식간에 무색해졌다. 막연하게 오싱을 두렵게 하던 일이 눈앞의 현실로 다가온 것이다.

소매점의 도산이 도매상에게 치명적인 타격을 주리라는 것은 뻔한 사실이었다. 큰 거래처일수록 그만큼 위험도 커진다. 그것을 최소한으로 막아 보려는 생각을 짜내느라 오싱은 심장이 오그라드는 듯했다.

오싱이 다시 류조에게 고개를 돌렸을 때 이미 류조와 겡우에몽은 취한 정도를 지나 온통 정신을 빼놓은 사람들처럼 보였다. 그들은 여전히 즐거운 듯이 서로의 술잔에 철철 넘치도록 술을 붓고 있었다.

불황

느닷없이 날아든 도산 정보에 오싱은 얼떨떨했다. 남편과는 한마디 의논도 없이 자신이 독단으로 피해를 최소한으로 막아 보자고 한 것은 다노쿠라 류조의 아내로서 당연한 의무라고 믿었다. 그러나 한편으로는 자신의 행동이 남편 류조를 무시한 것이 아닐까 하는 꺼림칙한 마음도 들었다.

밤이 깊도록 마셔 대던 연회장 분위기도 점차 누그러지고 그 자리에 모인 사람들은 하나둘씩 카페 아테네를 빠져나가기 시작했다.

술과 유쾌한 웃음으로 흠뻑 젖은 채, 류조와 겡우에몽은 만취했다. 사람들도 거의 다 돌아가고 난 후 두 사람이 아테네의 텅빈 홀 안을 나설 때는 이미 지배인과 경비원들에게 몸을 떠맡기듯 내던진 채였다. 다노쿠라상회에 도착할 때까지도 류조와 겡우에몽은 술이 곤드레만드레 취해 한껏 목청을 높여 노래를 불러 댔다.

오싱은 그 뒤를 쫓으면서도 줄곧 머릿속에는 아테네까지 찾아온 점원의 말이 지워지지 않았다. 그러나 저렇듯 정신을 가누지 못하는 류조에게 말한들 무슨 소용이 있으랴. 이런저런 생각 중에 집 앞에 이르자 오싱은 그곳까지 함께 온 소메코와 야에코에게 미안한 표정을 지으며 인사했다.

"죄송합니다. 너무 폐를 끼쳐서……"

그러나 야에코와 소메코는 싫은 기색 없이 오히려 기쁜 마음으로 오싱의 집까지 배웅했다.

"술을 마셔도 언제나 류조상은 말짱했는데 오늘 밤엔 오싱과 함께였으니까 안심을 한 거야."

오싱은 소메코의 말이 싫지 않은 듯 웃으면서 말을 받았다.

"축하연이 참으로 즐거웠던 모양이에요."

잠시 후, 류조와 겡우에몽은 정신을 잃은 사람처럼 방 안에 뉘어지고, 오싱은 거듭 야에코들에게 고맙다는 인사를 하며 그들이 돌아가는 모습을 지켜보았다.

다시 방으로 돌아왔을 때 류조와 겡우에몽이 서로 껴안듯이 하고 한 이불 속에서 자는 모습을 멀거니 바라보며 오싱은 깊은 한숨을 내쉬었다.

"여보…… 겡 할아범……"

오싱은 나직이 불러 보았다. 그러나 두 사람은 눈도 뜨지 못했다. 오싱은 이내 단념하는 얼굴이 되었다.

하늘은 뿌옇게 밝아 오기 시작하고 창문 틈으로는 새벽의 신선함이 스며드는 듯했다. 밤새 날이 밝기를 기다렸던 오싱은 아침 일찍 가게로 나왔다.

조금 있으려니까 점원들이 급히 가게 안으로 들어오며 이미 나와 있던 오싱에게 인사를 했다.

"안녕히 주무셨습니까."

"아침 일찍부터 수고가 많아요."

"사장님은?"

"아직 주무세요. 어젯밤 너무 취해서 깨워도 소용없어요. 일어나는 걸 기다려서 사정을 설명하고 있다가는 늦게 돼요."

"정말 괜찮겠습니까?"

"무슨 일이 있든지 모두 내가 책임을 지겠어요. 여러분들한테는 절대 폐를 끼치지 않겠어요."

그러나 점원들의 얼굴에는 불안한 빛이 가시지 않았다. 머뭇거리는 점원들을 재촉하듯 앞세우고 오싱은 파산지경에 이르렀다는 그 양복점을 찾아갔다.

오싱이 그 앞에 이르러 휘둘러보니 꽤 규모가 큰 양복점이었다. 아직 이른 새벽이었기에 굳게 잠긴 문은 쉽게 열릴 것 같지 않았다. 오싱은 양복점 문을 세차게 두드렸다.

잠시 후 출입문이 열리고 못마땅한 듯 인상을 쓰며 한 남자가 얼굴을 내밀었다. 그 사람은 문밖의 사람들이 누군지 얼른 알아채고 위아래를 훑었다.
"다노쿠라상회 사람들이잖아. 무슨 일인가, 꼭두새벽부터……"
점원은 난처한 시선을 오싱에게 돌렸다.
"이분이 여기 사장님이십니다."
"저는 다노쿠라 류조상의 처입니다. 늘 폐가 많습니다."
그 남자는 경계의 눈빛을 풀지 않았다.
"실은 저희 집에서 납품한 상품의 대금을 벌써 반년 동안이나 받지를 못하고 있습니다. 저희들도 여러 가지로 어려운 여건 속에 장사를 하고 있기 때문에 이 기회에 납품한 상품을 반출해 주십사 하고 왔습니다."
그 남자는 예의바르면서도 당당한 오싱의 태도에 당황하는 기색을 감추지 못했다.
"장부를 가지고 왔습니다. 이것과 대조해서 반품을 받겠습니다. 제발 저희들 사정도 이해하셔서 잘 부탁드립니다."
한대 얻어맞은 사람처럼 질린 표정을 지은 채 그 남자는 멍하니 오싱을 바라보았다. 여전히 눈썹 하나 까딱 않는 오싱의 태도는 주위의 모든 사람들이 주눅 들기에 충분할 정도였다.
한편 아침이 환히 밝아올 때까지 깊은 잠에서 헤어나지 못하던 류조와 겡우에몽은 심한 갈증을 느끼며 몸을 뒤척였다.

불황 129

그러다가 갑자기 겡우에몽은 어떤 느낌이 들었는지 퍼뜩 눈을 떴다. 약속이나 한 듯 류조 역시 부스스 잠에서 깨어났다.
"이거 큰일 났군. 이 방에서 자 버렸으니."
"그럼 할아범과 함께 잤단 말이오?"
류조는 반신반의하며 겡우에몽을 바라보았다.
"이거 실례했습니다. 저쪽에 가서 자겠어요."
하고 나가려다가 시계를 보고 겡우에몽은 깜짝 놀랐다.
"엇, 벌써 9시가 됐어요."
그 말을 듣고 류조가 놀라며 고개를 흔들어 댔다.
"머리가 아픈데, 숙취야…… 그런데 오싱은?"
하며 방 안을 두리번거렸다.
"글쎄요. 아씨는 어디서 주무셨나."
겡우에몽은 비틀거리듯 일어나 거실로 나갔다. 그런 뒷모습을 멀뚱히 바라보던 류조 역시 목이 타는 갈증을 참지 못하고 자리에서 일어났다. 그리고 부엌으로 달려가자마자 벌컥벌컥 물을 들이켰다. 그때 겡우에몽이 허둥대며 부엌으로 들어와 다급한 목소리로 말했다.
"아무 데도 안 계신데요? 가게와 화장실까지 다 찾아봤는데 안 계세요."
"아침 일찍부터 장 보러 간 모양이지."
류조는 대수롭지 않은 듯 내뱉고는 다시 물을 들이켰다.
"벌써 9시인데 아직 점원들도 나오지 않았어요. 무슨 일이 있었을까요?"

그러나 류조는 별다른 신경을 쓰지 않고 여느 때와 다를 바 없는 태도였다.

"목욕탕에 다녀올게요. 술이 깨지 않고서는 아무것도 못 하겠으니……"

"서방님, 그런 태평스런 말씀만 하지 마시고……"

그때 가게 쪽에서 오싱의 목소리가 들려왔다.

"빨리빨리 날라요. 가게에 놓을 곳이 없으면 안으로 들여놔요."

겡우에몽은 눈이 번쩍 뜨이는 것 같았다.

"아씨입니다."

류조와 겡우에몽은 동시에 서로 얼굴을 마주 보았다. 다음 순간 겡우에몽은 부리나케 밖으로 달려 나갔다.

겡우에몽이 가게로 나와 오싱과 점원들이 원단을 나르는 모습을 보고 그 자리에 우뚝 섰다. 뒤따라 온 류조 역시 깜짝 놀라 멍하니 지켜볼 뿐이었다. 분주하게 원단을 나르는 점원들에게 이것저것을 지시하던 오싱은 자신을 쏘아보는 류조와 눈길이 마주치자 얼른 그 앞으로 다가왔다.

"안녕히 주무셨어요. 아침밥도 차리지 않고 나가서 죄송합니다. 곧 준비하겠어요."

총총히 걸어가는 오싱의 모습이 안으로 사라졌다. 그런 오싱을 힐끗 쳐다보고 류조는 다짜고짜 점원들에게 따지듯 물

불황

었다.

"이게 도대체 무슨 짓이야. 이런 걸 주문한 적 없어."

"네…… 그러니까 부인의 분부로……"

"뭐라구? 오싱이? 오싱이 샀단 말이야?"

"아뇨, 실은……"

점원은 몹시 난처한 듯 쩔쩔매며 더듬더듬 자초지종을 얘기했다. 그 말을 듣고 있던 류조의 표정이 점점 격렬하게 일그러졌다. 그러고는 불끈 솟는 노기를 참을 수 없어 그 길로 부엌으로 달려가 거칠게 문을 열어제쳤다. 부지런히 아침 식사 준비를 하는 오싱의 모습이 눈에 들어왔다. 요란한 인기척을 느끼고 입구 쪽으로 시선을 돌리던 오싱은 밝은 얼굴로 류조를 맞았다.

그러나 류조는 대뜸 거칠게 오싱의 뺨을 후려쳤다. 미처 피할 틈도 없이 오싱은 가랑잎처럼 부엌 한구석으로 나뒹굴었다. 그런 오싱의 앞자락을 움켜쥐고 일으키며 류조는 다시 한차례 내려칠 기세였다.

"서방님!"

겡우에몽은 필사적으로 류조를 뒤에서 껴안아 붙잡았다.

"아씨, 피하세요. 빨리 피해요!"

오싱은 부엌 바닥에서 벌떡 일어나서 재빨리 거실로 달아났다. 여전히 분을 풀지 못한 듯 류조는 그 뒤를 쫓아 들어왔다. 그러자 오싱은 정색을 하고 류조의 앞에 바른 자세로 앉았다.

"나는 피해야 할 짓 한 적 없어요."

"뭐라고? 당신이 한 짓이 얼마나 지독한 처사인지 모른단 말이야? 그래도 당신이 장사꾼의 아내야? 장사꾼의 근처도 가지 못할 짓을 해 놓았어. 어쩌자고 내 얼굴에 먹칠을 하는 거야?"

"나는 장사꾼의 아내로서 제가 한 일이 잘못됐다고 생각하지 않습니다."

류조가 자기도 모르게 팔을 들어올리자 겡우에몽은 다급히 말리며 오싱에게 애원하듯 말했다.

"아씨……"

그러나 오싱은 개의치 않고 또박또박 자초지종을 설명했다.

"어젯밤 축하연 도중에 그 양복점이 도산할지도 모른다는 통지를 받았어요."

"그럼 왜 내게 말하지 않았소?"

"몹시 취해서 말해 봤자 알아듣지 못할 거라고 생각했어요. 당신도 겡 할아범도……"

"그렇다면 오늘 아침까지 기다리면 돼잖소."

"오늘 아침에도 아직 말할 형편이 아닌 것 같고 정신이 들 때까지 기다리다간 이미 늦을 것 같았어요."

"그래서 마음대로 했단 말이오?"

"옛날 가가야에서 더부살이를 할 때, 가가야의 거래처가 도산하는 일이 가끔 있었어요. 그런 때는 다른 채권자보다 한발이라도 먼저 가서 한 줌의 쌀이라도 많이 가져오는 것이 손해를 적게 보는 거라고 큰방마님한테 배웠어요. 그건 결코 얌체 짓이 아니고. 그대로 내버려 두면 다른 채권자가 똑같은 처사로 어차피 가져갈 테니까 장사꾼으로선 당연한 일이라고 생각합니다."

너무도 분명히 의견을 얘기하는 오싱의 태도에 류조는 조금 누그러지는 듯했다.

"아무리 당연한 일이라 해도 해서는 안될 일과 되는 일이 있는 거요. 그렇게 피도 눈물도 없는 짓을 나는 못하오."

"그럼, 아직 대금도 받지 않은 우리 상품을 다른 채권자한테 빼앗겨도 괜찮다는 말인가요. 망했다 하면 그 자리에서 채권자들이 덤벼들어 모조리 가져갈 거예요. 의리도 인정도 통하지 않아요. 우리도 조금이나마 피해를 막지 않으면 안돼요."

"아직 도산이 확실치도 않은데 소문만 듣고 그럴 수 있어?"

"도산을 하든 안 하든 상대가 돈을 지불할 마음이 없다면 상품을 도로 가져와도 될 것 같아요."

"어려울 때는 서로 참는 게 장사꾼의 인정이야. 우리가 상품을 가져왔기 때문에 도산할 수도 있으니까."

"당신 마음을 잘 알았어요. 제가 한 일이 잘못됐다면 상품을 다시 돌려주고 오겠어요. 제 독단으로 죄송한 일을 저질렀습니다."

오싱은 깊이 머리를 숙이고는 순순히 자리에서 일어났다.

"아씨……"

"남편과 나는 장사에 대한 생각이 다르다는 것을 알았습니다. 다노쿠라상한테 시집온 이상 남편의 생각대로 해야겠지요."

류조는 아무 말이 없었다.

"상대에게 사정 이야기를 잘하고 사과드리고 오겠어요."

오싱이 나가는 모습을 보고 겡우에몽은 류조에게 무슨 말인가 하려고 했다.

"서방님……"

"응, 본디 대로 정확하게 납품만 잘하고 오면 돼. 여자한테 쓸데없는 일은 시키지 않겠어. 오싱도 잘 알았을 거야."

겡우에몽은 어두운 얼굴로 류조의 표정을 살폈다.

"목욕 갔다 오겠소."

언짢은 기분을 그대로 드러내며 류조는 방을 나갔다.

그럴 무렵 가게에 나와 있던 오싱은 점원들에게 사정 이야기를 털어놓았다.

"정말 미안하게 됐어요. 내가 한 일이 주인한테는 아무래도 마음에 안 드시는 것 같아요. 주인이 말씀하시는 대로 해야 될 것 같아요."

오싱이 말을 마치자마자 마치 그녀의 말을 듣고나 있었다는 듯이 갑자기 한 남자가 뛰어들어왔다. 안감 도매상인 가지이였다.

마침 가게로 나오던 류조와 맞부닥치자 가지이는 큰소리로 탄식을 했다.

"다노쿠라상, 이번에 단단히 당했어요."

류조는 어리둥절해서 상대방을 바라보았다.

"당신네는 남은 원단을 모두 가져왔다죠? 과연 선견지명이 있으셨군요."

"뭐라구요?"

류조는 여전히 영문을 몰라했다.

"도산했다는 말을 듣고 내가 달려갔을 때는 이미 여러 업자들이 모여들어 큰 소동이 벌어지고 있었소. 결국 이것저것 다 차압하고 내가 납품한 상품을 눈앞에 두고도 손 하나 대지 못했으니까요."

"도산했구나, 기어이……"

"봉제공장까지 가지고 있고 규모가 꽤 컸던 가게라서 설마 했는데 그 공장이 도산의 원인이 된 거죠. 공장이 있는 이상 계속 제품을 만들어야 하는데 이런 불경기에 팔리지는 않고, 그러니 자금난에 빠지는 것도 당연하지요."

가지이의 말을 묵묵히 듣고 있던 사람은 류조뿐만이 아니었다. 오싱 역시 막연히 예상은 했던 일이지만 막상 부딪치고 나니 당황하지 않을 수 없었다.

"당신네도 물건을 도로 가져오긴 했지만 극히 일부분이겠지요. 그래도 도산하기 전이었으니까 가능했던 일이지. 아무것도 차지하지 못한 것보다는 나은 거니까. 그런데 당신네는 아직 못 받은 돈이 얼마나 되나요?"

"글쎄, 계산을 해 봐야 알겠는데. 어쨌든 반년 전부터 한 푼도 받지 못했으니까요."

"그렇다면 물건을 찾아왔다 해도 약소하겠군요. 하여간 채권자들이 모여서 정리를 하기로 했으니까 손해액을 계산해 둬요. 그래 봤자 손해액의 절반도 못되겠지만."

류조의 얼굴은 점점 어둡게 그늘져 갔다.

"모두가 불경기 탓이군요. 그럼 이만 가 보겠습니다."

가지이가 나가는 것을 보고 류조는 갑자기 풀이 죽어 힘없이 주저앉았다. 겡우에몽도 멍하니 서 있을 뿐이다.

"그렇다면 상품을 도로 가져가도 소용없겠는걸."

"그……그야 그렇죠. 가게가 망했는데 어딜 가져갑니까."

오싱은 잠깐 고개를 끄덕이더니 곁에 서 있던 점원들에게,

"그럼 가게에 들여놓지 못한 것은 안으로 운반해 주세요."

하고는 서둘러서 짐을 운반하기 시작했다. 오싱이 힘겨워하며 양복지를 운반하는데도 류조는 정신 나간 사람처럼 넋을 잃고 앉아 있었다.

양복지 원단은 가게에 둘 곳이 없어 거실에까지 쌓였다. 양복지들을 일일이 정리해 가면서 오싱이 복도에 짐을 쌓고 있을 때 겡우에몽이 다가와서 나직한 목소리로 말을 건넸다.

"서방님이 몹시 충격을 받았어요. 아무 말씀도 마시고 당분간 가만히 놓아두세요."

"내가 한 짓이 마음에 안 드시겠지만 이 정도라도 살리면 또 다른 곳에라도 팔 수 있다고 생각해서……"

"그것 때문이 아닙니다. 사실은…… 그 상점에 기성복 봉제공장을 만들도록 권한 것은 서방님이죠. 그때 우리 쪽에서도 자금의 일부를 출자했어요. 대량생산을 하면 양복 원단도 많이 팔릴 테니까요. 그런데 그 예상이 빗나가고 설상가상으로 공장을 만든 것이 도산의 원인이 됐다고 하니 서방님도 괴로운 겁니다. 무엇보다도 우리는 그 상점에 가장 큰 기대를 걸고 있었는데 이렇게 되어 버렸으니 이 불경기에 큰일입니다."

겡우에몽은 힐끔 오싱의 눈치를 살피며 말을 이었다.

"서방님이 가장 속상한 것은 지금까지 자신을 갖고 이것저것 자기 혼자서 해 온 일이 기대에 어긋났기 때문이죠. 자존심이 센 분인데 꺾이게 되었으니."

"그런 사연이 있는 줄 모르고 내가 너무 주제넘은 짓을 했어요."

"아씨는 가게를 위해서 한 일인데요, 뭐."

"어쨌든 그분의 마음을 상하게 한 건 마찬가지예요."

"너무 염려 마세요. 성격이 그런 분이니까."

"어렵군요, 부부라는 것이……"

"그렇게 해서 서로 조금씩 이해하게 되면 진짜 부부가 되는 게 아닙니까."

그 말을 듣고 오싱은 조용히 한숨을 내쉬었다. 류조를 만난 이후부터 잠깐잠깐 맛보았던 달콤한 행복이 결코 계속되지만은 않을 것도 알았다. 그러나 막상 신혼의 단꿈을 깨기라도 할 듯이 자신의 앞에 던져진 이 엄청난 위기에 오싱은 막막해질 수밖에 없었다.

가난이 무섭지는 않았다. 밑바닥에 떨어지면 다시 기어오르면 되고 실제로 몇 번씩이나 그런 어려움을 겪어 온 오싱이었다. 그러나 오싱이 가장 두려워하는 것은 류조였다. 자신과는 달리 좌절을 모르는 류조가 이 위기를 타고 넘을 만한 굳센 의지를 지니고 있는 것일까. 그것은 결혼 초부터 닥쳐온 커다란 시련이었다.

그때는 세계대전 후에 불어닥친 불경기가 점차 시민 생활을 위협하기 시작한 1921년 연말의 일이었다. 그런 와중에 일어난 양복점의 도산 사건은 오싱과 류조 부부에게 미묘한 영향을 끼치는 실마리가 되었다.

그 사건이 어느 정도 잠잠해질 무렵 오싱은 전보다 더욱 알뜰히 집안 살림을 꾸리며 남편 류조에게도 다정한 아내의 역할을 다했다.

설을 며칠 앞둔 어느 날, 부엌에서 청소를 하고 있는 오싱의 앞으로 누군가가 불쑥 나타났다. 고개를 돌려 보니 쌀집 주인이 뒷문으로 들어온 것이다.

"안녕하십니까. 쌀가게에서 왔습니다."

"수고하시네요. 쌀이 아직 좀 남아 있어요. 참, 정월 떡을 댁에서 쳐 주실 수 있어요?"

"네, 주문만 하시면 되지요. 오늘은 수금을 하러 왔습니다."

"그렇다면 가게로 가세요. 겡우에몽이 계시니까요."

"실은 가게로 갔었는데 기다려 달라고 해서요. 저희들도 곤란하기 때문에 부인께서 어떻게 좀 해 주실 수 없나 하고요. 가게에서는 해결이 안되겠어요."

오싱은 멀뚱히 쌀집 주인을 바라보았다.

"얼마면 되는데요?"

거래장을 뒤적거리는 쌀집 주인을 보며 오싱의 시선은 불안하게 흔들렸다. 쌀집 주인은 금방 찾아내더니 깨알같이 적힌 장부의 한쪽 구석을 손으로 짚어 오싱에게 보여 주었다. 오싱은 방으로 들어가 돈을 가지고 나왔다. 쌀집 주인은 연거푸 절을 하더니 돈을 받자마자 뒷문으로 사라졌다.

오싱은 가게로 발걸음을 옮겼다. 겡우에몽이 누군가와 얘기하는 소리가 들려 발길을 멈추고 조심스럽게 가게 안을 살폈다. 그곳엔 낯선 남자가 겡우에몽과 함께 있었다.

"안 주겠다는 게 아냐. 금년에는 여러 가지 사정이 있어 좀 어려우니까 내년까지 기다려 달라는 것뿐이야. 하루이틀

거래한 것도 아닌데 사정 좀 봐줘. 내년 초에는 틀림없이 지불한다니까."

"다노쿠라상회 같은 곳에서 이까짓 사소한 돈을 미루다니, 약한 사람을 너무 괴롭히는 것 아니에요?"

"알았어. 절대로 폐는 끼치지 않아."

그 남자가 문을 나서자, 양복지 원단 더미 뒤에 숨에 그 광경을 지켜보던 오싱이 가게로 나왔다. 겡우에몽은 느닷없는 오싱의 출현에 깜짝 놀랐으나 이내 표정을 부드럽게 하며 오싱을 맞았다.

"아, 아씨께도 안에서 쓰실 돈을 드려야지요."

"그건 걱정하지 않아도 돼요. 할아범은 가게 일만 해도 보통 일이 아니니까요. 그리고 쌀가게에는 내가 지불했어요."

"싸전 주인이 아씨한테 사정했군요. 늙은 여우 같으니. 용서할 수 없어. 앞으론 그 집에서 쌀을 안 사겠어."

"누구나 다 어려운 거예요. 지금 세상에선…… 그렇지만 우리 집도 그렇게 어려운 줄은 몰랐어요. 주인도 겡 할아범도 아무 말씀도 해 주지 않으니까요."

"아씨가 걱정하실 일은 아니에요. 오늘도 서방님이 열심히 수금을 하러 나가셨어요. 아직 받을 수 있는 돈이 있으니까요."

"하지만 가장 기대했던 곳이 그렇게 돼 버려서, 아무래도 힘들지 않을까요?"

불황

"그곳만이 양복점은 아니니까요. 아씨 덕택으로 반품받은 그 원단만 팔아도 상당한 돈이 될 겁니다."

겡우에몽의 말을 들으며 오싱은 품속에 깊이 넣어 두었던 봉투를 꺼냈다.

"돈이 들어올 때까지 우선 이 돈으로 메울 수 있는 것은 메우도록 하세요."

겡우에몽은 눈을 빤히 뜨고 오싱을 바라보았다.

"사가의 아버님이 도쿄에서 결혼 축하연을 하라고 주신 돈이에요. 축하는 여러분이 해 주셨으니까 쓰지 않아도 되고, 이 돈이 도움만 된다면……"

"안됩니다. 그런 소중한 돈을…… 이건 아씨께서 무슨 일이 있을 때 쓰셔야 해요."

"지금이 그 무슨 일이 있는 때 아닙니까. 겡 할아범 혼자서 애쓰는 걸 차마 볼 수가 없어요. 집안 살림에 드는 돈은 걱정하지 마세요. 나도 미용 일을 계속하고 있으니까 그만한 돈은 어떻게든 될 테니까요."

"정 그러시면 염치없지만 빌리겠어요. 그러나 반드시 갚아 드리겠습니다."

겡우에몽은 오싱이 내민 봉투를 소중하게 두 손으로 받다가 금방 조심스런 낯빛으로,

"그런데 이런 일은……"

하고 더듬거리며 오싱의 눈치를 살폈다.

"주인한테는 비밀이에요."

굳어져 있던 겡우에몽의 얼굴이 활짝 펴지더니 오싱을 빤히 바라보았다. 그러다가 두 사람은 무엇인가 통하는 게 있었던지 마주 보며 빙긋이 웃었다.

그때 마침 양복점을 하는 나카노가 가게 안으로 들어왔다.

"어서 오십쇼. 항상 신세를 많이 지고 있습니다. 사장님은 잠깐 볼일이 있어서 나가셨습니다만."

"다노쿠라상과는 이야기가 됐소. 요전에 보내 준 원단을 반품하기로 했으니까."

"반품이라구요?"

겡우에몽은 깜짝 놀라며 되물었다.

"우리도 요즘 손님이 줄어서 야단입니다. 알다시피 사람들이 새 양복을 만들 여유가 없어. 그래서 원단 구입을 중지했는데 지불은 언제라도 좋다며 다노쿠라상이 억지로 가져온 거요. 그런데 이제 와서 연말이라고 수금을 하러 오니 못 견디겠어. 쌓아 둬 봤자 영국제 원단으로 양복을 맞출 손님은 한 사람도 없을 테니까."

그가 말하는 동안 이미 나카노상점의 점원이 원단을 운반해 오고 있었다. 그것을 만류할 생각도 못하고 오싱과 겡우에몽은 말없이 지켜볼 뿐이었다.

"또 전쟁이라도 일어나지 않고는 이 불경기를 어쩔 수가 없어."

무심코 내뱉는 나카노의 말에 오싱은 화가 치밀어 날카롭게 그를 쏘아보았다. 나카노는 오싱의 눈초리가 사납게 변한 이유를 알 리가 없었다.

그 며칠 동안 류조는 깊은 수렁 속으로 빠져들듯 어두운 마음을 떨쳐 버리지 못했다. 나카노가 다녀간 그날 밤에도 류조는 혼자 앉아 술을 마셔 댔다. 오싱은 조금도 내색하지 않고 안주를 장만해서 류조 곁에 앉았다.

"그야말로 세계대전 같은 것이 또다시 일어나면 일본은 군수 물자를 수출해서 경기가 좋아질지도 몰라요. 하지만 그 때문에 전쟁이 일어나는 걸 기다리는 것은 너무 심해요. 다소 생활이 괴롭더라도 전쟁만은 없는 것이 좋겠어요, 나는……"

오싱의 말이 들리지 않는 듯 딴생각을 하며 류조는 연신 술잔을 비웠다.

"나는 말이죠, 가난 같은 것은 아무렇지도 않아요. 밑바닥으로 떨어지면 다시 시작하면 돼요. 몇 년씩이나 그런 다짐을 해왔으니까요. 아무리 어려운 생활도 두렵지 않아요."

여전히 류조는 넋 나간 사람처럼 멍하니 앉아 이따금씩 술잔을 기울일 뿐이었다. 그의 모습에서는 이미 삶의 의지나 희망은 찾아볼 수도 없었다.

오싱은 더 이상 참을 수가 없었다. 그래서 그 자리를 도망치듯 피해 방을 뛰쳐나왔다. 그러나 석고처럼 굳은 류조의 표정은 조금의 변화도 없었다.

겨우 흐트러진 감정을 정리하고 오싱이 가게로 나왔을 때는 이미 밤이 꽤 깊었고, 겡우에몽 혼자서 깊은 생각에 잠겨 있었다.

"이젠 가게 문을 닫아야죠. 모두들 돌아갔죠?"
"네."
"그이는 혼자서 쓸쓸한 것 같아요."
"네……"
"아니 왜들 그래요? 그이도 겡 할아범도 어떻게들 된 것 같아요. 그이는 수금이 잘 안되는 모양이지만 그렇다고 고민만 해서 무슨 소용이 있겠어요. 닥치는 대로 해결해 나가야지요. 그이도 겡 할아범도 그렇게 마음이 좁은 줄은 몰랐어요."

아무렇지도 않은 듯이 짓궂은 미소까지 보이고 말하는 오싱의 태도에 겡우에몽은 울컥 치미는 것을 겨우 누른 듯 침울한 표정으로 말했다.

"오늘 가게 점원들을 모두 해고했어요. 지금 상태로는 도저히 고용할 수가 없어요. 지금까지 그렇게 큰 규모로 장사를 벌여 왔는데 서방님 마음이 어떨까 하고 생각하면…… 이 가게만이라도 쓰러뜨리지 않고 어떻게든 해 나가야 할 텐데……"

그때 누군가가 들어서는 기척이 났다. 문이 열리고 머뭇머뭇 리쓰가 가게 안으로 고개를 디밀었다.

"리쓰짱, 웬일이야? 무슨 일이 있었어, 선생님한테?"

불황 145

오싱은 불안한 예감이 들어 다급하게 물었다.

"그런 게 아니라, 부탁드릴 말이 있어 왔습니다. 무리한 부탁인 줄은 잘 알고 있어요. 그렇지만 선생님이 너무도 가엾어서……"

"어디가 편찮으셔?"

"아뇨. 연말이 되니까 갑자기 일본머리 할 사람이 부쩍 늘어서요. 모처럼의 손님인데 거절하는 게 미안하다고 하면서 무리를 하세요. 그렇지만 선생님 혼자서는 도저히 힘들어요."

"큰일이군. 누구에게 도와 달라고 부탁할 수는 없어?"

"그만둔 사람들한테 와 달라 하기는 마음이 내키지 않고 그렇다고 갑자기 와 줄 만한 사람도 없고 해서요."

"그럴 거야. 미용사가 일 년 중에 가장 바쁠 때니까."

"오싱 언니, 연말 며칠만이라도 도와주실 수 없겠어요? 그대로 두면 선생님은 쓰러지고 말 거예요."

리쓰의 부탁에 오싱은 난처한 듯 겡우에몽을 바라보았다.

"그렇게 손님이 많이 와 주시는 건 정말 오랜만이에요. 선생님도 그것이 반가워서 열심히 하시지만 이대로 가다가는 무슨 일 나겠어요."

"알았어. 주인한테 말씀드려서 되도록 가도록 해볼게."

그제야 리쓰는 안심한 듯이 활짝 웃어 보였다. 리쓰는 안으로 들어오라는 오싱의 권유를 한사코 마다하고 서둘러 가게 문을 빠져나갔다. 경쾌하게 나가는 리쓰의 뒷모습을 흐뭇하게 바라보던 오싱은 그 길로 거실로 들어왔다.

그때까지도 류조는 술을 마시고 있었다. 오싱은 류조의 곁에 가까이 가서 앉아 깊이 머리를 숙였다. 쫓아들어온 겡우에몽도 그 옆에 조용히 앉아 오싱의 차근차근한 설명을 류조와 함께 들었다.

"주제넘은 짓인 줄을 잘 알고 있습니다. 하지만 저를 빗잡이로 만들어 주신 선생님입니다. 조금이라도 은혜를 갚을 수 있었으면 싶어서……"

"좋아, 오싱이 그렇게 하고 싶다면 가 보도록 해."

"고마워요. 그런데 아무래도 밤에는 늦을 거고 그믐날부터 초하루까지는 철야를 해야 할지도 모르겠어요."

"괜찮아. 어차피 지금까지 할아범과 둘이서 지내 왔으니까. 그리고 정월이라 해도 이런 상태에선 하객도 없을 테니까. 축하 준비도 필요 없을 거야."

오싱은 류조의 말에 묻어난 쓸쓸함을 느꼈다. 예전의 북적대던 다노쿠라상회의 설이 올해는 오가는 흔적도 없이 지나갈 것이라고 생각했다. 갖가지 생각으로 근심스런 표정을 떨치지 못하는 오싱에게 겡우에몽은 따스한 한마디를 건넸다.

"아씨, 걱정하지 마세요. 이 할아범이 있으니까요."

"네, 잘 부탁해요."

오싱은 류조와 겡우에몽에게 공손히 머리를 숙였다. 이 순간 오싱은 다시 한번 류조의 푸근한 사랑을 느꼈다. 비록 깊은 좌절에 빠져 있을지라도 자신을 향한 따스한 정이 변함없다는 사실을 오싱은 류조의 굳은 얼굴에서도 읽어 낼 수 있었다.

생활고

오싱이 다카의 미용원에 도착했을 때는 마침 손님이 몰아닥칠 시간인 한낮이었다.

현관문을 밀치고 들어가려던 오싱은 문득 발길을 돌려 주방으로 이어진 뒷문으로 들어갔다. 오싱은 가지고 온 보따리를 풀어 작업복을 꺼냈다. 재빨리 옷을 갈아입은 오싱은 잠시 망설이다가 홀 안으로 들어갔다.

손님의 머리를 빗는 리쓰와 능숙한 솜씨로 손님의 머리를 마무리하는 다카가 보였다. 리쓰가 오싱을 먼저 발견했다.

"오싱 언니!"

오싱이라는 말에 다카는 흠칫 놀라 일손을 멈췄다.

"바쁘지 않을까 해서 거들어 드리려고 왔어요. 도움이 될지는 모르겠지만……"

묵묵히 자신을 쏘아보는 다카의 시선을 피하며 오싱은 대기실의 손님들에게 경쾌하게 말했다.

"오래 기다리셨습니다. 어서 이쪽으로 오세요."

막상 손님을 거울 앞으로 안내해 놓고 긴장이 되었으나 정성 들여 익숙한 손놀림으로 머리를 만지다 보니 곧 긴장은 가셨다. 흐뭇하고 고마워하는 다카의 시선을 느끼자 오싱은 즐겁기까지 했다.

오싱이 미용 일을 하느라고 밤늦도록 돌아오지 않자 류조와 겡우에몽은 모처럼 둘이서 술잔을 기울일 시간을 가졌다.

"이렇게 될 바엔 결혼 같은 것은 하지 말았어야 했어."

"아니, 서방님?"

"할아범만이라면 설령 가게가 쓰러지게 되더라도 내가 장사를 허술하게 한 잘못이라고 체념이라도 할 텐데 말이야. 그런데 오싱이 말려들게 된다면…… 오싱이 가엾지."

"무슨 말씀이세요. 아씨는 그렇게 마음 약하신 분이 아니에요. 어려울 때는 부부가 함께 고생을 나눠야 한다고 말씀하시고 이미 단단히 각오를 하고 계세요. 지금은 장사가 되지 않아 확실히 괴로운 시기일지도 모르지만 꾹 참고 있다 보면 반드시 좋을 때가 올 것입니다."

"견뎌 나갈지 어떨지……"

"서방님이 그렇게 약한 말씀을 하시면 어떻게 합니까. 어쨌든 재고품을 정리하고 밥 대신 죽 먹을 각오만 하면 버텨 나가게 될 거예요. 그러는 동안에 새로운 상품도 생각해 보고요."

그러나 류조는 더 이상 겡우에몽의 말을 들으려 하지 않고 귀찮은 표정으로 돌아앉았다. 겡우에몽은 그런 류조를 이해할 수 없었다. 어려움을 딛고 일어서기를 간절하게 바랐지만 눈앞에 있는 류조는 이미 모든 것을 체념한 듯 지친 모습이었다.

오싱이 돌아온 것은 시간이 많이 흐른 한밤중이었다. 낮게 깔린 어둠 속에서 잠들어 있는 류조의 얼굴이 희미하게 눈에 들어왔다. 소리를 죽여 잠옷으로 갈아입은 오싱은 조용히 자기의 이불 속으로 들어갔다.

오싱은 다음 날에도 다카의 미용원으로 일하러 갔다. 한 해가 저무는 사흘 동안을 일하고도 모자라 섣달 그믐에는 꼬박 밤을 새워야 했다.

잠시도 쉴 틈이 없었던 오싱과 다카는 지칠 대로 지쳐 입을 열 기력도 남아 있지 않았다. 그들이 마지막 손님의 머리를 마무리했을 때는 이미 설날 아침이 밝아 오는 새벽녘이었다. 텅빈 홀 안을 정리하고 미용원 문을 닫는 리쓰는 거의 반쯤은 졸고 있었다.

오싱은 다카의 방에서 차를 대접받았다. 다카 역시 몹시 지쳤으나 한편으로는 뿌듯해 보였다.

"오싱, 정말 고마웠어. 오싱 덕분에 하세가와미용원의 체면이 그럭저럭 세워졌어."

"저도 오랜만에 일 좀 한 기분이 들었어요."

"오싱도 농담을 할 줄 아네."

다카는 빙긋이 웃었다.

"그리고 이거 약소하지만 이번 수고비하고 축하금 받은 것이 좀 들어 있어."

자신의 앞에 내밀어진 봉투를 보고 오싱은 단번에 정색을 하고 또렷이 말했다.

"전 돈을 받으려고 도와 드린 게 아니에요. 이번 기회에 조금이라도 은혜를 갚을 수 있을까 생각했을 뿐입니다."

그러나 다카는 한사코 오싱의 손에 봉투를 쥐어 주었다. 낯선 것을 들여다보듯 오싱은 물끄러미 봉투를 바라보았다.

어쩔 수 없이 오싱은 그 돈을 받았다. 그런데, 비록 많은 돈은 아니지만 지푸라기라도 잡고 싶은 심정이었던 오싱에게는 그런 대로 요긴하게 쓸 만한 액수였다. 다카가 건네준 봉투에는 50엔이 들어 있었다. 그 돈은 어려움 속에서 허덕이던 오싱의 생활에 서서히 변화를 주는 계기가 되었다.

뜻하지 않았던 돈을 받고 오싱은 들뜬 기분으로 집으로 돌아왔다. 미안한 마음에 발소리를 죽여 가며 가게 문을 들어섰을 때, 기척을 느꼈던지 겡우에몽이 달려 나왔다.

"다녀오셨어요."

"네, 너무 늦었습니다."

"서방님은 아직 주무시고 계십니다. 지금 조우니(찰떡을 채소, 어육과 함께 끓인 설날 음식) 준비를 하고 있습니다. 이것이 다 되면 깨워 드리려던 참이에요."

"이것저것 겡 할아범 신세만 져서 어떡하지요."

"아닙니다, 아씨. 예전에 다 해 왔던 일인데요. 익숙해졌어요."

겡우에몽은 오싱에게 밝게 웃어 보이며 안으로 들어갔다. 그 뒤를 쫓아 오싱이 거실로 들어왔을 때, 이미 일어나 있었던 듯 류조가 담배에 불을 붙이고 있었다.

"편히 주무셨습니까."

겡우에몽은 얼른 인사부터 했다.

"다녀왔습니다. 설날부터 아침에 돌아와서 죄송해요."

오싱은 아무 말도 없이 연기를 뿜어대는 류조를 바라보았다. 그러다가 얼른 분위기를 바꿔 다정하고 공손하게 류조 앞에 고개를 숙였다.

"새해 복 많이 받으세요. 겡 할아범도 새해 복 많이 받으세요. 올해도 잘 부탁드립니다."

겡우에몽은 오싱의 절을 받고는 당황하여 고개를 저었다.

"아씨, 새해 인사는 도소(설날에 마시는 술) 축하 때 다시 드리겠습니다. 잘됐습니다. 이제 두 분이 함께 축하상으로 가셔야죠. 곧 준비하겠습니다."

"제가 하겠어요."

"아씨는 피곤하십니다. 천천히 쉬세요."

급히 부엌으로 들어가는 겡우에몽의 뒷모습에서 오싱은 천천히 시선을 류조에게 돌렸다.

"당신이나 겡 할아범에게는 미안하게 됐지만 선생님은 무척 좋아하셨어요. 아무쪼록 안부 전해 달라고 하셨어요."

"잘됐군. 당신도 그것으로 조금은 마음이 편하겠지."

"네, 도와주신 덕분으로 잘 마쳤습니다. 그런데 이런 것을 받아 왔어요. 사양했는데도 정해진 것이니 받아 두라고 한사코 주시기에 뿌리치지 못했습니다. 50엔이나 들어 있어요."

도소 그릇을 갖고와 류조 앞에 내밀던 겡우에몽은 50엔이라는 말에 깜짝 놀랐다.

"50엔이나요? 왜 그렇게 많은 돈을?"

"제 수당이래요."

"그럴 수가……"

"제가 마무리해 준 손님의 몫이래요. 나는 그저 정신없이 일만 하느라고 몇 사람이나 손님의 머리를 마무리했는지도 모르지만 하루에 25명 정도는 된대요. 일본머리는 땋는 값도 비싸고 게다가 선생님네 가게에는 고급 손님들이 오시니 새해 축하금까지 단단히 얹어 주었나 봐요. 그것까지 넣어서……"

"아무리 그렇더라도 굉장한 금액인데요."

"그래도 선생님 몫은 고스란히 떼어놓은 것이래요. 잘은 모르지만 다른 곳에서 사람을 부탁할 때는 도와주러 온 사람에게 머리삯을 나누어주는 관례가 정해져 있나 봐요. 이만한 돈이면 우리에게 어느 정도 도움은 될 거예요."

그 말에 류조의 낯빛이 갑자기 변하는 것을 오싱은 눈치채지 못하고 밝은 표정으로, 조금은 들뜬 목소리로 계속 말했다.

"겡 할아범, 이 돈으로 지불할 곳에 주세요. 아직 신세를 지고 있는 곳이 있을 테지요."

"쓸데없는 걱정 하지 않아도 돼. 여자가 그런 걱정까지 할 필요는 없어!"

여전히 류조의 반응은 냉담했다.

"나도 다노쿠라 집안의 사람이에요. 어려울 때는 힘이 되고 싶고 그럴 수 있다면 정말 기쁠 거예요."

"다 쓸데없는 짓이야. 가게나 돈 문제는 남자가 걱정할 일이야."

"그야 그렇지만 나는 겡 할아범이 고생하는 것을 못 보겠어요. 여자가 이러는 것은 건방지다고 여기시겠지만 이럴 때일수록 서로 돕지 않으면 안돼요. 그것이 부부라는 거 아니겠어요? 당신 책임이 아니에요. 아무리 기를 쓰고 일을 해도 불경기는 당해 낼 수가 없어요. 너무 신경 쓰지 마세요. 반드시 좋은 날이 올 거예요."

류조의 얼굴은 어둡게 그늘져 갔다.

"그때는 실컷 호강을 하겠어요. 자아, 새해를 축하해요. 차린 것은 없어도 부부가 함께, 할아범도 우리도 건강하게 도소를 마실 수 있으니, 그것만으로도 행복하잖아요."

착잡하게 가라앉은 두 사람의 기분을 북돋우려는 듯 오싱은 혼자서 명랑하게 떠들어 댔다.

새해 첫날부터 우울하게 한 해를 맞는 다노쿠라상회는 오싱 혼자만의 발버둥으로는 도저히 활기를 되찾을 수 없었다. 그날은 1922년 새해를 맞아 오싱이 22세가 되던 날이었다. 류조와 맺은 지 3개월째였으나 오싱의 신혼 생활이 결코 달콤하지만은 않았다. 그래도 오싱은 류조의 아내가 되어 꿈같이 행복했고 겡우에몽과 세 식구의 생활을 소중하게 지켜 가기를 간절히 바라고 있었다.

연초 여러 날이 지나고 다노쿠라상회는 겨우 명맥만 유지하는 실정이었다. 물건을 사러 오는 사람도, 또한 파는 일도 거의 없어 사람들의 자취는 거의 끊어졌다. 그래도 류조는 날마다 거래처를 돌아다녔다. 가게 안과 거실의 복도까지 높게 쌓여진 양복 원단 더미는 한 해를 넘기고도 조금도 줄지 않았다.

그날도 류조를 배웅하며 오싱은 거의 매일 그러하듯이 오늘은 다른 날과 다르기를 기원했다. 류조의 어깨가 멀어질 때까지 바라보던 오싱은 곁에 서 있던 겡우에몽에게 물었다.

"설날이 지난 지 벌써 여러 날인데 물건은 전혀 나가지 않아요?"

"이 업계도 점점 경쟁이 심해져서요. 새로운 점포에 파고드는 일이 쉽지 않아요. 무엇보다 큰 거래선이 넘어진 것이 타격이었어요. 서방님도 고생하시죠. 이렇게 된 바에야 가게를 정리하고 사가로 돌아가시라고 말씀드려야겠어요. 지금은 도쿄에서 장사할 시기가 아닙니다. 사가 본가는 든든한 대지주이니 농사를 지어도 무방할 겁니다. 그러는 게 서방님은 마음 편할지 모르지요."

"새삼스럽게 사가로 돌아가다니……"

"서방님도 그런 말씀을 하십니다. 하지만 도쿄에서 살 길이 막혀 비참한 생각을 하는 것보다는 나을 겁니다."

겡우에몽은 처연한 목소리로 말을 이었다.

"고집만으로는 살아갈 수 없어요. 이제 아씨께서 이 할아범을 도와주십시오. 사가는 좋은 곳입니다. 바다도, 산도 있고 아씨 마음에 꼭 드실 겁니다."

오싱은 골똘히 생각에 잠겼다. 다노쿠라상회의 어려움을 누구보다도 잘 알고 있는 겡우에몽의 말이었다. 어떻게 해서라도 도쿄 사람이 되리라던, 그래서 도쿄에 뼈를 묻겠다던 오싱의 다짐도 다노쿠라상회의 위기 앞에서는 무색해졌다.

그날 낮에 오싱은 당장 다카의 집을 찾았다. 마침 다카는 한가하게 차를 마시고 있었다.

"요전날은 별다른 도움이 되지 못했는데 과분한 배려를 해 주셔서 정말 고마웠습니다."

오싱의 공손한 인사에 다카는 손사래를 쳤다.

"인사를 해야 할 사람은 오히려 나야. 정말 놀랐어. 솜씨가 훨씬 늘었던걸. 고객들에게 좋은 평판이 자자하다는 소문은 들었지만 말야."

일상에 관한 이런저런 이야기 끝에 오싱은 자세를 가다듬고 큰 결심이라도 한 듯 결연한 어조로 말했다.

"선생님은 이곳에서 서양머리를 취급할 생각이 없다고 말씀하셨습니다. 그러나 만약 제게 서양머리를 하게 해 주신다면…… 아니 꼭 하고 싶습니다."

"무슨 소리야? 오싱은 이제 남의 집 아내야. 가끔 짬이 날 때 출장 미용을 하는 정도라면 몰라도 가게에서 일하게 된다면 묶인 몸이 돼."

"그 정도는 각오하고 있어요. 하지만 아무래도 돈이 필요해요. 최소한 먹을 것만이라도 제가 어떻게 해결하지 않으면 안되게 됐어요. 이건 누구의 잘못도 아닙니다. 불경기 때문이에요."

다카는 전혀 생각지도 못한 말을 오싱에게서 듣고 깜짝 놀랐다. 또 한편으로는 오싱이 안쓰러웠다.

"좋은 사람에게 시집갔다고 기뻐했는데…… 오싱은 고생이 그치질 않는군."

"아니에요. 전 일하는 것을 고생이라고 생각하거나 후회해 본 적이 없어요. 다노쿠라 집안의 사람이 된 것도 결코 후회하지 않아요. 그이와의 소중한 행복이 파괴되지 않도록 무슨 일이라도 할 거예요. 염치없는 부탁이라는 것도 잘 알고 있지만 이곳에서 일하게만 해 주신다면 정말 열심히 하겠습니다."

"오싱이 함께 일해 준다면 나는 좋아. 하지만……"

다카가 선뜻 응하지 못하는 이유는 오싱도 잘 알고 있었다. 이미 자신은 결혼한 몸이었고, 다카는 오싱이 집안일만 하며 안락한 생활을 하기를 바랐던 것이다.

"나 역시 20년 가까이 외곬으로 일본머리만 고집하다가, 지금은 그럴 때가 아니라서 그만둘까도 생각해 보았지만 그것 역시 미련이 남더군. 더욱이 작년 말 그만한 손님이 와 주니까 좋았던 시절이 생각났어. 오싱이 와서 서양머리도 취급하고 시대에 맞는 가게로 해 나갈 수 있다면 그처럼 좋은 일도 없겠지."

"선생님!"

"오싱한테 서양머리를 배우러 오는 사람도 줄을 이을 테고, 그러면 하세가와도 옛날처럼 다시 번성하게 될 거야."

"그럼 있게 해 주시는 겁니까?"

"정말 괜찮은 거야? 하루 종일 집을 비울 텐데……"

그러나 이미 굳은 오싱의 결심 앞에 다카의 말은 아무런 소용이 없었다.

"집안일은 할아범이 있으니까요."

"다노쿠라상은 승낙해 주었어?"

그 말에 오싱은 주춤했으나 이내 흐트러지지 않은 음성으로 분명하게 말했다.

"선생님의 허락을 받고 얘기할 생각입니다. 제가 일하지 않으면 다노쿠라상회는 무너져 버릴 거예요. 우리들 역시 길바닥을 헤매게 될지도 몰라요. 그이도 이해해 주리라 믿어요."

다카는 아무 말도 못한 채 다만 굳은 결심을 드러내는 오싱을 뚫어지게 바라보았다. 오싱도 그런 다카의 시선을 강한 다짐으로 생각했다.

"고맙습니다. 정성을 다해 일하겠습니다."

그날 저녁 오싱은 약간은 두근거리는 마음으로 외출에서 돌아올 류조를 기다렸다. 여느 날처럼 밤이 다 되어서야 돌아온 류조는 피로에 지친 흔적이 역력했다.

류조가 무거운 몸으로 쓰러지듯 눕자 오싱은 다정하고 상냥한 얼굴로 그의 다리를 주물렀다.

"아, 시원하다. 당신 솜씨는 정말 훌륭해."

"가가야에서 일할 때 매일 저녁 큰방마님을 주물러 드렸어요. 어머, 여기 근육이 이렇게 단단해졌어요. 오늘도 많이 걸었죠?"

"이제 전화 한 통으로 거래할 수 있는 시대는 지났소. 머리를 숙이고 돌아다니지 않으면 한 필의 옷감도 팔 수가 없어."

류조의 어조에서 어떤 결의 같은 게 뚜렷하게 느껴졌다.

"나 하나라면 거리에서 죽어도 좋아. 하지만 지금은 당신이 소중하니까."

가슴에 촉촉이 젖어드는 류조의 사랑을 느끼며 오싱은 그의 따스한 시선 속으로 빨려 들었다.

"오싱, 당신이 있으니까 아무리 고생스러운 일도 기꺼이 견딜 수 있소."

류조는 오싱의 두 손을 감싸듯 소중하게 붙잡았다. 까칠해진 손에서 고생의 흔적을 느끼며 류조는 안쓰럽고 미안해서 고개를 들 수 없었다. 그러나 자신을 바라보는 오싱의 눈에서 넘치는 애정을 발견한 순간 류조는 오싱을 와락 끌어안았다.

"오싱, 조금만 참읍시다. 당신만 내 곁을 지켜 준다면 난 어떤 어려움도 헤쳐갈 수 있소. 나의 가장 소중한 사람이야, 당신은."

류조는 놓치지 않겠다는 듯 더욱 힘껏 오싱을 안았다.

"나 역시 당신을 위한 것이라면 무슨 일이든 할 거예요."

오싱은 류조의 가슴이 이때처럼 넓다고 생각해 본 적이 없었다. 아무리 거친 세파와 혹독한 고생이 닥치더라도 류조의 가슴은 자신을 따뜻하게 보호하고 감싸 주는 견고한 성처럼 느껴졌다. 달콤한 행복에 젖어 들던 오싱은 문득 미용원의 일을 떠올렸다.

"여보, 저 선생님 미용원에 나가게 됐어요. 출장 미용보다 그 편이 손님을 많이 받을 수 있고 선생님도 그러기를 원하셨어요. 당신도 일하고 싶으면 계속하라고 말씀하셨잖아요."

"돈 때문이라면 안된다고 그랬잖소."

"그것뿐만이 아니에요. 나는 내 의지대로 미용사가 된 거예요. 얼마만큼의 손님이 와 줄지는 모르지만 하세가와는 오랜 고객이 많아서 우리 집 다달의 경비 정도는 벌 수 있을 거예요. 그러니까 당신도 너무 무리하지 마세요."

"오싱, 나는 당신이 그러는 것은 반대야."

"그렇다고 제가 가만히 있으면 이 집은 어떻게 되는 거예요? 오늘 할아범이 그랬어요. 여차하면 가게를 닫고 사가에 돌아갈 작정이라구요. 그것만은 싫어요. 우린 도쿄에서 뼈를 묻을 각오를 했잖아요. 이대로는 어디에도 갈 수 없어요."

류조는 괴로웠지만 이렇듯 분명하게 다짐하는 오싱에게 어떤 말도 꺼낼 수 없는 입장이었다.

"여보, 내가 할 수 있는 일을 하고 싶어요. 돈 때문이 아니라 우리 부부의 행복을 지키고 싶어서요. 사가에 돌아가는 것이 두려워요. 그토록 어머님께서 반대하셨는데 이제 와서 돌아갈 수는 없어요."

어쩔 수 없다는, 거의 체념의 표정을 지으며 류조는 물끄러미 오싱의 얼굴을 들여다볼 뿐이었다.

"나는 당신과 결혼한 것이 무척이나 행복해요. 누구에게도 우리의 행복을 빼앗길 수는 없어요, 여보, 그러니까……"

오싱은 더 이상 말을 잇지 못하고 류조의 가슴에 얼굴을 파묻었다. 그런 오싱을 살며시 안아 주는 류조의 얼굴 역시 말 못할 괴로움으로 젖어 들었다.

오싱의 마음에는 한 치의 거짓도 없었다. 미용 일을 다시 시작하기로 결심한 것도 자신과 류조를 위한 일이었다. 쓰러지는 다노쿠라상회에 조금이나마 보탬이 되려고 시작했던 일이라 조금도 양심에 부끄러움이 없었다. 그러나 오싱은 그 일이 부부 사랑에 그늘을 지게 할 줄은 전혀 생각지 못했다.

디딤돌

 미용원에서의 수입은 오싱에게 아주 소중하고 요긴한 것이었다. 미용원은 다시 활기를 되찾고 오싱도 즐거운 마음으로 하루하루 열심히 일을 했다.
 그러나 즐거운 나날만이 계속되지는 않았다. 세계대전 이후의 대불황으로 다노쿠라상회는 개점 휴업의 상태와 조금도 다름없었다. 간간이 찾아들던 거래선도 끊어진 지 이미 오래 전이었다. 집안 살림이 거의 오싱에 의해 지탱되어 가자 누구보다도 꼿꼿한 자존심을 가진 류조로서는 견딜 수 없는 날들이었다. 그는 하루도 거르지 않고 술을 마셔 댔고 옆에서 지켜보기가 위태로울 정도로 뒤틀린 감정을 주체하지 못하고 있었다.

그즈음에야 오싱은 자신의 일에 대한 지나친 욕심이 류조로 하여금 의욕을 잃게 만든 것을 알았다.

그날부터 오싱은 남몰래 괴로워했다. 누구보다도 남편을 잘 알고 이해하는 오싱이 아닌가. 자존심이 강하고 호탕한 기질이 있는 사람인 만큼 한없이 깊은 나락으로 떨어지는 것도 순식간이었다.

오싱은 오랫동안 괴로워한 끝에 드디어 결심했다. 다노쿠라상회와 남편을 일으켜 보려던 자신의 노력이 오히려 류조를 뼈 없는 사람으로 만들었다면 헤어질 수밖에 없다고 말이다.

그러나 참으로 묘하게도, 이혼을 결심하고 몇 번이나 마음을 다져 먹은 바로 그날 자신의 임신을 깨닫게 되었다. 오싱의 굳은 결심은 순식간에 무너졌다. 태어나는 아기를 봐서라도 류조와 헤어질 수 없는 일이었다.

다시 곰곰이 생각한 끝에 오싱은 다카의 미용원을 그만두기로 했다. 그리고 철저히 류조에게 매달리며 어떻게 해서든 류조가 다시 일어설 수 있도록 내조하기로 했다. 오싱의 그런 노력으로 류조는 늪속에 빠진 생활에서 점차 헤어나 주인으로서의 자각을 보이기 시작했다. 이미 폐업한 것이나 다름없는 다노쿠라상점은 겡우에몽에게 맡기고 월급쟁이로 취직을 한 것이다.

오싱의 얼굴에는 서서히 엷은 미소가 되살아나고 류조와

의 메말랐던 애정에도 다시금 윤기가 흐르게 되었다. 그런데 원래 재치 있는 오싱이 일없이 집에 있을 리는 없었다.

어려운 살림을 조금이나마 도우려고 오싱은 한 가지 묘안을 생각해 냈다. 그것은 여전히 가게 구석구석에 쌓여 있는 양복지 원단의 재고 판매였다. 고급 옷감을 노점에서 싸게 팔면 어느 정도 현금의 융통이 손쉬울 것이라고 판단했다. 물론 류조와 겡우에몽에게는 비밀로 했다.

사람들이 붐비는 아사쿠사의 거리에 오싱은 보따리를 풀어 놓았다. 옷감은 그런 대로 팔렸지만 그 일이 순탄하지만은 않아 그 일대 노점을 장악하고 있던 무리들인 데키야(축제일 등에 거리에서 소리쳐 물건을 파는 사람)에게 위협을 당하고 오싱은 거의 도망치다시피 해서 돌아왔다.

그러나 일은 묘하게 되어 그 일에 끼어든 데키야의 왕초 겐은 오싱의 배짱에 반하여 정식으로 노점을 내도록 힘써 주었다. 덕분에 그 많던 재고 원단을 다 팔 수 있었고 오싱은 그 돈을 밑천으로 류조와 함께 아동복 가게를 열기 위해 분주한 날들을 보냈다. 많은 땀과 정성을 쏟아 드디어 아동복을 주로 한 기성복 판매점을 개설한 것이다.

석 대의 재봉틀과 두 명의 재봉사로 간단히 출발한 아동복점이었다. 그때는 1922년 가을의 문턱으로 막 접어든 무렵이었다. 마침 대부분의 아이들이 화복(일본 고유의 옷)을 벗어 버리고 활동적이고 값싼 양복을 입는 것이 유행처럼 번져 가기 시작할 때였다. 그런 변화를 놓칠 오싱이 아니었다.

다노쿠라상회는 아동복점으로 새로 말끔히 단장되었다. 밖에는 화려한 꽃들과 구슬로 장식했다. 오싱은 발그스름하게 상기된 얼굴로 이것저것 분주히 진열했다. 소메코와 시게코도 기꺼이 도와주러 와서 상품에 대한 오싱의 설명에 귀를 기울였다.

"상품은 지금 진열장에 진열된 다섯 종류예요. 한 가지 디자인에 열 벌씩 만들었으니까 전부 50벌이에요. 그것이 열흘 안에 팔리면 이제부터 서서히 아동복 장사를 해 나갈 수 있잖겠어요?"

오싱의 설명을 듣고 나서 시게코와 소메코는,

"그래, 한 벌에 얼마나 남는지는 모르지만 오싱 정도의 솜씨라면 역시 미용을 하는 것이 벌이가 낫지 않을까."

하고 알 수 없다는 듯이 물었다.

"나는 양복지 도매상에 시집을 왔으니까 다노쿠라상회의 아내로서 걸맞는 일을 해야 해요. 미용 일은 전혀 관계가 없지만 이 일이라면 부부 사이에 마음을 맞출 수 있을 것 같아요. 바로 그 점이 중요해요."

그때 겡우에몽이 여자 손님을 앞세우고 가게로 들어섰다.

"이쪽입니다. 아씨, 이 손님께서 우리 가게를 찾고 계시기에 모셔왔습니다."

오싱은 개업 날 첫 손님에 잔뜩 긴장하면서,

"어서 오십시오."

하고 머리를 숙였다.

어리둥절해 하는 손님에게 오싱은 재빨리 진열장과 곳곳에 걸린 옷들을 보여 주며 마음에 드는 것을 골라 주었다. 그런 모습을 보고 겡우에몽은 다시 가게를 나와 거의 큰길까지 갔다. 마침 소학생으로 보이는 여자아이를 데리고 가는 여자가 있었다. 겡우에몽은 얼른 그 앞으로 다가가 갖고 있던 광고지를 건네면서,

"바로 저깁니다. 잠깐 들러보십시오. 구경만 해도 됩니다."

하고 밝게 미소 지었다.

이렇게 해서 몇 명의 손님들이 들어오기 시작했다. 손님들을 맞아 오싱은 열심히 응대를 하며 가게 안에 있는 옷들을 이것저것 보여 주었다.

"이것은 일곱 살부터 아홉 살까지 입을 수 있어요. 이런 모양은 어떤 체형에도 잘 맞아요. 길이는 옷자락의 단이 충분하니까 짧아지면 늘릴 수도 있구요."

오싱이 여아용 원피스 한 벌을 손님에게 보여 주고 있을 때 다른 손님이 한 아동복의 치수를 물어 왔다. 오싱은 생긋 웃으며 그쪽으로 다가가서 친절하게 설명했다.

"옷이 마음에 드는데도 치수가 맞지 않으면 얼마든지 고쳐 드릴 수 있습니다."

"양복은 물빨래도 된다는데 집에서 빨아도 괜찮을까요?

줄거나 변하지 않아요?"

이러한 물음에는 선뜻 대답할 말을 떠올리지 못한 오싱이 난처해 하고 있을 때 가게에 나온 류조가 선선히 말했다.

"제가 말씀드리죠. 이 원단은 국산으로 조직과 염색이 틀림없습니다. 다만 모직은 미지근한 물로 살짝 눌러 가며 세탁해 주십시오. 말릴 때도 짜지 마시고 눌러 물기를 빼고 가급적 옷 모양이 변하지 않도록 그늘에 널어 다림질을 하시면 됩니다. 견직물보다 훨씬 취급하기 좋습니다."

류조의 차근차근한 설명에 손님은 고개를 끄덕이며 안심한 얼굴이 되었다.

"그래요? 그럼 한 벌 주세요. 손자가 양복을 입고 싶어 하니까."

"고맙습니다. 뭐든지 잘못된 점이 있으면 언제든지 가져오십시오. 무료로 수선해 드리겠습니다."

오싱이 그 손님의 물건을 정성껏 포장하는 동안 류조는 다른 손님을 응대했다.

"스커트만 필요하시다면 그것만 사 가셔도 됩니다."

"아, 그래도 괜찮아요?"

"네, 스커트는 허리 부분에 고무줄을 사용해서 탄력성이 있습니다. 그래서 편하게 입을 수 있습니다."

손님을 응대하는 류조의 능숙한 태도에 오싱은 감탄하여 넋을 잃고 바라보았다. 역시 그동안에 양복지 도매상을 했던 연륜은 속일 수가 없는 것이다.

개점 첫날 고작 아동복 두 벌과 스커트 한 장이 팔렸을 뿐이었다. 그나마도 모두 류조가 상대한 손님뿐이었다.

개업 첫날을 어떻게 보냈는지 경황없는 중에 가게 문을 닫은 뒤 오싱과 겡우에몽, 그리고 류조는 마지막 정리를 했다.

"아씨, 이곳은 내가 치울 테니 어서 들어가 쉬십시오."

"할아범도 하루 종일 광고지를 뿌리느라 피곤하지요?"

"아닙니다. 한 사람이라도 손님을 오시게 한다는 생각으로 피곤한 줄도 몰랐어요. 아무 할 일 없이 가게에 앉아 있는 것은 더 괴로운 일입니다. 역시 장사란 좋은 것입니다."

"그렇게 애를 썼는데도 아동복 두 벌과 스커트 한 장밖에 팔지 못했으니 맥이 빠지지만……"

"그야 많이 팔리면 더 좋지요. 하지만 저는 서방님과 아씨가 사이좋게 장사하는 것을 보면 얼마나 기쁜지 모릅니다. 그것만으로도 장사한 보람이 있습니다."

"할아범……"

"다만 아씨가 너무 무리하지 않으셨으면 좋겠어요."

"문제없어요. 나 역시 아무것도 하지 않고 빈둥거리기보다는 바쁘게 움직이는 것이 몸을 위해서나 배 속의 아이를 위해서 좋은 거예요. 내일은 얼마나 팔릴까."

오싱은 활짝 웃음 지어 보였다. 그런 오싱의 기대에 부푼 웃음을 보며 류조도 빙긋 미소를 지었다.

"하루나 이틀 장사해서는 몰라. 느긋해야 하는 거요."

"알고 있어요. 하지만 얼마나 팔릴까 하는 즐거움 때문에 장사의 재미가 있는 거예요. 직장에 나가는 사람은 정해진 것밖에 받지 못하잖아요."

"대신 실패하는 일도 없지."

"실패와 성공이 등을 맞대고 언제 불쑥 나타날지 모르니까 재미있는 거지요. 그렇지요, 할아범?"

류조는 그 말에 쓴웃음을 지었다. 보통 남자들보다 생각이 깊고 대범하다는 것은 평소에도 느꼈지만 류조는 오싱의 그런 한마디에서 많고 많은 바람이 느껴지는 것이었다.

그날 밤 가벼운 흥분이 가라앉지 않은 채로 오싱은 류조가 누워 있는 베갯머리에 단정히 앉았다.

"여보, 나 당신이 좋아요. 왠지 모르게 자꾸만 좋아져요."

갑작스런 오싱의 말에 류조는 어리둥절했으나 그 눈에서 호수처럼 깊은 정을 엿보고는,

"새삼스럽게 무슨 소리야."

하고 쑥스러워하며 류조가 다정하게 오싱의 손을 끌어당기자 오싱은 자석에 끌리듯이 류조의 가슴에 쓰러져 안겼다.

"당신의 아내가 된 것이 정말 기뻐요."

마음속으로 몇 번이나 중얼거리는 오싱의 목소리를 듣지는 못했지만 류조는 그 마음을 알 수 있었다. 오싱은 류조의 품에서 그동안 가물거리듯 꺼져 가던 사랑을 다시금 되찾은

듯했다.

　침대 머리맡에 있는 스탠드의 희미한 불빛에서 오싱은 시선을 돌렸다. 젊은 날 류조와의 꿈 같던 날들도 이젠 한갓 추억 속에 머물러 있을 뿐이다. 오싱은 천천히 옆 침대를 바라보았다. 손자 게이도 잠을 이루지 못하는 것 같았다.
"잠이 오지 않아요, 할머니."
"이 할미에겐 그 시절이 꽃이었단다."
"할머니 시절의 꽃이라, 근사한데요?"
"지금까지 여러 가게를 냈지만 그때 개점했을 때처럼 기쁜 적은 없었지."
"그 아동복 가게를 시작했을 때 말이지요. 그렇겠죠, 할머니가 난생 처음 스스로의 노력으로 개점했으니까요."
"그런 게 아니야. 다음에는 돈을 벌기 위해 하나라도 더 많이 가게를 늘리려고 했지만 그때 아동복 가게는 그렇지 않았단다."
"그랬겠군요."
"그래서 제일 그립고 또한 잊혀지지 않는 것이겠지. 지금은 이렇게 할머니가 됐지만 그렇게 여자답고 예쁜 때가 있었다니…… 정말로 좋은 때였지."
"할머니는 지금도 여자답고 예뻐요. 가족들에게도 존경받고 있죠, 또 이렇게 여행도 할 수 있는 경제력을 갖춘데다 무엇보다도 건강하시니까요. 지금이 할머니 생애의 전성기가 아닌가요."

짓궂은 미소까지 지으며 할머니를 바라보던 게이는 갑자기 굳어진 오싱의 표정에 움찔했다. 그러고는 조심스럽게 말을 꺼냈다.

"저 같은 건 아버지의 대를 이을 재능도 없고 이런 엄한 시대에 장사할 배짱도 수완도 없고, 대학을 나오면 회사에 취직하고 평범한 여자를 아내로 맞아 정년까지의 일생을 보내는 게 고작일 거예요. 전 할머니 같은 삶이 두려워요. 꿈을 가질 수 있는 시대에 태어났다는 거지요, 할머니는……"

"게이, 너는……"

"그야 저는 아무 구속도 없이 살고 있으니 불평할 처지가 못돼요. 그러나 입신 출세의 시대는 끝나 버렸어요. 지금 내 인생을 내다본다면 아무리 발버둥쳐도 틀에 박힌 뻔한 인생이 기다리고 있을 거예요. 그런 시대에 태어났다는 것은 우리들의 비극이지요."

"그럴지도 모르지. 행복이란 슬픔과 노여움, 그리고 괴로움을 겪은 사람만이 가질 수 있는 거야. 그 당시 더 이상 내려갈 수 없는 밑바닥에서, 지금 생각하면 가게랄 수도 없는 개점이 왜 그렇게도 기뻤던지. 부부 사이도 위험한 고비를 겨우 넘어 두 사람의 마음이 접촉될 때 그토록 감동스러운 것이야."

디딤돌 173

오싱은 마치 대사를 외우듯 또박또박 말을 이었다.

"이 할미도 모르는 사이에 풍요로움에 젖어 옛 기억들은 잊어버리고 잔소리는 많아지고…… 어디서 이렇게 잘못되었는지 변해 버렸는지 모르겠구나. 그 시절에는 그래도 좋은 여자였는데……"

쓸쓸하게 먼 곳으로 시선을 던지는 할머니의 표정에서 게이는 진한 외로움을 보았다.

다노쿠라아동복점은 개점을 하고 열흘이 되도록 이따금씩 기웃거리는 손님이 있을 뿐, 좀처럼 옷은 팔리지 않았다 그래도 오싱에는 눈곱만큼의 후회도 없었다. 후회하지 않을 만큼 정성을 다 쏟았고, 류조와 부부의 인연이 더욱 굳게 맺어진 것만 해도 큰 성과였기 때문이었다.

열흘이 되도록 만들어 놓은 옷이 팔리지 않자 의욕적으로 시작했던 오싱도 점차로 기력이 떨어졌다. 쓸데없는 곳에 돈을 썼다는 은근한 후회까지도 생겼다. 상품 자체는 꼼꼼하고 양복치고는 가격도 싸서 오싱은 자신이 있었으나 막상 장사라는 것에 부딪치고 보니 쉽지만은 않았다.

겡우에몽은 가게 한구석에서 따분한 한낮을 지키고 있었다. 크게 하품을 하며 졸린 눈을 껌벅이고 있을 때 낯선 두 남자 둘이 가게로 들어섰다.

겡우에몽은 벌떡 일어나 신사복 차림의 그들에게 인사를

했다.

"어서 오십시오."

그러나 두 남자는 겡우에몽을 거들떠보지도 않고 걸려 있던 양복을 들고 이리저리 뜯어보았다. 겡우에몽은 못마땅한 얼굴로,

"팔 것이니까 그렇게 계속 만지작거리면 곤란합니다."

하고 퉁명스럽게 쏘아붙였다. 그러나 여전히 모른 척하며 그들은 다른 옷들도 샅샅이 살폈다.

"당신네들 뭣하러 오셨소."

겡우에몽은 버럭 화를 내듯 소리 질렀으나 두 사람은 아랑곳하지 않았다.

가게에 뜻밖의 손님이 와 있는 줄도 모르고 오싱은 부지런히 빨래를 끝마치고 뒤뜰의 빨랫줄에 그것들을 널었다. 겡우에몽의 다급한 목소리가 빨래를 널던 오싱의 손을 주춤하게 했다.

"아씨! 빨리 와 주십시오. 대단한 사람들이 왔습니다."

엉거주춤 빨래를 거머쥔 오싱에게 겡우에몽은 숨 쉴 틈을 주지 않고 독촉했다.

"이런 건 나중에 널어도 되잖아요."

"그래도…… 도대체 누가 왔다는 거예요?"

"아씨가 나오시지 않으면 말할 수 없답니다."

오싱은 어리둥절했다. 모처럼 고생해서 개점한 아동복점

디딤돌 175

인데도 손님의 발길이 뜸해 어지간히 끈질긴 오싱도 자신감을 잃고 있던 때에 뜻하지 않은 손님이 가게를 찾은 것이다.

오싱이 가게로 나와 보니 낯선 신사 다치바라와 나가노가 그때까지도 옷을 살피고 있었다.

"다노쿠라상회의 여주인이십니다."

겡우에몽의 목소리에 다치바라는,

"처음 뵙겠습니다. 전 이런 사람입니다만."

하고 명함을 꺼내 오싱에게 내밀었다.

그것을 받아보던 오싱은 다시 한번 그 남자의 모습을 살폈다.

"오노야라면?"

"네, 옷감 전반에서 가구, 잡화 등을 취급하고 있습니다. 말하자면 백화점이죠."

"역시 그 오노야인가요?"

"네, 나는 구매를 담당하고 있는 다치바라입니다. 그리고 이 사람은 같이 일하는 나가노라고 합니다."

"나가노입니다. 잘 부탁합니다."

오싱은 나가노의 인사를 받아 공손히 머리 숙이면서도 궁금증을 감추지 못했다.

"일부러 오시느라 수고하셨습니다. 그런데 무슨 용건으로 여기까지?"

"댁의 제품은 활동적이고 입기 쉽고 예쁘고 게다가 경제적이어야 할 아동복의 조건을 모두 갖추었습니다. 바느질도 꼼꼼하고요. 우리가 찾던 것이 바로 이런 상품입니다. 요즈음 아동복의 수요가 급격히 늘고 있지만 손님들의 마음을 끌 만한 것이 없어요. 그야 좋은 제품도 있긴 하지만 이 지독한 불경기에 고급 제품을 사는 손님은 극히 일부에 지나지 않지요. 특히 아이들의 일상복이란 소모가 심하니까 값비싼 것은 구입할 수도 없습니다. 그런 손님들의 요구에 이 옷들은 딱 들어맞을 겁니다. 그래서 우리 가게에 내놓으실 수 없을까 해서 찾아왔습니다."

"저희 집 옷을 오노야에서 파시겠다는 말씀인가요?"

"네, 이쪽에 손해가 가지 않도록 거래하고 싶습니다. 만일 그것이 성공한다면 계속해서 댁의 제품을 취급할 수 있도록 해 주십사 하는 것입니다."

오싱은 깊은 생각에 잠긴 듯 침묵을 지키고만 있었다.

"그래서 얼마 정도의 가격으로 거래할 수 있는가, 그것을 상담하고 싶어서요. 물론 우선은 제품을 우리에게 납품하겠다는 약속을 해 주시는 게 문제입니다만, 어떡하시겠습니까?"

선뜻 대답을 못하는 오싱을 보다 못해 겡우에몽이 옆에서 끼어들었다.

"아씨, 좋은 기회 아닙니까. 오노야에서 취급해 준다면 이만큼 확실한 것도 없잖습니까."

깊은 생각 끝에 오싱은 신중히 입을 열었다.

"모처럼의 호의입니다만 저 혼자 결정할 수는 없습니다. 주인께서 돌아오시면 그분의 의향을 여쭤 봐야겠어요."

"알겠습니다. 그러면 우리의 희망을 주인께 전하고 가격 문제도 의논해 주세요. 그 후에 우리가 다시 들르겠습니다."

"미안합니다. 바쁘신 중에 찾아 주셨는데."

"그럼 잘 부탁합니다."

그날 저녁 오싱은 류조에게 낮에 있었던 일을 상세히 말했다. 류조는 문 닫아야 할 위기에 몰린 다노쿠라상회를 다시 일으킬 기회가 왔다며 흥분을 감추지 못했다.

다음 날 당장 오노야에서는 나가노와 몇몇 사람을 보내왔다. 가게에 걸린 아동복을 상자에 담으면서도 오싱은 얼떨떨한 기분을 떨치지 못했다. 순식간에 아동복점은 텅 비어 버렸다.

성공

 개점 열흘만에 다노쿠라아동복점은 다시 원상태로 돌아가고 오싱은 집안일에만 신경을 쏟기로 했다. 오노야에 아동복을 납품하고 그 이후에는 별다른 신경을 쓰지 않고 있던 오싱이었다.
 바로 그날 저녁, 오싱이 낡은 유가다 차림으로 기저귀를 꿰매고 있을 때 밖에서 돌아온 류조가 급히 다가와 앉았다.
 "뭘 하고 있소?"
 "네, 좀 성급한 것 같지만 기저귀를 꿰매고 있어요."
 "갓난아이 용품을 준비할 시간도 지금밖에 없을 것 같소. 앞으로는 그런 일을 할 겨를이 없을 거요."
 "그게 무슨 뜻이에요?"

"오늘 틈을 내서 오노야의 양복가게를 가 보았지. 그런데 말야, 아이들을 데리고 온 여자 손님들로 북적대고 있잖겠소. 우리가 납품한 아동복이 불티나듯 팔리고 있었소. 깜짝 놀랐어. 역시 그만한 손님을 모을 수 있는 곳은 오노야뿐이야. 안 팔리던 것도 팔릴 수밖에."

오싱은 류조의 말이 믿어지지 않았다.

"정말로 우리 것이 잘 팔리고 있어요?"

"물론이오. 그것도 우리의 소매 가격보다 2할이나 더 비싸게."

"그럼 우리가 내준 가격에 3할 이상이나 이윤을 더한 것이군요."

"내놓을 곳에 내놓으니까 팔리는 거요. 내가 생각한 그대로야."

"정말요?"

"여보, 우리 이러고 있을 수가 없소. 앞으로 정말 바빠질 거요."

"아무래도 믿을 수가 없어요. 우리 집에 놔둘 때는 전혀 팔리지 않던 것이 오노야에서는 잘 나간다니."

왠지 묘한 거부감 같은 것을 느끼며 오싱은 입을 다물었다. 그때 겡우에몽이 들어왔다.

"오노야의 다치바라상이 급히 의논할 일이 있다고 지금 오신답니다. 전화가 왔어요. 대단히 급한 모양입니다."

전화가 걸려 오고 얼마 지나지 않아 다치바라와 나가노가 다노쿠라상회에 왔다. 그들은 물건이 불티나게 팔린다면서 밤을 새워서라도 강행군을 해 달라고 요청했다.

"디자인이나 원단도 색다른 것으로 만들어 주시면 좋겠습니다만."

나가노의 말을 이어받아 다치바라도,

"어디까지나 손님들이 싼 값으로 사도록 가격을 유지해 주시고요."

하고 오싱에게 시선을 돌렸다.

"저희들은 아이들의 평상복을 만들고 싶어서 시작한 거예요."

"그런 생각이 손님들에게 호평을 사고 있는 것입니다. '아이들 평상복은 오노야에서'라고 말할 수 있게 하고 싶습니다."

유난스럽게 웃어 대던 다치바라는 의외로 소극적인 오싱의 다음 반응에 움찔했다.

"그만한 대량 주문을 우리 집 힘으로는 어려울 것 같아요."

그때 류조가 황급히 끼어들어 오싱의 말을 막았다.

"염려없어요. 어떻게 해서든 납품하도록 하겠습니다."

"다노쿠라상이 장담하고 맡아 주신다면 안심하고 가겠습니다. 앞으로도 잘 부탁드립니다."

"아닙니다. 저희들이야말로 잘 부탁드립니다."

류조는 들뜬 기분으로 그들을 배웅했으나 오싱은 불안하기만 했다. 겨우 석 대의 재봉틀로 시작한 아동복점에서 엄청나게 많은 오노야의 주문을 감당하기란 불가능할 것 같아서였지만 류조는 호언장담을 했다.

"여보, 당신은 이제부터 건강한 아이를 낳을 궁리만 해요. 당신과 태어날 아기를 위해 나는 열심히 일할 테니까."

이렇게 말하며 류조는 오싱의 손을 꼭 쥐었다. 아무 말 없이 류조를 응시하는 오싱의 눈에는 이미 모든 것을 남편에게 맡기는 아내로서의 믿음이 가득했다.

"이제부터는 양복 시대요. 부자들만이 아니라 누구든지 입을 수 있도록 값싼 옷을 만드는 것이 내 일이오. 그것을 가르쳐 준 것은 오싱 당신이오. 당신은 나에게 과분한 아내요."

오싱에겐 류조의 의기양양한 모습이 걱정스러운 것도 사실이었다. 세상 일이 뜻대로 되지 않는다는 것을 신물이 나도록 맛보아 왔기 때문이다.

그로부터 다노쿠라상회는 새로운 운명의 길로 접어들었다. 한 차례 실패한 장사에 넌더리가 나서 직장을 가졌던 류조는 다시금 기성복에 눈을 돌려 분주한 날들을 보냈다.

가게에 마련된 석 대의 재봉틀에는 오싱과 우에코, 이토코가 매달려 눈코 뜰 새 없이 재봉틀을 밟았다. 가게의 한쪽 구석에서 옷자락 손질을 하는 겡우에몽도 상당히 익숙한 솜씨로 일했다.

눈만 뜨면 빨리 옷을 납품하라는 독촉에 시달리는 날이 며칠 계속되자 류조는 재봉틀 석 대를 추가로 사들이고 재봉사도 늘렸다.

재봉틀 석 대가 더 들어온 가게 안은 얼마간의 공간만을 남기고 비좁아졌다.

"조금 불편하겠지만 곧 넓은 작업장을 만들 거요. 그때까지만 좀 참아 줘요."

류조는 연신 즐거워하며 가게 안을 분주히 돌아다녔다. 다노쿠라아동복점은 그야말로 이제 막 심지에 불을 당긴 것이다.

잠시 후, 류조는 오싱과 함께 거실로 들어가서 한숨 돌리며 설명했다.

"이제 이것으로 일단락지었소. 솜씨 좋은 재봉사를 빼돌리는 일이 어려웠지만 한 사람이 두 사람 몫을 하는 아가씨들이니까 고생한 보람이 있었소."

"저는 재봉틀이나 사람들을 늘려서까지 일하는 것은 반대예요. 오노야에는 물건이 된 만큼만 납품하면 되잖아요."

"그렇게 마음이 약해서 무슨 일을 하겠소. 주문에 응하지 못하면 당장에 신용이 떨어지고 말아요. 그 틈바구니에 딴 업자들이 뛰어들 것이고 우후죽순처럼 경쟁 상대가 나타나는 법이야. 그 경쟁에 뒤지지 않기 위해서라도 맡은 주문을 소화시킬 대책을 갖고 있어야 해요."

"그렇다고 너무 성급한 게 아닐까요?"

"뭘 걱정하는 거요. 일본도 이제 양복 시대가 오고 있소. 기모노보다야 양복이 활동하기에도 좋고 가격도 훨씬 싸게 들잖소. 이제 여자도 아이들도 양복이 보편화될 것이니 비싼 것은 안돼요. 곧 기성복이 유행할 것이고 그런 시대를 내가 만들 거요."

그럼에도 오싱의 얼굴에 드리운 어두운 그림자는 좀처럼 거두어지지 않았다.

"오싱, 두고 봐요. 신용이 생기면 다른 가게에서도 주문이 쏟아질 것이고 그렇게 되기 위해서라도 지금은 오노야에의 납품을 중시해야 해요. 재봉틀 여섯 대 정도란 시작에 불과하지. 그러다가 큰 공장을 세워야 할 거요."

"지금 근무하는 직장은 어떻게 하시고요?"

"내일 정식으로 사표를 내겠소. 이번 일은 내 평생이 걸린 일이오. 부업으로 할 수는 없지."

류조는 가볍게 그녀의 어깨를 어루만졌다.

"여보, 걱정 말아요. 내게 맡겨 두면 돼요."

류조의 어깨에 얼굴을 기대며 고개를 끄덕이던 오싱은 갑자기 태도를 바꿔 밝게 웃음 지어 보였다.

"그래요. 만약 실패한다고 해도 다시 밑바닥에서부터 기어오르면 되니까요. 저는 어릴 적부터 그 고비를 하도 많이 넘겨왔으니까 걱정하지 않아요."

"여보!"

류조는 오싱을 힘껏 끌어안았다. 그것은 자신을 믿고 따라주는 오싱에 대한 짙은 애정이었고 남은 생을 함께 할 믿음이었다.

"여자란 불쌍해요. 아이가 생기면 가벼운 흔들림도 싫어져요. 조그만 행복이라도 좋으니 그것을 놓치지 않으려고 매달리게 돼요. 그것이 남자의 한쪽 다리를 붙잡아 두게 되는 것인지도 모르지요."

"남자는 아기가 생기면 통이 큰일을 하고 싶어진단 말이오. 나 혼자라면 이런 힘이 생기지 않을 거요. 당신과 우리 아기를 위해서 승부를 걸어야지."

"처음부터 다시 시작하면 돼요. 아기가 태어나더라도 내 자식이면 가난 같은 건 아무렇지도 않을 거예요. 무서울 것 없어요."

"여보, 고맙소. 나도 이제 두려울 것이 없어졌소. 당신을 위해서, 그리고 우리의 아기를 위해서 앞만 보고 달릴 뿐이오."

"당신에게 다시 반했어요. 역시 호언장담하는 것이 당신다워요. 참 멋져요."

"이 사람!"

류조는 오싱의 이마를 손끝으로 가볍게 찌르고는 와락 끌어안았다. 가슴에 밀려오는 벅찬 느낌을 놓치지 않으려는 듯 두 사람은 오랫동안 떨어질 줄 몰랐다.

오싱은 그 순간부터 다짐했다. 다노쿠라상회는 류조에게 맡기자. 어떤 길로 나아갈지는 모르지만 순순히 류조가 가는 길을 따르리라 각오했다.

오노야의 주문은 계속 쇄도했고 물량도 점점 증가했다. 여섯 대의 재봉틀을 부지런히 돌려도 그 주문에 납품하기가 벅찰 정도였다. 다치바라는 아동복뿐만 아니라 다른 스타일도 요구해 왔고 류조는 그 주문에 선뜻 응했다. 그때부터 오싱은 새로운 아동복 디자인과 사무복까지도 손을 대야 했다.

오싱은 하루하루가 다르게 불러오는 배를 안고 조금도 쉴 틈 없이 일을 해 나갔다. 오노야에서 시작된 주문도 이제는 다노쿠라의 이름이 번져감에 따라 여러 곳에서 물밀듯이 밀려 들어왔다.

처음 석 대의 재봉틀로 시작된 아동복점은 3개월이 채 못 되어 재봉틀 열한 대의 어엿한 공장으로 성장했다.

오싱은 사가에 돌아갈 뻔한 위기를 넘기고 이렇게까지 든든하게 버틸 수 있었던 자신이 뿌듯했다.

주문량과 납품 일정을 맞추느라 류조가 거의 매일 술에 취해 돌아오는 날이 많아졌지만 오싱은 따스한 아내의 애정으로 받아들였다.

살림은 알뜰하게 꾸려져 나갔고 공장에서 일하는 재봉사들에게도 오싱은 세심한 배려를 아끼지 않았다. 낮에는 부엌에서 겡우에몽과 함께 재봉사들에게 줄 점심 준비를 했다. 도시락이 식을 것을 염려해서 거의 매일 뜨거운 국을 끓였다. 그날도 마찬가지로 부엌일을 하고 있을 때 재봉사인 우메코가 부엌을 머쓱하게 기웃거리며 겡우에몽을 불렀다.

"할아버지, 히사에상이 몸이 좋지 않다고 오늘은 집에 돌아가게 해 달래요. 히사에상이 빠지면 내일 아침 오노야에 납품할 몫을 채우지 못하는데 어쩌죠?"

그때 오싱이 불쑥 말했다.

"그렇게 하도록 해요. 내가 대신 재봉틀을 밟겠어요."

"아씨, 그런 몸으로……"

겡우에몽은 놀라며 얼핏 보기에도 무거워 보이는 오싱의 몸을 살폈다.

"재봉틀쯤이야 아직 염려없어요. 히사에상이 빨리 돌아가도록 해 줘요. 무리하지 말고요."

"아씨, 히사에상의 몫은 모두 잔업으로 처리하도록 할 테니 신경 쓰지 마십시오."

"안돼요. 우리는 잔업하지 않기로 했잖아요. 잔업을 강행하면 아무래도 몸을 망치게 되니까 그것만큼은 지켜야지요."

겡우에몽은 웃으며 고개를 끄덕였다.

그날 밤 하루의 일과가 끝나고 모두들 돌아간 가게에서 오싱은 재봉틀을 밟았다.

한쪽 구석에서 변함없이 아동복 옷자락을 손질하는 겡우

에몽의 얼굴에도 서서히 피곤이 깃들어 갔다. 바깥은 이미 깜깜했다.

"아씨, 너무 무리하지 마세요. 주문에 대지 못해도 어쩔 수 없지요. 그나저나 서방님은 뭘 하고 계시는지…… 아씨께서는 종일 바쁘게만 지내시는데."

오싱은 빙긋이 웃으며 대답했다.

"밖에서 즐길 정도의 보람이 있으니 다행이에요. 집에서 풀이 죽어 있는 모습은 더 보기가 딱해요."

"아씨가 그렇게 너그럽게 대하시니까 서방님이 매일 늦어요."

"그이에게도 괴로운 때가 있었어요. 이제야 겨우 하는 일이 잘되어 가는데……"

하고 말하며 오싱은 다시 힘차게 재봉틀을 밟았다.

오노야에서 주문한 양은 한참만에야 끝마칠 수 있었다.

얼마 후에 어둠 속에서 어떤 그림자가 비틀거리며 나타났고, 이어서 기생과 길잡이에게 몸을 기대어 오는 류조의 술 취한 모습이 드러났다.

"그럼, 또 오세요. 류 선생님."

콧소리가 섞인 귀를 간지럽히는 목소리였다.

"음, 그래 그래."

류조는 기분이 좋은 듯 고개를 끄덕이다가 갑자기 흠칫 놀랐다. 눈앞에서 자신을 노려보고 있는 겡우에몽의 시선을 느껐기 때문이었다. 당황하여 얼른 기생과 떨어지면서 류조는 모른 척하고 겡우에몽의 앞을 지나쳐 들어갔다.

재봉틀과 마무리 일감을 치우다가 류조를 본 오싱은 서둘러 치워 놓고 가까이 달려왔다.

류조는 오싱과 겡우에몽에게 묻지도 않은 말들을 주워섬겼다.

"나는 말이야, 기분으로 술을 마시고 놀고 있는 게 아니야. 이렇게 주문을 따온 거요. 중학교 제복인데 우리가 지정업자가 됐으니까 매년 2백 벌은 납품하게 될 거요."

"여보! 지금도 주문이 꽉 차 있는데요?"

"문제없소. 재봉틀은 밤에 놀고 있잖소. 기계를 밤에 재워 두다니 아깝기도 하고 밤에도 가동한다면 지금의 두 배의 주문을 소화할 수 있소."

"그건 말도 안돼요. 재봉틀은 기계지만 그것을 움직이는 것은 사람이에요. 기계가 저절로 움직여 주지는 않으니까요."

"당연하지. 밤일할 사람을 고용하면 되는 거요."

"어쩌면 그런 말씀을 하세요. 사람은 낮에 일하고 밤엔 자도록 정해져 있어요."

"누가 그렇게 정했단 말이오. 제사공장도 방적공장도 옛날부터 그렇게 해 오고 있소."

"그런 지옥 같은 곳을 따라 하자는 거예요?"

오싱은 자신도 모르게 벌컥 언성을 높였다. 류조는 오싱을 설득하느라 거듭 말했다.

"그럴 수 없으면 이 각박한 세상에서 살아남지 못해요."

"여보, 당신이 도대체 원하는 것이 뭐예요? 지금이라도 충분히 먹고살 수 있잖아요. 당신이 카페나 기방에서 놀 만한 여유도 있어요. 그것으로 족하지 않으세요?"

"여자가 남자의 꿈을 이해할 수 없지."

"제 언니는 제사공장에서 중노동에 못 이겨 죽었어요. 야밤에 사람을 일하게 하면서까지 돈을 벌어서 도대체 뭣하겠다는 거예요?"

"여보, 당신은 내가 하고 싶은 일이 있으면 하라고 했잖소. 장사에는 운이라는 것이 있는데 이제 겨우 다노쿠라 상호에 신용이 생겨 주문을 받게 됐소. 이건 돈벌이만을 위해서가 아니고 사업을 키우려는 사내의 꿈이오."

오싱은 그만 입을 다물었다. 약 한번 쓰지 못하고 죽어 간 하루 언니의 쓸쓸한 모습이 떠올랐다. 오싱은 가슴속에 맺힌 그때의 한을 풀지 못했다. 제사공장의 혹독한 시달림에 못 이겨 죽은 하루 언니의 기억이 지금까지도 응어리진 채 남아 있었던 것이다. 그런데 막상 류조에게서 밤일을 고집하는 말을 듣고 보니 갑자기 전신의 맥이 다 빠져 버리는 것 같았다.

움트는 새봄

　오싱으로서는 할 만큼 했다. 아무런 군소리 없이 류조의 말을 따르며 보이지 않는 그늘에서 다노쿠라아동복점이 번성하는 데 큰 몫을 차지한 것도 사실이다. 류조가 앞뒤 가리지 않고 사업을 확장시키는 것이 조금은 불안했지만 남자의 원대한 포부라 믿고 수긍하기로 다짐한 오싱이었다.
　그러나 재봉사들을 밤낮으로 일을 시키면서까지 돈을 벌고 싶은 생각은 추호도 없었다. 그것은 영원히 가슴속에서 지워지지 않는 하루 언니에 대한 애잔한 기억 때문이다.
　이는 순탄하게 진행되어 가던 와중에 류조와 오싱이 처음으로 맞부딪친 작은 충돌이었다.
　분연히 자신을 노려보고 들어가 버린 오싱의 태도에 류조는 쓴웃음을 지으며 중얼거렸다.

"저 사람도 탈이야. 괜한 일에 고집을 부리고…… 역시 여자는 사업가가 될 수 없단 말이야."

처음부터 그 광경을 지켜보던 겡우에몽이 참다 못해,

"서방님! 서방님은 잘못하시고 있어요. 모든 것이 잘못되어 가고 있습니다."

"뭐라구요?"

"한밤중까지 일을 시켜 사업을 확장한다손 치더라도 그게 무슨 큰 의미가 있습니까. 사람들은 오르막길을 오를 때가 가장 위험합니다. 양복지 도매상을 하실 때 그만큼 하셨으면 데었을 만도 한데요. 지금의 다노쿠라상회는 이 상태로도 충분히 이익을 올리고 있잖습니까. 더 이상 무리한다면 분명 어딘가 탈이 날 겁니다."

겡우에몽은 다소 격앙된 어조로 말을 이었고, 류조는 아무런 대꾸도 없이 굳은 얼굴로 듣고만 있었다.

"주문을 거절하시는 것도 남자의 용기입니다. 그리고 요정이나 카페 출입도 조금은 삼가야 하지 않겠습니까."

"내 능력껏 하는 일이오. 집사람이 모은 돈으로 놀고 있는 게 아니란 말이오."

"아씨께서는 하루 종일 일하시면서도 아무런 낙도 없습니다. 하지만 지금의 다노쿠라상회가 있는 것은 다 아씨 덕택입니다. 서방님은 지금 그걸 잊고 계십니다."

"잊고 있는 게 아니오."

"그렇다면 혼자서 술이나 여자놀음을 할 수는 없을 겁니다."

"할아범!"

귀찮고 짜증스런 목소리로 류조는 벌컥 소리를 질렀다.

"사가의 큰마님께 옷이다 오비다 하고 늘어놓기 전에 아씨께 사 드리는 것이 우선 아닌가요."

"자기가 필요하면 맘대로 사면 되지. 사양할 것 없어."

"그렇지 않습니다. 아씨는 자신에겐 한 푼도 쓰지 않습니다. 그건 역시 가게 일에만 신경을 쓰는 탓이겠지만 여자로서 눈치가 있기 때문이지요. 그럴수록 서방님이 마음을 써주셔야 되지 않겠습니까."

류조는 다소 머쓱해져서 말없이 겡우에몽을 바라보았다.

"마음속으로만 아씨께 고맙다고 생각해도 아무 소용없습니다. 겉으로 표현하지 않으면 알 까닭이 없지요."

짧은 순간 아차 하는 당혹한 빛이 류조의 얼굴을 스쳤다.

"서방님은 자기 중심으로밖에 생각을 못하는 사람입니다. 그래서야 부부 사이가 잘될 까닭이 없지요. 잘 생각해 보십시오."

류조는 뭔가 짚이는 듯 고개를 끄덕였다.

"저는 서방님과 아씨와 태어나는 아기씨가 소중하기 때문에 충고를 드리는 겁니다. 두 분이 언제까지나 원만하신 것이 이 할아범의 유일한 소원입니다."

묵묵히 깊은 생각을 하며 류조는 그 말을 받아들였다. 자신이 오싱에게 보였던 무심한 행동이 일순간 후회스러웠다. 류조는 자신도 모르는 사이 그녀에게 달려갔다.

그가 방 안으로 들어섰을 때 오싱은 이부자리를 펴고 있었다. 다짜고짜 류조는 오싱에게 말했다.

"당신이 말한 대로 당분간은 지금 일에 실수가 없도록 전념하겠소. 그래서 앞이 확실히 보일 때 큰 공장을 세우겠소. 모두들 건강하고 즐겁게 일할 수 있도록 공장을 세워 보일 거요."

그 순간 오싱의 가슴에 응어리졌던 류조에 대한 불만이 흔적도 없이 사라져 버렸다.

"오싱, 당신에게는 못 당하겠소."

화사한 미소를 짓는 류조의 얼굴을 마주하며 오싱은 이루 형용할 수 없는 기쁨을 느꼈다.

"미안해요, 여보, 간섭을 해서요. 저는 다만……"

류조는 오싱의 입술에 자신의 손가락을 가볍게 갖다 대면서 말했다.

"당신 마음 잘 알고 있소. 내게 당신 같은 아내가 없었던들 난 진작에 수렁으로 빠져 버렸을지 모를 일이오. 이제부터라도 당신의 생각을 가감 없이 말해 줘요. 무엇이든 나눌 수 있는 것이 부부가 아니겠소. 그렇게 해서 진정한 부부가 되어 나갑시다."

이렇게 말하면서 류조는 안주머니에서 무엇인가를 꺼내 오싱의 손에 쥐어주었다.

"이 돈으로 당신이 갖고 싶은 것을 사도록 해요."

오싱은 깜짝 놀라며 손을 펼쳐 보았다. 그 안에는 지폐 몇 장이 구겨진 채로 있었다.

"내가 사 줘도 좋지만 당신이 정말 갖고 싶은 것을 잘 모르니까."

"갖고 싶은 게 아무것도 없는걸요."

오싱은 겨우 이렇게 대답할 수 있었다.

"야마가다의 어머님에게도 송금해 드리는 것이 좋겠소. 모처럼 여유가 있을 때가 아니오?"

"여보!"

"사양하지 말아요, 오싱. 당신의 도움이 없었던들 난 지금 여기에 서 있을 수도 없었을 거요."

"그 마음으로도 전 기뻐요. 그보다도 이 돈으로 사가의 아버님과 어머님께 뭔가 보내 드리세요. 두 분이 좋아하시는 것으로요."

마음 한구석에서 찡해 오는 감동을 억누르지 못하고 류조는 오싱을 와락 끌어안았다.

눈치 빠른 오싱은 겡우에몽이 류조에게 여러 가지 얘기를 많이 한 결과로, 본디 심성 착한 류조가 자상한 남편으로 돌아가고 있음을 알았다.

크든 작든 부부간의 갈등이나 사업상 위기가 닥쳐올 때마다 그들 부부는 슬기롭게 잘 넘겨 갔다. 다노쿠라상회 역시 순풍에 돛을 단 것과 다름없었다. 그리고 머지않아 소중한 아기도 태어날 것이다. 이렇듯 모든 것들이 오싱을 만족하게 하는 가운데 시간은 빠른 속도로 흘러갔다.

그해도 저물어 가는 어느 날 다노쿠라에 뜻하지 않은 사람이 찾아왔다. 설을 며칠 앞두고 오싱이 집안을 정리하고 있을 때 외출 나갔던 류조의 목소리가 들려왔다. 오싱은 일손을 멈추고 얼른 달려 나갔다.

"여보, 손님을 모시고 왔소."

"손님이요? 큰일 났네. 안은 지금 대청소하느라 온통 뒤죽박죽이에요. 잠깐 기다리세요. 빨리 치울게요."

류조는 웃으면서 급히 들어가려는 오싱의 팔을 붙잡았다.

"괜찮소. 신경 쓸 분이 아니오."

"그래도 손님이 오신다고 미리 말씀이나 해 주실 일이지."

하고 무심코 입구 쪽으로 눈길을 던지던 오싱은 깜짝 놀랐다. 그리고 자신의 눈을 의심하듯 깜박거렸다.

"어머니?"

그곳에 있는 사람은 다름 아닌 후지였다. 오싱은 순식간에 달려가 그 앞에 우뚝 섰다.

"엄마, 무슨 일이라도 있었어요?"

"아무 일도 없다. 모두 잘 있어. 여전하지."

"그런데 이렇게 갑자기? 아무 기별도 안 하시고…… 깜짝 놀랐잖아요."

"자, 이야기는 천천히 안에서 해요."

하며 류조는 그들 모녀를 데리고 안으로 들어갔다. 뜻하지 않았던 후지의 상경에 오싱은 얼떨떨할 뿐이었다. 아버지의 죽음으로 오싱이 야마가다를 다녀온 후로 일 년 남짓 흐른 뒤의 재회였다. 후지에게는 난생 처음 있는 상경이고 사위 류조와도 물론 첫 대면이었다.

방으로 들어오자마자 오싱은 어수선하게 늘어놓은 물건들을 치우고 앉을 자리부터 마련했다.

"오시면 오신다고 연락이나 하실 일이지. 알았더라면 벌써 깨끗이 해 놓았을 텐데."

"하지만 네게 말하지 말아 달라고……"

오싱은 그 말에 류조에게 시선을 돌렸다.

"여보, 당신이 어머니를 부르셨어요?"

"아기를 낳게 되면 당신이 불안해 할까 봐."

"그런 쓸데없는 일을……"

"그렇게 말할 줄 알고 당신에겐 비밀로 하고 오시라고 했지."

"어머니라고 시골에서 놀고 계신 건 아니에요. 오빠나 올케 눈치도 있을 것이고……"

"그래도 당신 출산을 도울 사람으로 남보다는 어머님이 낫지 않겠소. 나도 남에게 맡긴다는 것이 걱정스러웠소."

"그것뿐만이 아니란다. 이 사람은 네가 어떤 생활을 하고 있는지 나에게 보이고 싶다며 억지를 부리더구나. 실은 나도 한번 와 보고 싶었지만 말이다."

후지의 말에 쑥스러운 표정을 지으며 류조는,

"어머님을 뵙고 될 수 있으면 천천히 도쿄 구경이라도 시켜 드리고 싶었소."

"여비와 용돈까지 넉넉히 보내 주었다. 덕택으로 쇼지에게나 누구에게도 거리낌 없이 올 수 있었지."

류조를 물끄러미 바라보며 오싱은 어떻게 고마움의 표시를 해야 할지 몰랐다.

"오싱이 아이를 낳게 됐다는 편지를 받고부터 그나마 첫아이니까 옆에 있어 주고 싶다고 생각했다. 그런데 도쿄 살림은 복잡하니까 쓸데없는 사람이 가면 도리어 폐가 될 것 같고, 그렇다고 쇼지 내외가 있는데 오싱에게 달려갈 수도 없고…… 그러던 중에 사위에게서 수표가 들어 있는 편지를 받았을 때는 무척 반가웠단다."

눈물까지 글썽이는 엄마의 모습을 바라보던 오싱은 느닷없이 다다미에 손을 대고 류조에게 고개를 숙였다.

"고맙습니다, 정말 고마워요."

류조는 오싱의 머리를 일으켜 세우며 따스한 눈빛으로 감싸듯 바라보았다.

"오싱, 정말 좋은 사람을 만났다. 넌 아주 복 있는 여자다."

오싱은 아무 말도 하지 않았다. 입을 열게 되면 이루 표현할 수 없는 감정이 일순간에 눈물로 터져 버릴 것 같았기 때문이다.

후지는 어지럽게 널려진 방 안을 휘둘러보더니 갖고 온 보따리에서 막옷을 꺼내 갈아입고는 치우기 시작했다. 오싱은 그런 어머니를 제지하며,

"어머니……"

하고 흐느끼며 어머니 품에 안겼다. 그동안 고요하게 가라앉아 있던 어머니에 대한 애잔한 그리움이 오싱의 가슴에 일었다.

모녀는 한참만에야 떨어져 서로의 얼굴을 다정스럽게 바라보고는 함께 방을 치우기 시작했다.

"시골은 한창 바쁠 철인데 어떻게 오셨어요?"

"무슨 소리냐. 놀러 온 게 아니다. 네 시중 들고 너 대신 일할 작정으로 온 거란다."

"아직 누구 신세를 질 정도는 아니에요."

"뭐? 내가 남이냐. 순산할 때까지 엄마만 믿어라. 그러나 배가 나와서 힘들다고 뒹굴뒹굴하고 있으면 배 안의 아이가 커져서 낳을 때 고생한다. 나도 여럿을 낳았지만 마지막 진통이 시작할 때까지 들판에서 일을 했단다. 아래 둘은 집에

돌아갈 틈이 없어서 논두렁에서 낳았단다."

"그렇게 쉽게 낳았어요?"

"그래, 부지런히 몸을 움직여 일하면 틀림없이 순산이다. 네 올케한테도 그렇게 이르니까 네 오라버니가 터무니없는 소리 말라고 하더라. 여편네를 감싸고 아무 일도 안 시키더니 결국 도라가 심한 난산을 했지 뭐냐."

"엄마, 할 수 없죠. 시대가 바뀌어서 사람들이 생각하는 것도 변하고 있으니까요."

"내가 시집올 때는 누구보다도 시어머니를 받들었는데."

"나는 다행이에요. 사가의 시어머니께는 아직도 며느리로 인정받지 못하고 있지만 도쿄에 사니까 얼굴을 맞대지 않아도 되고."

"그래. 도쿄에서 이만한 장사를 하고, 좋은 서방님 만나서 아이도 생겼겠다, 젊은 부부로서 이만한 살림을 꾸려 가기가 쉽지만은 않겠지만 그래도 누구의 눈치도 볼 필요가 없으니 얼마나 좋으냐."

"그동안 여러 어려움도 많았지만, 그 때문에 그 사람과도 마음이 통하는 부부가 되었고 이제 어머니도 모실 수 있게 되었으니 고맙게 생각하고 있어요."

"그래, 네 남편을 가장 소중히 해야 한다."

"어머니, 뭘 드시겠어요? 맛있는 음식을 해 드릴게요."

"무슨 소리냐. 나는 금방 돌아가지 않는다. 네가 몸을 다 풀고 일할 수 있을 때까지 신세질 테다. 자, 어서 일을 끝내자."

"어머니, 여기 정리되면 목욕하러 가요. 도쿄의 목욕탕은 깨끗해요. 어머니 등 밀어 드릴게요."

멀거니 오싱을 바라보던 후지는 갑자기 두 손으로 얼굴을 감싸고 흐느껴 울었다.

"어머니, 왜 그러세요?"

"너와 이런 이야기를 할 수 있다는 게 어미는 꿈만 같구나. 하루가 폐병으로 죽고 너만은 그 애처럼 만들고 싶지 않았지. 요정에 가는 이야기까지 결정되었는데 아버지 몰래 너를 도망시켰다. 그때는 이제 다시 너와는 만날 수 없을 거라 각오하고 있었다. 그런데 도쿄에서 이렇게 행복한 너와 한 지붕 밑에서…… 꿈이면 깨지 말아 줬으면."

오싱의 뺨 위로도 눈물이 넘쳤다. 그 일은 오싱에게도 잊을 수 없는 일이었다. 보따리 하나만을 안고 새벽에 야마가다의 집을 도망쳐 나와 낯선 도쿄에 첫발을 디딜 때의 기억이 떠올랐다. 황당하고 갈 곳조차도 몰랐던 그때에 비하면 지금은 믿을 수 없을 정도로 행복에 빠져 있는 것이다.

두 사람은 겨우 흐트러진 감정을 추스르고 계속 청소를 했다.

그러고 나서 오싱은 어머니에게 작업장을 구경시켜 드렸다. 후지는 분주히 재봉틀 돌아가는 모습과 옷이 완성되어 나오는 것을 보며 놀라움과 뿌듯함으로 연신 입을 다물지 못했다. 그들이 가게로 오니 류조가 기다렸다는 듯이 맞았다.

"굉장히 크게 하고 있구만. 오싱의 편지만 봐선 무슨 장사인지 짐작도 할 수 없었는데 이제 잘 알았네. 이것으로 시골에 돌아가서도 콧대를 높일 수 있게 되었네. 오싱은 우리 집에서 아니 마을에서도 가장 출세한 인물이지."

후지는 오싱의 손을 잡고 흔들며 감격해 했다.

"그래, 역시 도쿄에 온 보람이 있구나. 안심했다."

후지의 말을 들으며 흡족한 표정을 짓던 류조가 자랑스럽게 늘어놓았다.

"어머님, 나는 이 정도로 끝낼 작정이 아닙니다. 기성복 시대는 이제부터입니다. 지금 가까운 곳에 장소를 찾고 있는데 재봉틀 30대 정도를 설치할 수 있는 작업장을 세울 계획입니다. 태어나는 아기에게 좋은 선물이 될 것이라 생각합니다."

"호, 사위는 여간한 사업가가 아니구만."

"어머니, 너무 추켜세우지 마세요. 나는 지금 이대로도 충분하다고 생각하고 있어요. 이 정도의 장사가 제일 적당해요."

말은 이렇게 했지만 오싱 역시 전혀 싫은 기색은 아니었다.

류조가 유쾌하게 웃으며,

"어머님, 언제나 이렇습니다, 오싱은. 우리 오늘 저녁은 밖으로 식사하러 갑시다."

"싫어요, 아까워요. 요리점에서 한 끼 먹는 돈이면 집에서 며칠을 잘 먹을 수 있는데."

"여보!"

자신을 나무라는 류조의 목소리에 오싱은 얼른 얼굴을 환하게 바꾸었다.

"네, 잘 알았습니다. 호의를 무시할 수 없지요."

한 점의 그늘도 드리워지지 않은 오싱의 얼굴에서 후지와 류조는 진정한 행복을 엿볼 수 있었다.

모녀는 함께 거실로 들어왔다.

"오싱, 사위는 정말 마음씨가 고운 사람이구나. 네 아버지가 살아 계신다면 얼마나 좋아하실까."

"아버지는 그이와 결혼한 것을 기뻐하면서 돌아가셨어요."

"나도 안심했다. 네겐 제일 고생을 시키고도 시집가는 준비도 하나 못해 주고…… 그것이 늘 마음에 걸려 견딜 수가 없었다."

"혼수조차 없는 나를 맞아 주었으니까 저도 그이에게 정성을 다할 생각이에요. 만약 지참금이라도 갖고 시집왔으면 아내로서 인내심이 훨씬 부족했을지도 몰라요. 나는 오히려 잘됐다고 생각하고 있어요. 우리는 시댁도 친정도 의지할 입장이 못돼요. 그것이 부부의 힘으로 하지 않으면 안된다는 각오를 갖게 했고, 서로 참고 버틸 수 있게 했어요. 그래서 부부간 정도 돈독해질 수 있었구요."

"그렇게 말해 주니까 내 어깨의 짐이 덜어지는 것 같다."

"어머니, 이젠 걱정하지 마세요."

오싱은 후지의 두 손을 굳게 쥐었다. 두 사람의 얼굴은 웃는 듯 우는 듯 묘한 감동으로 벅차올랐다.

그날 저녁 류조는 장모의 도쿄 방문을 축하하는 뜻으로 요정에서 저녁 식사를 마련했다.

처음 그곳에 들어설 때부터 눈이 휘둥그레진 후지는 요리상이 들어오자 아예 표정이 굳어 버렸다.

"이렇게 사치스러운 걸……"

"꼭 장모님께 잡숫게 해 드리고 싶었습니다. 이 집 요리는 도쿄에서도 유명하니까요."

그러자 후지는 엉뚱한 말을 불쑥 꺼냈다.

"오싱, 너 무밥 생각나니?"

"네."

"무밥이라뇨?"

난생 처음 들어보는 무밥이라는 말에 류조는 호기심을 보였다.

"쌀을 조금이라도 적게 들이기 위해 무를 큼지막하게 썰어 쌀에 섞어 밥을 짓는 것이네. 그것도 배불리 먹여 주지 못했는데 그때 일을 생각하면……"

금방 눈시울이 붉어진 후지는 얼른 고개를 돌렸다. 그 이유를 알 까닭이 없는 류조였다.

그러나 누구보다도 무밥에 얽힌 가슴 아픈 기억들을 뼈저리게 갖고 있는 오싱은 지금 자신의 눈앞에 놓인 호사스런 음식들이 왠지 부끄러워졌다.

"우리뿐만이 아니라 마을의 소작하는 집은 어디든 그랬어요. 그런 생활이 당연한 것이어서 고생스럽다고 생각하지 않았어요. 그 덕택으로 지금까지 어떠한 고생도 참을 수 있었고 무엇에든 고마운 마음을 가질 수 있었지요. 무밥을 먹고 자랐으니까 밑바닥 생활도 견딜 수 있었고 행복이 무엇인지 절실하게 알게 되었어요."

류조는 어렴풋이 알 것 같다는 표정을 지었고 겡우에몽 역시 처음으로 오싱의 입으로 들어보는 고생스런 얘기에 감동을 받은 듯했다.

"아씨의 말대로입니다. 서방님은 유복하게 자라 오셔서 역시 역경에는 약하십니다. 아씨 같은 분이 곁에 계시지 않았던들 어떻게 사실는지 모르지요. 앞으로도 서방님을 잘 부탁합니다."

"할아범 말대로야. 정말이지 이 사람 덕분으로 여기까지 왔습니다, 장모님."

"오싱, 너는 복이 많은 사람이구나. 넌 정말 행복한 여자야."

눈물이 영롱하게 비치는 어머니를 바라보며 오싱은 벅찬 행복을 느꼈다. 행복이라고는 조금도 느껴보지 못한 어머니의 일생에 비하면 자신은 분에 겨울 정도로 축복을 누리고 있다. 이 행복을 깨뜨리지 말아야지. 그 다음은 무사히 아기를 낳고……

 그 순간만큼은 오싱의 앞날이 쾌청하고 아무런 구름조차 드리워지지 않을 것처럼 밝게 빛났다.

 신사의 경내는 한적했다. 그래서인지 게이와 함께 그 길을 걷는 오싱의 마음은 편안하고 느긋했다.
 "그때는 그렇게 불룩한 배로 여러 곳을 다녔지. 이곳에도 왔었다. 그해 연말은 이상하게 따뜻했지. 따뜻하기보다는 더울 정도였다. 어머니가 도쿄엔 겨울이 없느냐고 놀랄 정도였으니까."
 "이상 기온이었나요?"
 "난동(예년보다 따뜻하여 포근한 겨울)이란 것이겠지만 기분이 왠지 나빴던 것은 지금도 기억이 나는구나."
 "그래서 무슨 일이라도 있었나요?"
 "그 다음 해 9월 1일에 관동대지진이 있었단다."
 "난동과 지진이 무슨 상관이 있을라구요."
 "글쎄다. 이 할미는 왠지 관계가 있는 듯한 느낌이었지."
 "할머니는 관동대지진을 겪었나요? 그런 이야기 들은 적이 없었는데."
 "푸념 같은 이야기는 하기 싫으니까."
 하고 오싱은 화제를 엉뚱한 곳으로 돌렸다.
 "모녀가 도쿄 구경을 한 것도 그때가 처음이자 마지막이었다. 도쿄 구경이라니…… 평생에 제일 즐거운 한때였지. 오랜 세월 고생한 보람을 뿌듯하게 느끼며 그런 행복이 평생 이어질 것이라고 믿고 있었다. 인간의 한 치 앞은 암흑의 구덩이라는 걸 생각지도 못했으니까."

어둡게 물들어 가는 할머니의 표정에서 게이는 행복 뒤에 감춰진 불안한 징후를 예견할 수 있었다.

빛나는 축복

 오싱에게나 다노쿠라상회에 있어서 정신없이 바빴던 1922년 한 해도 저물고 새로운 해가 밝았다. 도쿄에 머물러 있던 후지는 하루하루 다가오는 오싱의 출산 준비에 여념이 없었다.
 "어머니, 우리 아기는 정말 순해요. 엄마가 바쁘다는 것을 알고 얌전하게 기다려 주니까요. 아, 아파! 또 차는구나. 내가 말하는 걸 듣고 빨리 나오고 싶다고 말하나 봐요."
 자신의 불룩해진 배를 들여다보며 오싱은 장난스럽게 웃었다.
 "이제 서서히 시작이니까 조심해야지."
 "빨리 낳아서 편해지고 싶어요."
 하고 말하던 오싱은 문득 부엌에 미뤄 둔 설거지거리를 떠올렸다. 뒤뚱거리며 나가려는데 류조가 들어섰다.

"다녀오셨어요."

"여보, 오늘 저녁 연극표를 구했소. 흥행 성적이 아주 좋다니까 꼭 장모님께 보여 드리고 싶어서."

"연극 구경이라니. 언제 오싱이 출산할지 모르는데."

"아직 괜찮으니까 다녀오세요. 아니, 두 분만 가실 게 아니라…… 나도 보고 싶어요."

오싱은 어린아이처럼 들뜬 목소리로 말했다. 그러자 후지는 어이없다는 표정을 지었다.

"오싱, 그 몸으로 연극은 무슨 연극……"

"우리 아기랑 같이 보죠. 나도 아직 가부키도 연극도 한번도 보지 못했어요. 나도 데리고 가요."

막무가내로 떼를 쓰듯 말하는 오싱을 후지와 류조는 멀뚱히 바라보며 웃기만 했다.

오싱은 어머니와 함께 시내 구경을 한 뒤 관람한 연극이 그렇게 신기할 수가 없었다.

오싱으로서는 난생 처음 하는 연극 구경이었다. 갑자기 진통이 오면 어쩌나 하는 후지의 조바심은 아랑곳하지 않고 오싱은 도쿄 나들이며 연극 구경에 마냥 즐거워했다.

집으로 돌아와서도 들뜬 마음을 가라앉히지 못해 오싱은 시내 구경에서 보았던 이야기들을 밤새도록 늘어놓았다. 도쿄에 와서 몇 해를 보냈지만 한번도 자신이 숨 쉬고 살아온 주위를 구경 다닐 여유는 없었던 것이다. 이처럼 작은 일로도 오싱의 마음속에는 또다시 새록새록 행복이 솟아났다.

다음 날 어머니와 즐겁게 나들이 이야기를 하던 오싱은 갑자기 생각난 듯 보자기를 불쑥 내밀었다.

"어머니, 가부키 관람 기념 선물을 잊지 않게 지금 보따리에 넣어 두는 것이 좋겠어요."

"그래, 좋은 연극을 그렇게 좋은 자리에서 구경했고…… 저승에 갈 때 좋은 선물이 되겠구나. 네 아버지한테 자랑할 테니까."

후지는 아무렇지도 않게 말했다. 그때 겡우에몽이 미안한 듯이 허리를 굽히고 거실로 들어왔다.

"죄송합니다. 잠깐 약봉지를 가지러 왔습니다."

"누가 아픈가요?"

"네, 도시코상이 열이 있는 것 같아서요."

오싱은 곧장 가게로 가서 엎드려 괴로운 듯 앓고 있는 도시코의 이마에 손을 짚었다.

"열이 많이 있어요. 지금 돌아가서 쉬는 게 좋겠어요."

"아니에요, 약을 먹었어요. 오늘 중에 끝맺지 않으면 시간에 맞출 수가 없어요."

"그럼 내가 대신할 테니 들어가요. 무리하면 안돼요."

오싱은 내쫓다시피 도시코를 보내고 그녀의 재봉틀 앞에 앉아, 하다가 만 바느질을 계속했다.

재봉사들 중 누군가가 쉬게 되면 언제든지 그 빈자리를 오싱이 메우곤 했다. 주문된 수량을 지정한 날짜에 납품해야 하는 것을 철칙으로 믿었다. 만삭이 된 몸으로 이따금 진통이 오곤 하지만 오싱은 신기하게도 재봉틀 앞에만 앉으면 아픔을 견딜 수 있었다.

바느질도 거의 다 끝나갈 무렵 외출에서 돌아온 류조가 이 광경을 보았다.

"여보! 그만둬요! 그런 몸으로……"

"조금만 더 하면 돼요. 이것이 마지막이에요."

오싱의 얼굴에 비오듯 흐르는 땀을 보고 류조는 가슴이 덜컥 내려앉는 것 같았다.

"여보, 아픈 것 아니오?"

"괜찮아요."

기어들어가는 목소리로 겨우 말하다가 오싱은 갑자기 튕기듯이 일어섰다.

"미안해요. 산파를 불러 줘요."

신음처럼 말하고 오싱은 휘청거리며 안으로 들어가는 입구에 몸을 기대어 섰다.

"사장님, 산파를 부르세요!"

누군가의 말에 류조는 정신없이 밖으로 뛰어갔다. 그는 처음 경험하는 다급한 상황에 제정신이 아닌 듯이 산파에게로 달렸다.

후지는 오싱을 부축하여 안방으로 데려가 눕혔다. 그러는 동안에도 오싱은 집이 떠나가라 큰 소리를 질러 댔다.

"아이, 아파! 이렇게 아픈 줄 몰랐어! 아이 같은 건 다시는 안 낳을 테야! 이젠 그만! 엄마, 제발 날 좀 살려 줘!"

진통을 참지 못해 오싱은 거의 초주검이 되어 울부짖었다.

"오싱, 조금만 참아라. 곧 편하게 된다."

그렇게 큰소리를 치던 오싱이었지만 막상 어머니가 되려는 이 순간만큼은 이 세상 어떤 아픔보다도 더한 고통을 맛보아야 했다.

겡우에몽이 문밖에서 주춤거리며 서 있을 때 산파의 손을 끌어당기며 류조가 숨이 턱에 차도록 달려들어왔다.

그들이 도착하기를 기다렸다는 듯이 때를 맞춰 힘찬 갓난아이의 울음소리가 터져 나왔다. 류조와 산파는 동시에 서로 얼굴을 마주 보았다.

"낳으셨어요!"

순간 류조는 전신의 힘이 몽땅 빠져 버린 듯 그 자리에 풀썩 주저앉았다.

"빨리! 대야에 더운 물을!"

하고 소리 지르고 산파는 방으로 뛰어들어갔다.

"할아범, 더운 물! 낳았다! 빨리빨리 더운 물!"

류조는 흥분을 감추지 못하고 산파가 했던 것처럼 마구 소리를 질러 댔다. 겡우에몽도 그 말을 듣고 뛸 듯이 기뻐했다.

두 사람은 서로 얼싸안고 기뻐서 어쩔 줄 몰라하며 정신 나간 사람들처럼 빙글빙글 돌았다. 다음 순간 후지가 문을 열고 고개를 내밀지 않았더라면 한참을 그러고 있었을 것이다.

"여보게, 사내아이네."

"아들이라구요?"

"더운 물 아직 안됐나?"

얼떨떨한 얼굴로 무엇부터 해야 할지 몰라하던 그들은 후지의 재촉에 재빨리 부엌으로 달려갔다. 대야에 더운 물을 담아 다시 산실에 들여놓기까지 불과 몇 초도 걸리지 않았다. 그 다음부터 긴장과 초조감으로 안절부절못하며 류조는 거실로 왔다갔다했다.

궁금증을 참을 수 없어 류조는 산실 문 가까이에 다가가 귀를 대보기도 했다. 그가 막 돌아서려는데 안에서 갓난아기의 힘찬 울음소리가 들렸다.

"아주 원기가 있구나!"

류조는 기쁨의 탄성을 질렀다.

"서방님의 갓난아이 때 울음소리와 꼭 닮았어요."

"그래, 닮았다고?"

천진스레 빙글빙글 웃는 류조와 겡우에몽은 그 순간 바보처럼 행복한 두 사내가 되었다.

그동안 굳게 닫혀져 있던 산실의 문이 가볍게 열리더니,

"오래 기다리셨지요."

하는 목소리와 함께 산파의 얼굴이 나타났다.

류조는 겡우에몽과 얼굴을 마주 보며 산실로 들어갔다.

깨끗하게 치워진 방 한쪽에는 평온한 얼굴로 오싱이 잠들어 있었다. 그것은 거친 태풍이 지나간 뒤의 소중한 평화로움이었다. 그 곁에는 이 세상의 빛을 처음 받으며 태어난 갓난아이도 있었다. 류조와 겡우에몽은 조심스럽게 그 곁에 다가가 앉았다.

"여보…… 수고했소."

오싱은 류조의 목소리를 꿈결에서도 듣지 못하는 듯했다.

"아씨, 장하십니다. 사내아이입니다."

"사내고 계집아이고 다 좋아. 당신과 갓난아이가 무사하니까! 이런 경사가 또 있을까. 정말 잘생겼구나. 아, 움직인다. 여보, 아기가 입을 움직이고 있소."

새 생명의 탄생은 이루 말할 수 없을 정도로 신비하고 경이로운 것이었다. 그때 입가에 엷은 미소를 비치며 오싱이 무겁게 눈꺼풀을 움직였다.

"어머님, 정말 고맙습니다. 와 주셔서 다행입니다."

류조는 갑자기 자세를 바로하더니 후지에게 넙죽 절했다.

"저도 안심하고 참을 만했어요. 어머니는 몇 명이고 아이를 낳았어도 산파에게 가지 않았다니까 어머니만 계신다면 아무 걱정 없다고 생각했어요."

"오싱……"

"이젠 괜찮아요. 다음 출산 때는 어머니처럼 밭두렁에서 낳아도 혼자서 뒷처리할 수 있어요."

그 말에 류조는 어이가 없어 고개를 설레설레 흔들었다.

그날부터 류조의 가게는 밀려드는 축하객들로 또 한번의 경사를 맞았다. 선물 꾸러미는 자꾸만 늘어가고 실로 모처럼만에 다노쿠라상회의 앞날은 새로 태어난 아기와 함께 밝게 빛나는 것이었다.

손님을 배웅한 류조가 보따리를 가득 안고 오싱이 있는 방에 즐거운 표정으로 들어왔다.

"일어나 있어도 괜찮겠소?"

"지금 젖을 먹였어요."

"또 자고 있구나."

갓난아이를 굽어보며 류조는 연신 벙글거렸다.

"갓난아이는 하루 종일 자는 게 일이에요."

"빨리 아빠 얼굴을 알아봐 다오. 참, 이것은 재봉틀 회사 사장님의 축하금이오."

류조는 베갯머리에 두툼하게 포장된 것들을 수북이 쏟아 놓았다. 홍백의 끈으로 장식된 선물 꾸러미들도 잠들어 있는 아기의 앞날을 축복해 주는 듯했다.

찬찬히 갓난아이의 얼굴을 들여다보며 오싱은 아이가 다노쿠라에 행운을 가져다줄 것이라고 믿었다. 그 아이를 가질 때부터 류조와의 사이가 좋아지고 가게도 확장되어 갔으니 그렇게 믿을 수 밖에……

어머니가 된 지금 오싱은 아무것도 부러울 것 없는 충족한 상태였다. 류조 역시 남편으로서나 아버지로서 부족함이 없었고 다노쿠라상회도 견실히 발전 궤도에 올라 있다. 이 행복이 무너지리라고는 꿈에도 생각할 수 없는 오싱이었다.

이때 오싱의 나이는 23세, 항간에는 '가레스스키(마른 억새)'라는 퇴폐적인 노래가 유행처럼 번지고 있었다. 불경기 속에서 유행하는 불길한 그 노래에는 어두운 그늘이 드리워져 있었다.

하지만 1923년 새봄, 다노쿠라의 집에는 항상 밝은 웃음소리가 그치지 않았다. 하나의 작은 생명의 탄생이 이처럼 주위를 온화하게 만드는 것인가를 생각하며 오싱은 마냥 기쁘기만 했다.

오싱이 몸을 풀고 며칠이 지난 후, 다노쿠라의 대를 이을 아들의 이름이 지어졌다. 거실에서 지필묵을 마련하고 류조는 화선지에 묵호가 선명하게 유(雄)라고 쓰고는 가미다(신을 모시는 선반) 아래에 걸었다. 그 광경을 지켜보는 후지에게 류조는 즐거운 듯이 말했다.

"아주 좋은 이름이지요?"

그 말이 채 떨어지기도 전에 침실에서 나온 오싱이 못마땅한 듯 말했다.

"나는 싫다고 말했잖아요."

류조는 끝까지 아기 이름에 불만을 드러내는 오싱이 이해하기 힘들었다.

"왜 마음에 안 든다는 거요? 남자다운 이름인데."

"암수의 수컷 아니에요?"

"사내의 이름으로 좋지 않소. 여자에게 붙이면 이상하겠지만. 그렇지요, 장모님?"

후지는 부부의 대립에 끼어들고 싶은 생각이 없었던지 침묵으로 일관했다.

"유라고 하면 용맹스러운 의미뿐이에요. 좀 더 다정하고 영리한 이름을 지어 주세요."

"남자는 씩씩하지 않으면 안돼요. 내가 의지가 약한 아이였으니까 아빠인 나를 닮지 않게."

"마치 군인이나 될 것 같은 이름이군요. 나는 화(和)자가 좋아요."

"그건 여자에게나 붙이는 이름이오."

"그렇지 않아요. 가즈오라든가 가즈히코라든가…… 얼마나 좋아요."

"그건 계집아이처럼 물렁한 이름이오."

"거친 아이보다는 낫잖아요!"

오싱은 한 치의 양보도 없이 류조에게 꼬박꼬박 말대답을 했다. 처음부터 침묵을 지켜오던 후지는 그런 오싱이 보기가 딱하다는 듯이 말했다.

빛나는 축복 217

"오싱, 이 사람이 애써 지은 이름이야. 사내아이고 더욱이 장남인데 아버지가 이름을 붙여 주는 것은 당연하지 않니?"

오싱은 입을 다물었다. 하지만 그 이름이 내키지 않는 것은 분명했다. 꼬집어서 이유를 말할 수는 없지만 그 이름은 왠지 모르게 오싱의 마음을 편치 못하게 했다.

손님이 왔다는 겡우에몽의 전갈을 받고 류조가 나간 후에 후지와 오싱은 단둘이 남게 되었다.

"오싱, 이름 붙이는 걸 가지고 남편에게 대들지 마라. 남편 체면을 세울 때는 세워 줘야지."

"엄마, 이름쯤이라고 하지만 이름이란 그 사람의 일생을 결정할 정도로 중요한 것이에요. 내가 일곱 살 적 처음으로 더부살이 갔던 집에서 도망쳐 탈주병 오빠에게 도움을 받은 일이 있었지요. 그때 오빠가 내 이름을 칭찬해 주었어요. 오싱이란 의미에는 여러 가지 의미가 있다구요. 마음도 싱(心)이고 하느님의 싱(神)도, 믿는다는 싱(信)도 그렇구요. 새로운 것도 싱(新)이라 읽고 사물의 중심이란 의미의 싱(芯)도 있다고 했어요. 난 그 말을 평생 잊지 못해요. 나는 좋은 이름을 갖고 있으니까 반드시 좋은 일이 있을 거라고 믿고 어떠한 일도 참아 왔어요. 지금 이렇게 행복하게 된 것도 좋은 이름 덕분이라고 생각하고 있어요, 어머니."

"그래, 네게는 심지가 곧고 마음이 강한 사람이 되어 주었으면 하고 오싱이라고 붙였지."

"그렇다면 저 아이에게도 부모의 생각을 심어 줘야지요."

"유도 좋지 않니. 사위는 씩씩한 사람이 되어 주길 원하니까."

"전쟁을 좋아할 것 같은 이름 아니에요? 나는 전쟁만은 싫어요."

오싱은 그 말을 하면서 전신을 부르르 떨었다.

"그건 네가 지레 먹는 생각이다. 사내아이는 용감하고 씩씩한 게 제일이야. 좋은 아이가 될 거다."

오싱은 자신의 마음속 깊이 느끼는 감정을 알 리가 없는 어머니를 바라보며 더 이상 이름에 대한 얘기는 하지 않았다.

"일어나면 또 바빠질 테니 그동안이나마 푹 쉬어라."

"그러고 보니 이렇게 느긋해 본 적이 없었던 것 같아요."

"너는 다섯 살 때부터 동생들을 돌보고 일곱 살 때 더부살이를 하면서 지겨울 정도로 일만 해 왔지. 이번에 내가 있을 동안만이라도 편하게 해 주고 싶다. 너를 고생시킨 죄를 용서받게 말이다."

"역시 어머니가 제일 좋아요. 남이면 눈치가 보여서 이렇게 할 수도 없지요. 행복해요, 어머니."

어릴 적 그렇게 고생스러웠던 기억에 다시금 울컥해진 오싱의 기분을 깨뜨리며 류조의 목소리가 들려왔다.

"여보, 귀한 손님이 왔소."

류조의 뒤를 따라 데키야의 겐이 들어왔다.

"겐상?"

"인사가 늦었습니다."

"인사가 늦은 건 이쪽입니다. 그토록 신세졌는데 가게 일에 쫓겨서 그 후에 찾아뵙지도 못했습니다."

"아닙니다. 저도 그간 여러 곳을 여행했습니다."

"가게 일이 궁금해서 들러 주셨대요."

오싱은 그때의 아찔했던 기억이 되살아났다. 다노쿠라상회 구석구석 쌓여 있던 양복지를 아사쿠사의 거리에 내다팔 때 겐의 도움이 없었더라면 오늘의 다노쿠라가 존재할 수 없다는 것도 알고 있다. 유의 탄생을 축하해 주기까지 하는 겐의 태도에 한없이 기뻤다.

아기를 보여 주기 위해 오싱이 겐을 데리고 안방으로 들어가자 후지가 작은 소리로 류조에게 말했다.

"저 사람 착실해 보이지는 않네."

그 말에 류조는 빙긋 웃을 뿐이었다.

"저런 남자와 어떻게 오싱이? 좋은 일은 아닐 거네."

"누구하고든 사이좋게 지내는 것이 저 사람의 장점입니다."

그때 방 안에서 오싱과 겐의 밝은 웃음소리가 새어 나왔다. 그 뒤를 이어서,

"아주머니와 눈이며 입도 꼭 닮았습니다. 이 녀석 여자깨나 울릴 미남인데?"

하는 겐의 목소리가 들려왔다.

후지가 쓴웃음을 지으며 류조를 바라보자,

"괜찮습니다. 좋은 남자니까."

하고 류조는 웃어 보였다. 방 안에서는 다시 겐과 오싱의 즐거운 웃음소리가 흘러나왔다.

그날 밤, 유의 첫이레 잔치가 마련됐다. 미용사 다카와 리쓰, 그리고 소메코와 야에코 등도 잇달아 도착했다. 겐도 참석했다.

손님들 틈에 둘러싸여 오싱도 진정한 행복의 의미를 깨달았다. 바쁜 생활 중에 그 자리에 모인 사람들은 도쿄에 나온 오싱을 여러모로 도와준 사람들이었다. 또한 도쿄에서의 오싱의 고생을 알아주는 사람들이기도 했다. 인생에서 최고로 행복한 한때를 그들로부터 축복받을 수 있어서 오싱은 어느 누구도 부럽지 않았다.

첫사랑의 파문

　유가 세상의 빛을 본 지 2주일이 지날 즈음 산후 조리도 순조로워서 오싱은 일어나 일을 할 수 있게 되었다. 더 이상 도쿄에 머무를 이유가 없게 된 후지는 오싱의 아쉬운 마음을 남겨둔 채 야마가다로 떠날 채비를 했다.
　서운한 마음을 무엇으로도 채울 수 없었던 듯 오싱은 어머니의 보따리에 먹을 것과 준비된 선물들을 정성스럽게 쌌다.
　"어머니, 꼭 가셔야 돼요?"
　오싱의 음성은 아쉬움으로 젖어 들었다.
　"집을 너무 오래 비운 것 같다. 네 오빠가 도쿄에 정을 붙였다고 생각하면 어쩌겠니. 내 몸이 성하면 네가 다음 아이 낳을 때 돌보러 오마. 이젠, 가야지."

"어머니, 몸 아끼세요."

"암, 오래 살아야지. 야마가다의 집에서 버티고 있다가 네가 돌아올 때 반겨 맞을 거다."

한시라도 떨어지지 않으려는 듯 모녀는 손을 꼭 쥐고 함께 가게로 나왔다. 벌써부터 기다리고 있던 류조와 겡우에몽이 얼른 후지의 짐을 받아 들었다.

류조는 깊이 머리를 숙여 장모님께 공손히 절을 했다.

"다음에 유를 만날 때는 얼마나 자라 있을까. 벌써 기다려지는구나."

후지는 오싱을 뚫어지게 바라보다가 이내 미련을 뿌리치듯 급히 문을 나갔다. 오싱은 인사말도 제대로 하지 못하고 답답한 듯 서 있었다.

류조의 배웅을 받으며 후지는 야마가다로 떠났다. 그런 뒷모습을 보며 오싱의 마음속은 어릴 적부터 여러 번 겪어 온 어머니와의 이별이지만 자신도 엄마가 된 지금은 몸을 갈라 놓는 듯한 아픔으로 다가왔다.

후지가 야마가다로 돌아간 지 얼마 되지 않아 또다시 갑작스런 손님이 찾아왔다. 그날도 잠든 유의 모습에 온통 넋을 빼앗기고 있던 오싱은 다급한 겡우에몽의 목소리에 퍼뜩 정신이 들었다.

"아씨, 사가의 나리께서 오셨습니다."

오싱이 미처 방을 나가기도 전에 시아버지 오고로가 거실

로 들이닥쳤다. 그는 곧바로 유의 곁으로 다가가서,

"오! 이놈이 유인가."

하며 즐거운 탄성을 질렀다.

"잘 오셨습니다."

갑자기 찾아온 뜻밖의 손님에 오싱은 당황하지 않을 수 없었다.

"아주 잘생긴 사내녀석이구나. 아가, 수고했다."

어색함을 피하려 애쓰며 오싱은 얼른 차를 준비했다.

"겡 할아범, 자네 말대로 나를 꼭 닮았어."

"서방님이나 소인이 마중 나갔어야 했는데…… 서방님도 지금 출타 중인데 아무 기별도 없이 불쑥 나타나시다니, 나리께서도 너무하셨습니다."

"무사히 맏아들을 낳고 그것도 나를 꼭 닮았다고 자네가 써 보내지 않았던가. 그러니 어떻게 생긴 놈인가 궁금할 수밖에."

"저는 나리께 기쁜 소식을 전해 드리고자 했지 도쿄까지 오시라고 하지 않았습니다. 일부러 상경하실 줄은……"

하지만 오고로는 아무 일도 아니란 듯이 잠든 유의 모습에 온통 시선을 빼앗기고 있었다.

"나도 어미의 성품을 잘 알고 있네. 갑작스럽게 왔다고 해도 폐가 되지 않을 것으로 알고 있네."

오싱은 조심스러운 몸짓으로 시아버지 앞에 차를 내놓았

다. 오고로는 겡우에몽에게 계속 말했다.

"늑장부릴 시간이 없네. 마누라에겐 오사카의 미곡상에 상담할 일이 있다 하고 나왔으니까."

"어르신!"

당황한 겡우에몽의 목소리에 오고로는 흠칫 했으나 이내 쓴웃음을 지었다.

"에미에게 숨길 것까지야 없지. 기요는 아직 꽁하고 있다. 그래도 아가, 신경 쓸 것 없다. 네 시어머니가 아무리 고집을 부려도 류조와 에미는 도쿄에서 사니까 얼굴 맞댈 일은 없잖니. 도쿄에서 내외가 의좋게 지내려무나. 그것으로도 난 족하니까."

시아버지의 사랑은 따스하게 느껴졌지만 오싱은 한번도 만난 적 없는 사가의 시어머니에게 왠지 따가운 질시를 받는 것 같았다. 그것은 사실이었다. 오고로에게서 시어머니의 냉담한 마음을 숨김없이 전해 들었지만 유를 위해서 도쿄까지 찾아 준 고마움으로 충분히 넘길 수 있었다.

잠시 후 외출에서 돌아온 류조는 아버지를 보자 반가워하더니, 그 길로 작업장에 가서 분주히 양복이 지어져 나오는 것을 보여 주었다.

상당히 놀라는 오고로의 표정을 놓치지 않고 류조는 공장을 확장하고자 하는 자신의 뜻을 밝혔다. 그리고 그에 필요한 돈을 융통해 달라는 말도 덧붙였다.

"알았다! 네가 시작한다면 한번 챙겨 보마."

오고로의 대답은 의외로 순순히 나왔다.

"남자가 뜻이 있을 때 실천하지 않으면 평생 후회하게 되느니라."

"그러나 어머니가 어떻게 나오실지……"

"나도 사내다. 천 엔이나 2천 엔쯤 변통할 수 없대서야 말도 안되지."

"정말이십니까?"

"장래성 있는 장사니까 대 주겠다는 것이다. 유나 어미를 위해서라도 한팔 걷어올려야지."

류조는 연신 허리를 굽혀 인사했고 오고로는 한바탕 유쾌하게 웃어 댔다.

그날 밤, 오싱은 류조로부터 재봉틀 30대 규모의 공장을 새로 지을 것이라는 말을 들었다. 그리고 시아버지가 돈을 대 주기로 했다는 사실에는 놀라지 않을 수 없었다. 기성복 장사가 앞으로 전망이 있으리라는 류조의 설득에는 동감했지만 계속되는 불경기 속에서 돈까지 빌려 가며 확장을 한다는 것이 오싱은 막연히 두렵기도 했다.

그러나 무엇보다도 놀라운 사실이 있었다. 무리하게 사업을 키워 나가는 류조의 생각에는 사가의 어머니에 대한 오기가 작동하고 있음이었다. 류조는 자신이 오싱을 만나 그녀의 뒷받침으로 해서 도쿄에서 이만큼 성공했노라고 어머니에게 떳떳하게 말하고 싶은 것이다.

다음 날, 오고로는 다노쿠라상회에 머문 지 하루만에 돌아갈 채비를 했다. 옆에서 거들며 오싱은 류조에게서 들었던 사업 확장에 관한 말을 모두 털어놓았다.

"흠, 류조가 그런 말을 했단 말이지?"

"공연한 말씀을 한 것 같습니다. 그러나 저는 새 공장을 세우는 일에는 반대예요. 아버님, 아무튼 자금을 융통해 주신다는 이야기는 없었던 것으로 해 주셨으면 고맙겠습니다."

"그건 곤란한데."

하고 오고로는 미소 지었다.

"그런 큰돈을 빌렸다가 만약 폐를 끼쳐 드리는 일이라도 생긴다면 더더욱 본가에 면목이 서지 않을 거예요."

"아가, 네 남편은 형 둘과 누이동생 하나 사이에 끼여서 제 어미의 정을 제대로 받지 못하고 자랐단다. 제 어미는 남매들에게 손을 빼앗겨 류조는 언제나 할아범 손에 자라왔다. 그만큼 어미의 사랑에 굶주리지 않았겠느냐. 무심하게도 제 어미도 다른 아이보다 류조에겐 무관심했고 그 애가 도쿄에 오게 된 심정도 그런 탓인지 모르지. 나는 그런 류조가 말할 수 없이 가여웠다. 그래서 나는 류조에게만은 무디지 못했다. 그러니까 제 어미의 사랑이 모자란 탓으로 남달리 어미가 그립기도 하고, 칭찬받고 싶고 인정받고 싶어 하는 심정이 강했겠지. 그럴수록 더욱 가여운 생각이 들더구나. 류조가 애써 결심한 일이니까 내가 양보해서 그 애가 생각하는 일을 도와주고 싶구나."

오고로의 말은 오싱의 가슴에 와서 차곡차곡 쌓였다.

"성공하면 류조의 말대로 어미도 너희들을 받아들일 테고 그렇게 된다면야 기요를 위해서도 너희를 위해서도 좋은 일이 아니겠느냐. 아무 소리 말고 네 남편을 도와주려무나. 이 일은 틀림없이 장래성이 있다. 나는 류조를 당당한 사내로 만들고 싶구나."

오싱은 아무런 대답도 할 수 없었다.

"아가, 류조와 네가 유와 함께 떳떳한 얼굴로 사가에 돌아올 날을 기다리고 있겠다."

오고로의 말을 통해 류조의 자라온 내력에서 오는 굴절된 어머니에의 사랑을 깨닫게 되면서 오싱은 더 이상 말을 꺼내지 못했다.

오고로가 사가에 돌아간 뒤, 류조는 공장 건설 건으로 동분서주했다. 엄마로서나 아내로서 부러울 것 없는 오싱이었지만 류조가 사업 확장에만 열을 올리자 왠지 불안했다. 오랜 고생 끝에 겨우 얻은 행복이었기에 오싱은 그것을 놓치고 싶지 않았다. 그런 중에도 오싱의 마음을 가장 편안하고 행복하게 하는 것은 하루가 다르게 건강하게 자라는 유의 모습이었다.

류조는 공장을 지을 땅을 알아보기 위해 거의 매일 돌아다녔다. 그 일도 보통 어려운 일이 아니었다. 오싱은 내심 류조가 대지를 구하지 못해 공장 건설 계획을 단념해 주기를 바랐다.

그러던 어느 날 밖에 나갔던 류조가 아직도 한낮일 때 급히 안으로 뛰어들어왔다.

"여보! 땅을 찾았소. 여기서 10분쯤 떨어진 곳이오. 사업에 실패해서 빚 저당에 잡힌 가게가 있는데 머지않아 경매를 한다는구만. 상당히 값이 비싸겠지만 어떻게 해서든 내가 낙찰시킬 거요."

"하지만 그만한 돈이 어디에?"

"이미 빌릴 곳은 마련되어 있으니 걱정 없소. 그것이 손에 들어오면 아버님이 융통해 주시는 돈을 합쳐 공장을 세울 거요."

"전부 남의 돈으로 그렇게 시작하면 나중에 갚을 대책이라도 있는 건가요?"

"그럼, 재봉틀을 열심히 돌려서 그만큼 벌어들이면 돼지. 얼마 가지 않아 빚을 갚고 그 땅은 우리 것이 된단 말이오. 그러면 그곳에 우리 집을 새로 지을 작정이오. 내게 맡기면 되오. 땅만 손에 들어온다면 모두 내 것이지."

가벼운 흥분을 감추지 못하며 류조는 잠든 유를 들여다보았다.

"네가 우리에게 행운을 가져다주었구나. 네가 걷기 시작할 무렵에는 큰 집을 세워 줄게."

그때 우메코가 헐레벌떡 뛰어들어와.

"사장님, 이도코상이 재봉틀에 손가락을 다쳤어요!"

"뭐라구? 재봉틀에 손가락을?"

"알았다. 내가 병원으로 데리고 가마."

류조가 급히 달려가는 모습을 보며 멍청하게 있던 오싱은 불현듯 곁의 겡우에몽에게 유를 안겨 주었다.

"그렇다면 이도코상 대신 일해야지. 할아범, 안됐지만 유를 부탁합니다. 주문품 시간을 맞추지 못하면 큰일이에요."

오싱이 가게로 나갔을 때는 이도코가 이미 류조에 의해 병원에 옮겨진 후였고 주인을 잃은 재봉틀에 오싱이 자리를 잡았다. 열심히 재봉틀을 돌려 대는 오싱의 모습에 감탄하며 다른 재봉사들도 부지런히 일을 했다.

이도코를 병원에 데려다 주고 류조는 곧 돌아왔다. 무심코 가게 안으로 들어가려던 류조는 가게 앞에 서 있는 한 여자를 보였다.

류조는 첫눈에 그녀가 가요임을 알았다.

"가요상, 가요상이 아닙니까?"

흠칫 놀라 한 걸음 물러서던 가요는 그의 얼굴을 보자 반가운 미소를 지었다.

"다노쿠라상?"

"여기서 뭘 하고 계신가요?"

"확실히 여기라고 생각은 했습니다만 옛날과 달라진 것 같아서 망설였습니다."

"여깁니다. 틀림없는 다노쿠라상회입니다. 자, 들어오십시오. 우리 집에 오신 게 아닙니까?"

웃으며 끄덕이는 가요의 어깨를 가볍게 안듯이 하고 류조는 반가운 얼굴로 함께 가게로 들어갔다.

그들이 가게에 들어서는 인기척을 느꼈던지 재봉틀을 밟던 오싱이 흘끗 입구 쪽을 바라보았다. 가요와 눈이 마주친 오싱은 못 믿겠다는 듯이 고개를 갸웃했다. 분명히 가요임을 확인한 순간 오싱은 뛸 듯이 기뻐했다. 그러면서도 한편으로는 무어라고 딱 꼬집어 말할 수 없는 불안의 그림자도 생기는 것이었다.

새근거리며 잠이 든 유의 얼굴을 들여다보며 가요의 얼굴도 어린아이처럼 빛났다. 그리고 어딘지 모르게 부러움의 눈빛이 가득 넘쳤다.

"잘생겼구나."

"가요상은 아직 무소식인가요?"

무심코 내뱉은 류조의 말에 가요의 얼굴은 갑자기 어둡게 변했다. 차를 끓이던 오싱은 황급히 말을 돌렸다.

"잘 오셨어요. 도쿄에 무슨 볼일이라도 있어요?"

"그저 축하해 주러 왔어. 내 결혼식 때는 일부러 오싱이 와 주었는데 오싱이 결혼할 때는 와 보지도 못해서……"

가요는 애매하게 얼버무리며 말했다.

"우리는 손님을 청할 만한 결혼식을 올리지 못했어요."

"어쨌든 이번에는 직접 와서 축하하고 싶었어. 할머니께서도 그렇게 말씀하시고."

"큰방마님께선 여전히 건강하시지요?"

"가가야에선 오싱의 편지만 기다리고 있어. 이번에도 아이 얼굴을 볼 겸해서 다노쿠라상과 오싱의 형편을 잘 보고 오라고 하셨어. 언제까지나 할머니는 오싱의 일이 걱정되시나 봐."

"고맙습니다. 그런데 마음 놓고 천천히 계셔도 되지요? 나는 하던 일을 마쳐야 해서……"

가요에게 차를 내고 나서 일어서려는 오싱을 류조가 붙잡았다.

"일부러 가요상이 와 주셨는데 일하지 않아도 돼잖소."

"그렇지만 내일 납품해야 할 것이 있어요."

"사고가 생겼다고 양해를 얻을 테니까."

"나는 괜찮아요. 오늘 당장 돌아갈 것은 아니니까. 내가 무엇이든 도울 수 있다면 할게요."

가요가 아무 거리낌없이 이렇게 말했다. 오싱은 그 말에 정색을 했다.

"아가씨에게 어찌 그런 일을……"

"내일은 이도코를 대신할 재봉사를 구해야겠소. 이런 때에 부상을 당하다니, 이도코는 정말 조심성이 없단 말이야."

"그렇게 말씀하시면 불쌍하잖아요. 매일 바쁘게 일하다 보면 아무래도 피곤하겠지요. 우리에게도 책임이 있는 거예요."

"농담이 아니오. 다른 사람들은 아무 탈 없이 해내고 있지 않소. 이도코는 재봉학원을 나온 것뿐이지 경력이 없어 일도 한 사람 몫을 해내지 못했는데 쉬게 하는 좋은 구실이 생겨서 잘됐지. 새로 데려올 아이는 양복점에서 경력을 쌓은 아이요. 조심성도 있고 해서 일을 잘할 거야."

"그럼, 이도코상을 해고한단 말씀이세요?"

"할 수 없지. 자기 탓이니까."

"여보! 어쩌면 그렇게 냉정할 수 있어요. 아무리 부주의했다 하더라도 우리 일을 하다가 부상당했지 않아요. 병원비도 우리가 부담하고 나을 때까지 수당도 지급해야 해요."

"그런 바보 같은 소리를……"

"그렇게 하지 않으면 이도코상은 어떻게 먹고살아요. 부상을 입었으니 일을 하고 싶어도 못합니다."

"그것까진 우리가 걱정할 사항이 아니에요. 우리는 일을 끝내는 것에 한해서 지불하고 있으니까. 무슨 이유로 일할 수도 없는 사람에게 지불한단 말이오."

"여보!"

"그야 냉정하게 들릴지 모르지. 하지만 일한 만큼 지불하는 것이 공평하고, 일하는 사람도 떳떳할 테지. 월급이나 일

당보다도 훨씬 수입이 좋다고 해서 그렇게 해 온 거요. 일할 수 없으면 돈을 받을 수 없다는 것은 모두가 알고 있는 사실 아니오?"

"그렇다면 이도코상더러 굶어 죽으란 말씀이세요?"

가요가 곁에서 지켜보고 있다는 사실도 잠시 잊고 오싱과 류조는 열띤 논쟁을 주고받았다.

"당신 마음을 모르는 건 아니오. 그러나 인정에 휩쓸리면 사람을 쓰고도 장사는 되지 않아요. 일하지도 않는 사람에게 병원비에서부터 생활비에 수당까지 지불한다면 얼마나 손해를 봐야 하는 거요?"

"그건 득실의 문제가 아니에요. 단순한 인정으로 말하는 것도 아니에요. 죽은 하루 언니는 제사공장에서 폐병을 얻어 더 이상 일할 수 없게 되자 해고되어 누더기 같은 몸으로 돌아왔어요. 한 푼의 보상도 없이 의사에게 보이지도 못하고 죽었습니다. 나는 그때만큼 제사공장을 원망한 적이 없었어요. 만약 이도코상을 이대로 버려둔다면 우리도 그 제사공장과 다를 바 없어요. 나는 절대로 그렇게 할 수가 없어요. 이도코상은 우리를 위해 열심히 일해 왔으니까 우리가 책임져야 해요."

"알았소. 당신에겐 당할 수가 없다니까. 참, 가요상이 있는 걸 깜박 잊었군요. 보시다시피 이 사람은 자기가 한번 꺼낸 말은 들어주지 않을 수 없게 만들지요. 항상 골치랍니다."

그제야 오싱도 가요의 존재를 느끼고 무안해졌다.
"미안해요. 모처럼 와 주신 아가씨 앞에서 부부 싸움을 하다니."
"부러워요."
예상 밖의 말에 류조와 오싱은 어리둥절했다.
"부부가 그런 일로 진지하게 이야기를 나눌 수 있다는 것 말이에요. 그것이 참된 부부상인가 봐요."
류조는 그 말이 싫지 않은 듯,
"워낙 억센 여자가 돼 놔서 늘상 내가 지고만 삽니다."
하고 호쾌하게 웃었다.
"오싱이 말하는 것을 난 잘 알아요. 고우타상도 그런 이야기를 항상 했어요."
가요의 입에서 고우타의 이름이 불쑥 튀어나오자 오싱의 표정이 갑자기 굳어졌다. 그것을 눈치채고 가요는 쑥스럽게 웃으며 말을 돌려 버렸다.
"오싱의 이야기를 듣고 있으니까 고우타상 생각이 나서…… 오싱 같은 주인이라면 일하는 사람도 행복하겠어요. 자, 일하러 나가세요. 유가 깨면 내가 볼 테니까."
조심스럽게 살피듯이 가요를 바라보고 오싱은 가게로 나왔다. 재봉틀을 밟으면서도 오싱의 머릿속은 느닷없는 가요의 출현에 대한 온갖 생각들이 꼬리를 물고 일어났다.
가요가 왜 도쿄로 왔을까. 유를 축복한다는 것은 구실이고 뭔가 다른 사정이 있을 것 같았다. 가요의 속사정을 누구보다도 잘 알고 있는 오싱으로서는 그런 생각을 지울 수가 없었다.

그날 저녁 류조의 이부자리는 겡우에몽의 방으로 밀려나게 되었다. 가가야에서 8년 동안을 자매처럼 자라온 오싱과 가요이기에 오랜만에 옛정이 되살아났다.

"오싱은 도쿄에 나와서 정말 잘됐어."

"여러 가지 괴로운 일도 많았어요. 덕분에 지금은 이 정도나마 해 나가고 있어요. 내가 선택한 길이었기에 스스로 지켜 나갈 수밖에 도리가 없잖아요?"

"그래. 오싱은 자기가 택한 길을 걸어왔으니까 어떤 고생이 있더라도 후회는 없겠지. 그러나 나는 사카다에 돌아가서 마음에도 없는 남자와 결혼을 하고……"

"가요 아가씨!"

"이젠 싫어. 나 사실 도쿄에 일하려고 나왔어. 다시는 사카다에 돌아가지 않을 테야. 오싱의 출산을 구실 삼아 겨우 도쿄에 나올 수 있었어. 이 기회를 놓칠 수 없어."

"아가씨, 무슨 말씀이에요!"

"오싱, 제발 내 편이 좀 돼 줘. 난 오싱만을 의지해. 그리고 다노쿠라상께는 이런 이야기 하지 말아 줘. 일자리라도 구한 다음에 말할 테니까."

그 말을 듣고 묘한 느낌에 사로잡혀 있던 오싱을 깨우기라도 하듯 유가 요란스럽게 울었다. 오싱은 소중히 감싸 안아 유에게 젖을 물렸다. 이 세상에서 가장 평화로울 수 있는 그런 모습을 가요는 물끄러미 넋을 잃고 바라보았다.

"오싱은 무척 행복하겠어."

"아가씨도 아이를 낳게 되면 부질없는 생각들이 사라질 거예요. 아이란 그만큼 귀여운 것인가 봐요."

"나는 그 사람의 아이를 낳고 싶지 않아. 이미 다른 여자에게 아이를 낳게 한 사람이야. 그이와 기생 사이에 아이가 태어났을 때 나는 할머니와 부모님께 그 사람과 헤어지겠다고 얘기했어. 그런데 그런 일은 남자로서 있을 수 있는 일이고 내가 잘못한 까닭에 남편이 바람피우는 것이라고 도리어 꾸중하셨어. 뭐니 뭐니 해도 제국대학 출신 학사님이고 지금은 가가야도 그 사람 없이는 유지될 수 없는 시대니 만큼…… 할머니 아버지가 한몫 두고 계시니 내쫓아 보낼 수도 없어."

오싱은 가요의 얼굴에서 깊은 그늘을 보았다. 그러나 그것은 자신의 손길조차도 닿지 않을 아주 먼 곳의 그늘이었다.

"그러니 내가 나올 수밖에 없잖아? 그렇지 않아, 오싱?"

"그렇겠지요."

"오싱!"

갑자기 가요는 눈을 반짝거리며 단호하게 오싱을 불렀다. 순간 오싱은 짧은 긴장감이 느껴졌다.

"고우타상의 소식을 알았어. 요즘도 농민들을 위해 뛰어다니나 봐. 며칠 전 야마가다에 왔던 조합 사람에게 들었는데 지금 도쿄의 본가에 돌아와 있다고 했어."

"아가씨! 설마……"

"난 그이를 만나러 온 거야. 내겐 고우타상밖에 없어. 나는 모든 것을 버릴 수 있어. 이번만은 반드시 고우타상을 따라가겠어."

"가요 아가씨!"

"오싱처럼 행복한 결혼을 한 사람은 이해하지 못할 거야. 굳이 알아 달라고 하지도 않겠어."

오싱은 불안한 마음으로 가요를 쳐다보았다. 지금 가요가 고우타를 만나게 되면 어떻게 될 것인가. 가가야로서는 큰일이 아닐 수 없다.

그러나 그 두려움과 함께 오싱의 가슴속에는 그동안 흔적도 없이 묻어 버렸던 고우타라는 이름이 파문처럼 되살아났다. 지금은 낡고 퇴색해 버린 고우타와의 추억들이 다시금 영롱하게 떠오르며 오싱의 가슴은 두근거리기 시작했다.

불씨

 가요가 유의 출산을 축하하러 갑자기 상경한 것은 사카다를 나오기 위한 구실이었다. 고우타의 소식을 듣고, 다시금 그에게 꿈을 건 가출이었다는 고백을 듣고 오싱의 가슴은 어지럽게 흔들리고 있었다. 위태로운 가요의 마음을 지켜보며 오싱 자신도 까마득하게 잊었으리라 믿었던 고우타에의 사모의 정이 되살아나는 것이었다. 고우타는 가요에게나 오싱에게 똑같이 첫사랑의 대상이었기 때문이다.
 오싱과 함께 그날 밤을 보낸 가요는 아침이 밝아 오자마자 아무도 출근하지 않은 가게로 나갔다. 방문을 나가는 기척에 잠을 깬 오싱은 별다른 생각 없이 뒤따라 일어나 가게 안을 들여다보았다. 전화를 걸고 있는 가요의 모습이 보였다.

"여보세요, 고우타상 댁인가요? 아침 일찍 죄송합니다. 고우타상이 계시거든 바꿔 주시겠습니까…… 네, 아직 주무신다구요?"

"그러면 일어나거든 전화 좀 하시라고 전해 주실 수 있을까요? 네, 전화번호를 말씀드리지요."

주위를 두리번거리던 가요는 오싱을 발견했고, 오싱은 아무 말 없이 전화기 옆에 붙어 있는 전화번호를 손가락으로 가리켰다. 그때 아직 잠이 덜 깬 얼굴로 류조가 가게로 나왔다.

"이른 아침부터 어디에 전화하는 거요?"

당황한 오싱은 급히 류조를 안으로 끌고 들어갔다.

"가요 아가씨가 고우타상과 만나겠대요."

"고우타? 가요상이 도쿄에 있을 때 함께 살았던 적이 있는, 농촌운동인가 뭔가 하는 위험한 일을 하고 다니는 사람 말이지?"

오싱은 대답 대신 고개를 끄덕였다.

"어떻게 할 작정인가. 이런 때에 그 남자를 만나겠다니."

"이제 가가야엔 돌아가지 않겠대요. 어젯밤 그 이야기를 듣고 저도 깜짝 놀랐어요."

"설마, 그 남자와……"

그때 가요가 아무렇지도 않은 얼굴로 들어왔다.

"안녕히 주무셨어요. 미안합니다. 아침부터 소란을 피워서."

"가요상! 우매한 짓을 해서는 안돼요."

가요는 자신의 아침 인사를 받자마자 다짜고짜 뱉는 류조의 말에 갑자기 무안해졌다.

"그래요, 아가씨. 다시 생각해 보세요. 앞뒤 가려가면서 분별력 있게요."

오싱도 덩달아 한마디 보태자 가요는 혼잣말처럼 중얼거렸다.

"가가야라면 이제 지쳤어요. 가가야라는 그 말에 못 이겨 나는 결혼했어요. 그것이 잘못이었어요. 이제부터는 나 자신에 대해 좀 더 정직하게 살고 싶어요. 곧 고우타상도 만나게 될 테니까."

가요의 입을 통해 그녀의 불행한 부부 관계를 얼핏 엿보고 류조와 오싱은 동시에 서로의 얼굴을 마주 보았다.

"고우타상과는 자주 이야기를 나눴어요. 가끔씩 만났지만 많은 이야기를 해 주었어요. 그리고 내게 충실했구요. 그런 것이 진실한 부부 아닌가요."

가요는 그동안 쌓이고 쌓였던 가슴속의 회한이 한꺼번에 터진 듯 말을 이었다.

"고우타상에게 이곳 전화번호를 알려 주었어요. 꼭 전화할 거예요. 전화가 오지 않으면 집으로 찾아가겠어요. 무슨 일이 있어도 고우타상을 만나겠습니다. 우린 꼭 만나야 해요. 나는 고우타상이 돌아오는 것을 기다리지 않고 사카다로 돌아갔어요. 그 후 지금까지 만나지 못했어요. 그렇게 사카다로 갔던 게 무척 후회스러웠는데 겨우 다시 만날 기회가 온 거예요. 이제부터라도 다시 출발할 결심으로 왔어요."

어둠 속을 헤매던 사람이 한줄기 가느다란 빛을 발견한 것처럼 가요는 오로지 고우타와의 만남에 모든 것을 건 사람 같았다.

"오싱도 다노쿠라상도 나를 도와주세요. 오싱과 다노쿠라상을 믿고 결심한 거예요. 제발 부탁합니다."

깊이 고개를 숙이는 가요를 바라보며 두 사람은 당혹감을 감추지 못했다. 그때 어색한 분위기를 깨뜨리며 가게 쪽에서 전화벨 소리가 요란하게 울려 댔다. 오싱은 흠칫하며 가요를 쏘아보았다. 다음 순간 퉁겨나가듯이 가요는 쏜살같이 가게로 달려갔다. 하지만 이미 수화기는 겡우에몽에게 들려진 후였다.

"네, 다노쿠라상회입니다. 네, 제품은 어제 다 되었습니다. 오늘 일찍 납품하지요."

잔뜩 기대에 부풀었던 가요의 얼굴은 일순간 허무하게 무너져 내렸다.

가요가 전화 소리에 뛰쳐나가고 난 뒤 류조는 목소리를 낮춰 조용히 오싱을 불렀다.

"여보, 만약 가요상과 고우타상이 만난다면 당신이 따라가는 것이 좋겠소. 두 사람 모두 분별없는 짓을 하게 된다면 말릴 사람은 당신밖에 없으니까."

"말려서 어떻게 하라는 거예요? 가요 아가씨를 사카다에 돌려보낸 것은 나였습니다. 그런 후에도 아가씨는 고우타상이 아파트에 돌아올 것을 기다렸습니다. 그런데 난 거짓말을 했어요. 고우타상이 바로 아가씨의 아파트에 돌아와 있었는데 돌아오지 않았다고 말이에요. 그것이 결국 불행을 초래했다면 내게 책임이 있는 거예요."

류조는 오싱에게서 그런 얘기를 듣는 것은 처음이었다.

"고우타상 편에서 만날 의향이 없을지도 몰라. 남자란 냉정한 것이니까."

류조의 말을 새겨들으며 오싱은 그럴 수도 있겠다고 생각했다. 아니, 어쩌면 오싱의 마음속 깊은 곳에서는 오히려 그렇게 되기를 바라는지도 모른다.

고우타로부터 전화가 온 것은 가요가 전화를 건 지 얼마 지나지 않아서였다. 그때까지 줄곧 전화기 앞을 지키고 앉아 있던 가요는 수화기를 타고 들려오는 고우타의 목소리에 흡사 정신 나간 사람처럼 즐거워했다. 그 얼굴에는 이미 오래전에 사라져 버려 다시는 영영 볼 수 없을 것만 같던 화사한 미소가 되살아났다.

가요는 안으로 달려가면서 오싱을 찾았다. 오싱은 뒤뜰에서 세탁한 기저귀를 널고 있었다. 급히 그리로 다가가는 가요의 목소리는 이미 들뜰 대로 들떠 있었다.

"오싱! 방금 고우타상에게서 전화가 왔어. 낮에 만나기로 했거든. 지금부터 준비를 해야겠어."

가요는 번개처럼 말을 쏟아 놓고는 날듯이 안으로 들어갔다. 그 모습을 망연히 바라보던 오싱은 무심코 자신의 손에 들려진 기저귀를 내려다보았다. 왠지 모르게 묘한 느낌이 고개를 치켜드는 것이다.

오싱은 문득 가요에게 심한 질투를 느꼈다. 이미 자신은 남의 아내가 되어 있는 몸이지만 고우타는 예전에 그렇게도 오싱의 마음을 애틋하게 하던 사람이 아닌가. 따지고 보면 고우타는 오싱과 인연을 맺어야 할 사람이었다. 그러나 그 사람을 가요에게 빼앗겼고 이제 오싱은 다시금 가요와 고우타의 재결합을 지켜봐야 할 위치에 서 있다.

가요의 대담함이 몹시도 부러웠고 평범한 아내가 되어 기저귀를 말리고 있는 자신이 한심스럽고 비참하게까지 느껴졌다.

오싱이 거실로 들어서자마자 이미 아름답게 외출복으로 단장한 가요가 눈에 들어왔다. 눈이 부시도록 예쁜 그녀를 오싱은 부러운 듯이 쳐다보았다.

"이 옷은 고우타상과 사카다를 떠날 때 입었던 옷이지. 내겐 소중한 추억이 담긴 것이기에 간직해 두었어. 너무 화사하기는 하지만 다시 한번 그때처럼 재출발을 하겠다는 의미에서 갖고 왔어."

가요는 어떠한 대답으로도 마음을 가라앉힐 수 없을 만큼 들떠 있었다.

"가져오길 잘했어. 다시는 입어 보지도 못할 것으로 생각했는데 말이야. 정말 잘됐어."

말없이 유에게 젖을 먹이며 오싱은 덤덤한 시선만을 보냈다.

옷깃을 흩날리며 가볍게 걸어가는 가요의 뒷모습에서 오싱은 삶의 기쁨을 보았다. 그 모습이 완전히 사라질 때쯤 오싱의 앞에 불쑥 나타난 사람은 류조였다.

"여보! 땅이 우리 것이 되었소. 조금 전에 재판소에서 경매 입찰이 있었는데 내가 낙찰시켰지. 돈은 조달되었으니까 지불만 끝나면 완전히 우리 것이 되는 거야."

이렇듯 상황은 점차 오싱이 원하지 않는 곳으로 치달았다. 땅을 구하지 못하기를 은근히 기대한 것이 사실이었다. 하지만 그렇게도 고대하던 일을 이루고 난 류조의 기쁜 모습 앞에서는 어떤 말도 소용없었다. 단지 이상할 만큼 불안한 느낌만이 오싱을 감쌀 뿐이었다.

다방에 미리 와서 기다리던 가요는 문을 열고 들어선 고우타를 발견했다. 그가 자신의 앞으로 걸어와 자리에 앉을 때까지 가요는 많은 말들이 한꺼번에 앞을 다투어 나오려는 것을 느꼈다. 그러나 정작 한마디도 입 밖으로 튀어나오지 않았다.

"건강해 보이는군요."

고우타가 먼저 인사를 하고서야 그녀는 겨우 입을 열었다.

"네, 오랜만입니다."

"전화 고맙습니다. 가요상과는 한번 만나 보고 싶었습니다. 몇 차례 사카다에 갔었지만 데릴사위를 맞으셨다고 해서 가가야를 방문할 수도 없었습니다."

"저를 잊지 않으셨나요?"

"가요상에게는 서운하게만 해 드렸는데 끝내 인사도 사과도 못한 채 그렇게 헤어진 것이 늘 마음에 걸렸습니다. 그런데 이렇게라도 만나게 돼서 정말 잘됐습니다."

"좀처럼 돌아오지 않는 고우타상을 원망한 적도 있었습니다. 그러나 고우타상을 기다리는 것만으로도 얼마나 행복했는지 사카다에 돌아가 보고 뼈저리게 느꼈습니다. 고우타상의 소식을 모르고 지내다가 겨우 이번에 도쿄에 계시다는 소식을 듣고 안절부절못했습니다. 저 이제 사카다에 돌아가지 않을 거예요."

"가요상!"

"만나 주시지 않을까 걱정했어요. 그래도 저를 잊지 않으셔서 이렇게 뵙게 됐으니…… 이젠 방황하지 않겠어요. 나는 모든 것을 버리고 왔습니다. 다시 옛날처럼 시작해요."

가요의 목소리는 간절하게 떨렸다. 그러나 그 목소리는 고우타의 굳은 얼굴에 부딪쳐 허공 중에 사라져 버렸다.

"미안합니다. 나는 그런 뜻으로 가요상을 만나러 온 게 아닙니다."

순간 가요의 얼굴색이 달라졌다.

"당신께 사과를 드리고 싶었습니다. 나는 여자를 행복하게 해 줄 수 없는 남자임을 알면서도 가요상과 그런 관계가 되어 버렸습니다. 그것을 어떻게라도 용서를 빌고 싶었습니다. 젊은 혈기 탓으로밖에 달리 할 말이 없습니다."

가요는 처연한 눈길로 그를 바라보았다.

"사과해도 용서받지 못할 일이겠지요. 그러나 이대로는 내 마음이 개운하질 않습니다."

"고우타상, 우리의 일을 후회하고 계세요?"

가요는 저돌적으로 물었다.

"아니오. 내겐 청춘 시절의 소중한 추억이었습니다. 그러나 다시는 남을 불행하게 할 수 없습니다."

가요는 마지막 희망이 꺼져 버린 듯 고개를 숙였다.

"이것이 제 마음입니다. 제가 골랐습니다. 반지입니다."

고우타가 내민 작게 포장된 것을 거들떠보지도 않고 가요는 찢어질 듯 날카롭게 소리쳤다.

"위자료 대신인가요?"

"가요상!"

"잘 알았어요. 내가 바보였어요. 혼자서 꿈을 꾸고 멋대로 꿈을 쫓고…… 실례합니다."

찬바람을 가르며 일어서는 가요에게 던진 고우타의 마지막 한마디는 가요를 더 이상 견딜 수 없는 비참한 구덩이로 밀어뜨렸다.

"가요상, 오싱상은 잘 있나요? 어디에 있는지 모릅니다만 언젠가 결혼했다고 들었습니다."

가요는 바르르 떨리는 눈초리로 고우타를 노려보았다.

가요는 곧장 다노쿠라상회로 돌아왔다. 오싱은 가요의 모습에서 심상치 않은 일이 있었으리라 예감했다.

"다녀오셨어요."

가요는 오싱을 쳐다보지도 않고 방으로 들어가며 방문을 소리 내어 쾅 닫았다.

"가요 아가씨!"

오싱이 문을 열려고 했으나 안에서 굳게 잡고 있는 듯 꼼짝도 하지 않았다. 그 문틈으로 울음 섞인 가요의 목소리가 새어 나왔다.

"오싱, 나를 혼자 있게 해 줘."

왠지 그 음성이 오싱의 마음을 찡하게 울렸다. 과연 고우타상과 만났을까. 만났으면 무슨 일이 있었을까. 가요의 슬픈 표정이 오싱의 가슴에 아프게 와 닿았다.

그 순간부터 오싱의 머릿속에는 가요의 얼굴이 떠나지

않았다. 오싱은 체념하고 장을 보러 가려고 가게 문을 나섰다. 장바구니를 들고 유를 업은 오싱은 영락없는 평범한 주부였다.

문밖에 나오자마자 오싱은 흠칫 놀라 고개를 치켜들었다. 눈앞에는 놀랍게도 고우타가 서 있었다.

"가요상에게 들었습니다. 아이를 업은 오싱상의 모습이 행복해 보입니다."

"가요 아가씨가 안에 계십니다. 집으로 들어가시죠."

고우타는 얼굴 가득히 편안한 미소를 띠었다.

"오싱상의 행복한 모습을 보게 돼서 안심했습니다. 좋은 분과 만나서 다행입니다."

"고우타상!"

"나는 오싱상을 배반한 사내입니다. 당신을 행복하게 해드리지 못했지만…… 오싱상은 언제까지나 행복하셔야 합니다. 어디에 있든지 오싱상을 지켜보겠습니다. 지방에 내려가는 일이 많지만 도쿄에 돌아오면 꼭 들를 테니까 언제든지 오싱상이 밝은 얼굴로 맞아 주시기를 바랍니다."

무엇인가 하고 싶은 말은 가득했으나 오싱은 가슴이 벅차올라 한마디도 입 밖에 내지 못했다.

"그럼 또……"

고우타는 기나긴 여운처럼 한마디를 남기고 아무 일도 없었다는 듯 사라졌다. 끝내 오싱은 인사말도 못하고 눈빛만으로 고우타를 배웅했다. 뜻하지 않던 고우타와의 재회였으나 한마디도 할 수 없었던 자신이 무척이나 바보스러웠다.

비록 짧은 순간이었지만 오싱은 고우타의 애정을 진하게 느꼈다. 그러한 형태의 사랑도 있다는 것을 처음으로 깨달았다. 고우타와의 만남은 오싱의 마음을 한껏 풍요롭게 했고 류조와의 행복을 절실하게 깨닫게도 해 주었다.

고우타를 만나고 돌아온 때부터 가요는 몸을 움츠리고 이불을 뒤집어쓴 채 꼼짝도 하지 않았다. 오싱은 심상치 않은 일로 가요의 충격이 컸으리라 짐작하고 함부로 말을 건네지 않았다.

하루가 꼬박 지나도록 가요는 아무것도 입에 대지 않았다. 끼니때가 되어 가요를 부를 적마다 오싱은 번번이 쓸쓸하게 돌아와야 했다.

그렇게 가요가 누운 지 이틀째가 되는 점심때였다. 류조는 식사를 마치고 가게로 나가고 오싱이 그릇들을 주섬주섬 치우려고 할 때 어느 틈엔가 가요가 다가와 있었다.

"오싱, 걱정시켜서 미안해. 사카다로 돌아가겠어."

"아가씨? 저희 집에는 얼마든지 계셔도 상관없어요. 사카다에는 제가 전화를 하겠습니다. 아가씨 마음이 풀릴 때까지 이곳에 계세요."

"하룻밤을 곰곰이 생각해 보니 마음이 풀려. 내 어리석음에 나 자신도 정이 떨어졌으니까. 이젠 마음이 상쾌해. 오싱,

나 배가 고픈데?"

이무렇지도 않게 웃는 가요를 어이없게 보다가 오싱은 얼른 치우려던 그릇들을 다시 식탁에 차려 놓았다.

"네, 아가씨. 된장찌개와 조림을 다시 끓여 올게요."

"괜찮아. 내가 하겠어."

"곧 됩니다."

하고 일어서려는 오싱을 가요의 한마디가 움찔하게 만들었다.

"오싱, 고우타상이 좋아하던 사람은 바로 오싱이었어. 나를 만나려 한 것도 내게서 오싱의 소식을 듣고 싶어서였어."

"아가씨, 아무렴 그럴리가요."

"내가 아무리 자존심이 강한 여자라 해도 인정할 것은 인정해."

"아가씨!"

"애당초 고우타상은 오싱을 도쿄로 데리고 갈 셈이었는데 내가 따라갔으니……"

"이제 와서 그런 옛날 얘기를……"

"난 도쿄에서 살게 되면 고우타상이 내 마음을 알아주리라 믿었어. 참 우스운 이야기지. 난 단지 오싱의 대역에 지나지 않았는데 말이야. 그저 도쿄에서 숨어 지내는 데 필요한 여자였지. 그걸 눈치채지 못하고 몇 해 동안 꿈을 쫓고 있었다니…… 어리석기 짝이 없어."

그 말은 오싱의 마음을 괴롭게 죄어 왔다.

"가요 아가씨!"

"난 별로 오싱을 원망하지 않아. 오히려 제일 괴로웠던 사람은 오싱일는지 몰라. 그러나 그것을 깨달았을 땐 갑자기 모든 것이 어리석게 느껴졌어."

"아가씨……"

"오싱, 내가 사카다에 돌아가면 가가야의 여주인이 되겠어. 그런 남자에게 가가야의 모든 걸 물려주진 않겠어."

순간 오싱은 깜짝 놀랐다. 가요의 입에서 그런 말이 나오리라고는 꿈에도 생각하지 못했기 때문이다.

"할머니와 부모님께 지금까지 걱정만 끼쳐 드린 만큼 이제부터 열심히 효도할 거야. 아이도 낳을 거구."

"그래요. 아가씨, 아이가 생기면 세상이 달라져 보여요."

"오싱을 보면 그런 기분도 들지만 내가 아이를 낳는 것은 가가야를 위해서야. 그렇지 않으면 그 기생의 아기가 가가야의 상속자가 되니까. 그것만큼은 참을 수가 없어. 지금 내겐 가가야를 훌륭하게 지켜서 내 피를 담은 아이에게 물려주는 의무만이 남았어."

"아가씨, 훌륭하게도 그런 것까지……"

오싱은 목이 메었다. 그때처럼 가요가 고맙게 느껴진 적도 없었다.

"고우타상을 만나길 잘했어. 그렇지 않았다면 내 평생을 눈을 뜨지도 못하고 헤맬 뻔했어. 하지만 후회하진 않아. 정성을 다해 한 사람을 사랑했고 내게도 청춘이란 것이 있었어…… 그것만으로도 족한 것이 아닐까."

고개를 끄덕이며 오싱은 얼굴 가득히 웃음을 띠었다. 그 눈망울은 흥건히 젖어 들고 있었다.

"오늘로 내 청춘은 끝난 거야. 이제부터는 가가야의 여주인으로서 보란 듯이 살 거니까 두고 봐, 오싱!"

"그래도 서방님과는 사이좋게……"

그 말에는 대답하지 않고,

"다노쿠라상을 잘 보살펴 드려야 해."

하고 가요는 오싱의 손을 꼭 잡았다.

그날 밤 가요는 사카다로 돌아갔다. 떠나가는 뒷모습의 쓸쓸한 영상이 오싱의 눈에 박힌 채 오랫동안 지워지지 않았다.

불씨 253

잿더미

 가요가 도쿄를 떠나며 남기고 간 것은 쓸쓸한 뒷모습 외에도 또 한 가지가 있었다. 가요와 고우타의 갑작스런 출현으로 오싱은 자신에게 주어진 행복을 더욱 소중히 아끼게 된 것이다. 더구나 그 행복을 준 사람이 바로 류조라는 사실을 깨달았을 때 오싱의 가슴속에는 남편에 대해 거의 무조건적인 사랑이 샘솟았다. 공장 신축을 그렇게도 꺼리던 오싱이었지만, 이젠 오직 류조만을 믿고 자신의 일생을 맡기리라고 마음을 다져 먹었다.
 그들 부부의 애정만큼 새 공장은 하루가 다르게 진행되어 갔다. 류조는 정열적으로 밀고 나갔으나 이따금씩 예산의 어려움으로 벽에 부딪치곤 했다. 여름에는 목수들에게 밀린 임금을 지불하지 못해 공사가 지연되자 류조는 신축 중인 공장을 저당잡히고 비싼 이자 돈을 얻기도 했다.

그러나 이미 류조의 뜻을 따르기로 결심한 오싱이었기에 한마디의 불평도 하지 않았다.

1923년 9월 1일 류조의 집념과도 같은 노력이 결실을 봐서 새 공장의 신축 기념행사의 막이 올랐다. 그날은 도산 직전에 있던 양복지 도매상 다노쿠라상회가 아동복 기성복 제조도매점으로 재출발한 지 꼭 1주년이 되는 날이기도 했다. 반년에 걸친 피나는 노력과 고생 끝에 겨우 맞이한 뜻깊고도 경사스러운 날이었다.

다노쿠라의 새 공장에는 거래처와 가까운 사람들로부터 속속 화환이 보내져 왔다. 많은 사람들이 공장의 말끔한 내부 시설을 둘러보기도 하고 류조와 오싱의 주위에 서성거리며 축하 인사를 하느라 분주한 모습들이었다. 류조는 가문(家紋)이 달린 히카마 차림이었고 오싱은 기모노 차림으로 주위의 시선을 단연 한 몸에 받기에 충분했다. 그야말로 그들 인생 최고의 날을 맞이한 것이다.

그러나 몇 시간 후에 그들의 앞에 생사를 가르는 무서운 순간이 도사리고 있다는 것을 누가 상상할 수 있었을까. 오싱은 축하객들에 둘러싸여 인사를 받느라 오전에 내리던 비를 왠지 불길하게 느꼈던 기억을 까맣게 잊고 있었다.

오싱은 우메코, 도시코 등과 함께 홀에 낼 음식상을 부지런히 준비했다.

그런데 오싱이 축하객들 사이를 빠져나와 아래층 계단으로 몇 발자국 내려섰을 때 돌연 고막을 찢는 듯한 굉음과 함께 건물이 마구 흔들리기 시작했다.

순간 아찔한 현기증을 느끼며 오싱은 무의식중에 난간을 꼭 붙들고 매달렸다. 지구가 온통 흔들리듯이 건물 내에 온전하게 있는 것은 하나도 없었다. 이층 홀과 아래층은 날카로운 비명소리, 무엇인가 깨지는 소리들로 아수라장이 되고 말았다. 순식간에 벌어진 일이었다.

그 소란 속에서 오싱은 거의 필사적으로 난간에 매달렸다. 창문 유리가 어지럽게 깨어져 흩어졌다. 오싱은 팔에 힘이 빠져 더 버티지 못하고 계단에 떨어져 몇 바퀴 뒹굴었다. 오싱의 의식은 점차 깊은 땅속으로 꺼져 들어가는 것 같았다.

돌연 자신을 습격한 강한 충격이 도대체 무엇인지 오싱은 알 리가 없었다. 그것은 관동대지진이라고 일컫는 진재(震災)였다.

겨우 흔들림이 멎는 듯하자 이층에서 다카와 우메코 등이 내려오다가 쓰러져 실신해 있는 오싱을 보고 깜짝 놀랐다.

"오싱! 오싱!"

그때 류조도 질린 얼굴로 급히 뛰어들어왔다.

"빨리 밖으로 나가야 해. 언제 다시 흔들릴지 모르니까."

하고 오싱을 안고 다급하게 그곳을 빠져나갔다.

오싱은 공장 바깥 뜰에 뉘어졌다. 류조는 깨어진 술병을 찾아와서 남아 있는 술을 오싱의 얼굴에 쏟아부었다.

"오싱!"

겁에 질린 듯이 모두들 발을 동동 굴렀다. 잠시 후 오싱은 눈살을 찌푸리며 가늘게 눈을 떴다. 그리고 주위를 두리번거렸다.

"모두 함께 안전한 곳으로 피신합시다."

"무슨 일이라도…… 있었나요?"

조금 전까지의 기억을 더듬으며 오싱은 얼굴을 찡그렸다.

"지진이오. 공장 건물이 단단해서 살았소. 주변에는 무너진 집들이 수두룩하오. 여기도 다시 흔들리면 위험하니까 어딘가 빈터를 찾아서 가야 해요. 걸을 수 있소?"

"그럼요, 빨리 가요. 집엔 유와 할아범이 있으니까요."

그때 다시 요란하게 진동하는 소리가 들렸다. 비명을 지르는 여자들을 뒤로하며 오싱은 자리에서 벌떡 일어나 돌아보지도 않고 정신없이 달렸다.

"오싱!"

류조도 그 뒤를 쫓아 쏜살같이 집을 향해 뛰었다. 오싱은 이 지진이 예사롭지 않다는 것을 직감했다. 빈 껍데기처럼 주저앉은 집들이 헤아릴 수 없을 정도로 많았고 땅은 곳곳에 금이 가, 보기 흉한 몰골을 드러내고 있었다. 사방으로 불길이 치솟고 스치는 곳마다 사람들의 아우성이며, 짐 보따리를 등에 지고 갈팡질팡하는 이들이 길거리에 난무했다.

오싱은 달리며 오로지 유와 할아범이 무사하기만을 간절히 빌었다. 그 외에 어떤 생각도 들지 않았다.

겨우 다노쿠라상회 앞에 도착한 두 사람은 우뚝 서서 숨을 삼켰다. 가게도 집도 군데군데 파괴된 채 무너져 내려앉았다.

"유짱!"

비통하게 울부짖으며 집안으로 뛰어들려는 오싱을 류조가 붙잡았다.

"위험해! 내가 보고 올게."

그러나 오싱은 류조의 손을 뿌리치고 마치 신들린 사람처럼 집안으로 들어갔다.

"유! 할아범!"

"침착해, 오싱!"

참으로 비참했다. 몇 시간 전까지 자신이 살던 집이 먼지와 잿더미로 변해 있었다. 오싱은 넋을 잃고 무너져 내린 대들보를 들추고 겡우에몽과 유를 찾아보았다. 그 얼굴은 눈물로 범벅되어 한 치 앞도 볼 수 없이 뿌옇게 어른거렸다.

"유짱! 할아범!"

비통하게 울부짖는 오싱의 목소리는 어지럽게 흩어진 나무조각들에 부딪칠 뿐 대답은 어디에도 없었다. 거실 지붕도 무너져 내려 잿더미에 묻힌 살림 도구들이 아무렇게나 뒹굴고 있는 모습을 보고 오싱은 더럭 겁에 질렸다.

"오싱, 할아범은 벌써 밖으로 피했나 봐."

그래도 오싱은 류조의 말을 귓전으로 흘리고 정신없이 무너진 더미를 헤쳤다. 그러다가 문득 놀란 얼굴로 한곳을 뚫어지게 보았다. 겡우에몽의 팔이 비쭉 나와 있었다.

"할아범!"

오싱의 비명에 류조가 달려와 겡우에몽을 덮친 물건들을 들어냈다. 그러자 갑자기 유의 울음소리가 들렸다. 가슴이 덜컥 내려앉는 것을 느끼며 오싱은 주위를 둘러보았다.

"유?"

겡우에몽은 자신을 짓누르고 있는 나무 기둥으로부터 유를 보호하듯 감싸고 있었다. 그 몸 사이에 생긴 좁은 공간에서 유가 조금씩 움직이고 있었다. 황급히 유를 끌어안고 아기의 몸을 이리저리 살피며 오싱은 밝은 표정으로 말했다.

"아무 데도 다친 곳이 없구나…… 여보, 웃었어요. 이 아이가 웃었어요."

류조는 퍼뜩 겡우에몽을 생각해 내고 축 늘어진 그를 끌어냈다. 두 사람 모두 입을 열지 못했다. 류조는 떨리는 가슴으로 겡우에몽의 몸 위에 귀를 갖다 대었다.

"할아범……"

류조는 오싱에게 힘없이 고개를 흔들어 보였다. 오싱은 겡우에몽의 굳은 얼굴에 살며시 손을 얹었다. 오싱의 눈에서 쉴 새 없이 눈물이 흘러넘쳐 겡우에몽의 몸 위로 뚝뚝 떨어졌다.

"차가워요, 차가워요!"

오싱은 울부짖었다. 류조는 그저 망연히 서서 눈물을 흘리기만 했다. 그때 바깥에서 한 남자의 다급한 목소리가 들렸다.

"도처에 화재가 발생하고 있습니다. 빨리 우에노공원으로 대피하십시오."

류조는 밖을 향해 소리 질렀다.

"미안하지만 사람 좀 끌어낼 테니 손 좀 빌려 주시오!"

순사 한 사람이 급히 뛰어들어오며,

"깔려 있습니까?"

하고 고개를 돌리다가 겡우에몽을 발견했다. 그는 몇 번인가 안아 올리려다 무겁게 늘어져 있는 겡우에몽의 시신을 굽어보고 고개짓을 했다.

"안돼요. 벌써 송장이 됐어요. 당신들 우물쭈물하지 말고 빨리 피신해요!"

"이대로 내버려 두란 말이오?"

"산 사람부터 살고 봐야지요."

순사의 만류를 무시하고 류조는 겡우에몽을 안아 일으키려 했다.

"그러다간 피하지 못해요. 수백 명 수천 명의 사람들이 희생되고 있소. 시체 뒤치다꺼리까지 하고 있을 수는 없어요!

죽은 사람한테는 미안하지만…… 바람이 이쪽으로 불어오니 삽시간에 불이 번질 거요. 빨리! 빨리!"

그러나 그 자리에 얼어붙은 듯 오싱은 한 발자국도 옮길 수 없었다. 겡우에몽을 그런 잿더미 속에 남겨 두고 떠나기에는 너무 불쌍했다.

"보따리는 들지 말아요. 불이 붙을 위험성이 있으니까."

순사는 더 이상 지체할 수 없는 입장이라 부리나케 뛰어나갔지만 두 사람은 선뜻 그 자리를 떠나지 못했다. 류조는 갑자기 벽장에서 이불을 꺼내 겡우에몽에게 덮어 주었다.

"여보?"

"할아범은 자기 몸으로 유를 구했어. 유에게 무슨 일이 생기면 할아범도 편히 눈을 감지 못할 거야."

"그렇지만 어떻게……"

"할아범, 조금만 참아 주오. 곧 돌아올 테니까."

하고 류조는 오싱으로부터 유를 빼앗아 안았다.

"여보! 나를 꽉 붙들고 따라와요."

류조는 세게 오싱의 손목을 끌어당겼다.

"할아범!"

류조에게 이끌려 가면서 뒤돌아보는 오싱의 뺨 위에 또다시 눈물이 쏟아졌다.

그곳을 벗어나 어디를 얼마나 걸었는지 모른다. 도망치는 군중에 휩쓸려 오싱은 다만 류조를 놓치지 않으려고 필사적으로 뒤따라갔다. 마치 꿈속을 헤매는 것같이 이 세상으로 여겨지지 않는 생지옥이었다.

일순간에 모든 것을 잃은 류조와 오싱이었으나 아직 그런 것까지 생각할 경황이 없었다. 자신들이 밀려 떨어진 나락의 깊이를 깨달은 것은 한참 후의 일이었다.

모든 것이 잿더미로 변했다. 밤낮을 가리지 않고 손이 부르트도록 부부가 혼신의 힘을 쏟아 신축한 공장은 순식간에 붕괴되고 말았다. 물론 이 전대미문의 재앙은 오싱네만의 비극은 아니었다. 도쿄 전역을 강타한 대지진은 재산 피해는 그만두고라도 수를 헤아릴 수 없는 인명 피해를 냈다. 하지만 그저 살아남은 것만도 다행으로 여기기에는 그동안의 고생이 너무 허망하기만 했다.

남편의 뜻에 따라 사업 규모를 늘리고 공장을 신축하면서 언제 어떤 어려움이 닥치더라도 새로 시작하는 기분으로 재기하리라 각오했던 오싱이었다. 그러나 이번의 재앙은 너무도 엄청난 것이어서 아무리 강인한 오싱이라지만 눈앞이 캄캄했다.

다노쿠라 류조의 낙담은 오싱과는 비교도 안될 정도였다. 폐허가 된 공장에의 미련 때문만은 아니었다. 사랑하는 아내와 귀여운 아들의 호구지책이 당장 문제였다.

그는 사가로 돌아가자고 아내를 설득했다. 하지만 오싱은 빈털터리로 시댁으로 들어가느니 어떠한 어려움이 있더라도 도쿄에서 버틸 각오였다. 처음부터 결혼을 극구 반대했고 아직까지도 자신을 인정하지 않는 시어머니에게 어떻게 이 꼴로 들어갈 수 있단 말인가.

이렇듯 완강한 오싱의 결심도 류조의 끈질긴 설득 앞에서는 차츰 누그러질 수밖에 없었다.

"사가의 집은 지금 간척 사업이 한창이오. 손이 모자라서 안타까워하는 마당이니 이럴 때 어머니에게 가서 정식으로 며느리로서 인정을 받고 집안일을 돌보는 게 현명할 것 같소."

하긴 그럴지도 모른다. 시댁에 영원히 들어가지 않는다면 몰라도 만일 들어간다면 기회는 이때가 좋을 것 같기도 했다. 무엇보다도 당장 최소한의 의식주 해결이 큰 문제였다. 유일하게 밥벌이라도 할 수 있는 길은 다카의 미용원에서 일하는 방법밖에 없는데 그곳도 완전히 잿더미가 되어 버린 터였다.

마침 소식을 듣고 달려온 어머니 후지도 사가로 갈 것을 간절히 권유했다. 그저 여자는 남편의 뜻에 따라야 한다는 어머니의 애절한 염원을 오싱은 차마 외면할 수 없었다.

시집살이

마침내 오싱은 사가행을 결심했다. 그녀가 결심을 굳힌 데는 생활고 해결이라는 면보다는 차라리 이런 기회에 시어머니로부터 며느리로서 정식으로 인정을 받아야겠다는 생각이 지배적이었다.

예상했던 대로 시어머니 기요의 오싱을 대하는 태도는 너무도 냉담했다. 냉담한 정도가 아니라 지독한 형극의 길이 오싱을 기다리고 있었다

시어머니는 마지못해 오싱을 집안에 들이기는 했지만 며느리가 아니라 집안의 하인으로 취급할 따름이었다. 궂은 막일과 남자들도 힘든 간척 사업에 오싱은 꼭두새벽부터 시달려야 했다.

이렇게 힘든 일을 하면서도 끼니조차 제대로 먹지 못할 정도였다. 어려서부터 배고픈 설움, 힘든 일에 이골이 난 오싱인 만큼 고생은 얼마든지 견뎌 낼 수 있었다. 그러나 고부간의 갈등이 극심해지자 나중에는 남편마저 미워지는 것 같았다. 그건 참으로 견딜 수 없는 고통이었다.

　그런 와중에 설날이 다가왔다. 시댁으로 와서 처음 맞는 설날은 오싱에게 근래 들어 가장 쓸쓸하고 외로운 명절이 되고 말았다.

　시집간 류조의 누이동생 아쓰코가 친정으로 첫나들이를 왔다. 잔칫상을 차리고 야단법석이었으나 시어머니 기요는 오싱을 그 자리에 끼지도 못하게 했다. 그야말로 제2의 더부살이 설움이랄까. 즐거워야 할 명절에 오싱의 심정은 너무도 참담했다.

　온 가족이 모여 웃고 떠드는 소리를 멀리서 들으며 뒤뜰의 담장에 기대 서 있는 오싱의 두 눈에서 주르르 눈물이 흘렀다.

　이렇게까지 수모를 당할 줄 알았더라면 어머니의 애원이고 뭐고 시댁에 들어오지 말았어야 하는 건데, 하는 원망이 고개를 들기도 했다.

　그러나 가장 슬프고 서러울 때면, 어렸을 때나 아기 엄마가 된 지금이나 가장 소중한 어머니의 애틋한 마음, 따스한 정이 그리워 눈물짓는 자신을 되돌아보며 더욱 강인하게 어려움을 이겨 내야 된다고 다짐하는 오싱이었다.

이렇듯 쓸쓸하고 외로운 명절에, 오싱에게 뜻하지 않게도 반가운 연하장 한 장이 날아왔다. 다카로부터 온 것이었다.

그동안 재기의 실마리를 잡으려고 노력한 보람이 있어 오는 3월에는 다시 미용원을 개업하게 되었다는 반가운 소식이었다.

오싱은 마음속으로 쾌재를 불렀다. 그렇다. 아직도 늦지는 않았다. 내 인생은 내가 개척해야 한다. 애초부터 며느리로 인정해 주지 않는 시어머니, 슬그머니 한통속이 되어버린 남편…… 이제는 방까지 따로 쓰는 남편을 어떻게 믿고 계속 죽어지낸단 말인가.

그렇다. 3월이 되면 도쿄로 가자. 누구와도 의논할 수 없다. 도망이라도 쳐야 한다. 도망을 치지 않고는 아무도 순순히 나를 놔주지 않을 테니까…… 오싱의 참담한 가슴에 오랜만에 희망의 등불이 켜지는 것 같았다.

이 무렵, 오싱은 서로 처지가 비슷한 사와라는 여자와 마음을 터놓고 지내고 있었다. 사와는 바로 이웃에 있는 농가의 며느리로, 시집오기 전 창녀 노릇을 했다는 소문이 마을에 퍼지기 시작하여 시댁 식구들은 물론 온 마을 사람들로부터 감당하기 어려운 곤욕을 치르고 있었다.

사와는 못 견딜 만큼 괴로울 때면 남몰래 오싱을 찾아와서 시집살이의 설움을 하소연하다가는 오싱의 처지 역시 자기보다 낫지 않다는 사실에 오히려 위로를 하기도 했다.

오싱 역시 속마음을 터놓고 함께 얘기할 사람이라고는 사와밖에 없었다. 시아버지가 처음부터 오싱을 감싸 주고 여러 가지로 배려를 해 주고 있지만, 시아버지에게 속말을 할 수는 없었다.

그래서 오싱은 유일한 친구로서, 마음의 응어리를 조금이라도 풀 수 있는 상대로서 사와를 대해 왔다. 그녀의 과거가 불미했던 것도 집안 환경 때문이었지 그녀에게 잘못이 있는 것은 아니었다. 겪어 볼수록 심성이 착하고 믿음이 가는 여자였다.

그런 사와가 어느 날 갑자기 자살을 기도했다. 시댁의 학대와 온 마을 사람들의 손가락질을 견디지 못해 죽음으로써 모든 것을 끝내려고 했던 것이다.

다행히 목숨은 건졌으나 사와가 앞으로 이곳에서 겪어야 할 수모와 고통은 예전보다 몇 배는 더 심할 것이다. 오싱은 그녀의 고통을 남의 일로 여길 수가 없었다.

"사와, 내게 좋은 생각이 있어요."

오싱은 혼자만의 비밀을 털어놓고 봄이 되면 함께 도쿄로 도망을 가자고 제안했다. 사와도 쾌히 승낙하여 두 사람은 아주 은밀하게 그날이 오기만을 손꼽아 기다리게 되었다.

드디어 결행의 날이 다가왔다. 오싱은 어렵게 마련한 돈을 사와에게 건네주며 차표를 사오도록 했다.

그때 마침 다노쿠라가에서는 아쓰코가 임신했다는 기별에

온 집안 식구가 경사라도 난 듯 들떠 있었다.

 오싱은 그 틈을 이용하여 어린 유를 업고 사와와 약속한 뒷산의 나무숲으로 갔다.

 칭얼대는 아기를 달래며 초조하게 사와를 기다리던 오싱 앞에 나타난 사람은 사와가 아닌 류조였다. 오싱은 아찔한 현기증을 느끼며 무의식중에 도망을 치기 시작했으나 몇 발자국 가지도 못하고 넘어지고 말았다.

 나중에 안 사실이지만 사와는 도망치기로 한 날을 며칠 앞두고야 오싱이 임신 중이라는 사실을 눈치채고는 고민 끝에 류조에게 털어놓고 말았던 것이다.

 화가 머리끝까지 치민 류조는 넘어져 있는 오싱에게서 유를 빼앗아 안고는 미친 듯이 발길질을 해댔다.

 그렇지 않아도 혹심한 시집살이에 몸이 말이 아닌 오싱은 남편의 심한 발길질에 온몸에 군데군데 피멍이 든 채 차츰 의식을 잃어 갔다. 몽롱한 의식 중에도 길게, 길게 기차의 기적 소리가 들리는 것만 같았다.

 아리아케 해(海)와 인접해 있는 평야가 한눈에 내려다보이는 사가의 언덕 위에서 오싱은 게이와 나란히 앉아 끝없이 펼쳐진 논밭을 바라보았다.

 "하! 이 넓은 논밭을 죄다 간척 사업으로 이루었단 말인가요?"

게이는 도무지 믿어지지 않는다는 듯이 물었다.

"이곳 간척 사업이라는 게 가미쿠라 시대부터 시작되었다니 저 근방은 언제쯤 생긴 건지는 모르겠구나."

"아리아케 해 조수 간만의 차는 6미터나 되어서 일본에서 최고라고 배운 기억이 나네요. 인간의 힘이란 정말 위대하네요. 옛날부터 이런 대역사를 이루어 바다를 육지로 만들어 버렸으니."

"할미도 오늘처럼 느긋하게 저 평야를 바라보기는 처음이란다. 그때야 어디 이런 데 올라와서 먼 하늘을 바라볼 짬이나 있었겠느냐. 꼭두새벽 눈만 뜨면 그저 소처럼 하루 종일 일만 했으니."

"다노쿠라가는 어디쯤이에요? 지금도 남아 있어요?"

"글쎄다. 어떻게 되었는지 알 수가 없구나. 인연을 끊은 지 벌써 몇십 년이니…… 이쪽에서라면 보일 것도 같다만 워낙 마을 모습이 많이 변해서 짐작도 못하겠구나. 도망치다 붙들려서 지독하게 맞아 상처를 입은 그곳도 어디쯤이었는지."

오싱의 주름진 눈언저리에 보일 듯 말 듯 우수가 깃들었다.

"사가에서의 생활 중 즐거웠던 추억이란 아무것도 없었다. 처음부터 끝까지 괴로웠던 기억뿐이었으니까. 지금 생각해 보니 그 잡목림에서의 부상은 두고두고 잊을 수가 없구나. 그때 그 일만 없었어도 할미의 인생은 많이 달라졌을 테고 고생도 훨씬 덜했을 텐데……"

　온몸에 피멍이 들고 나무 그루터기에 찢기어 선혈을 흘린 채 의식을 잃어버린 오싱 옆에서 어린 유는 금방 까무라칠 듯이 울고 있었다.
　류조는 허둥지둥 물을 찾으러 다니다가 가까스로 바위 밑에서 솟아나는 물줄기를 발견하고는 수건을 적셔다가 오싱의 얼굴을 토닥여 주기도 하고 손바닥을 오므려 몇 방울씩이라도 입안에 넣어 주기도 했다.
　한참 동안을 그렇게 소란을 피운 후에야 오싱은 거슴츠레 눈을 뜨더니 흐릿한 눈길로 류조를 쳐다보다가,
　"유, 유……"
　하고 더듬거리며 몸을 일으키려고 했다. 그러나 온몸이 바위처럼 무거웠고 심한 통증 때문에 일어나지 못했다.
　"유는 여기 있어. 걱정하지 마. 걸을 수 있겠어?"
　오싱은 몸을 일으키려고 안간힘을 쓰며 헛소리처럼 중얼거렸다.
　"기차…… 기차 시간이…… 우리 유…… 유…… 나 도쿄로 가겠어요. 제발 보내 주세요."
　"오싱, 이러지 마!"
　오싱은 사력을 다해 몸을 뒤척이더니 저만큼에서 울고 있는 유를 향해 기어가려고 몸을 허우적거렸으나 한 치도 움직

여지지가 않았다.

"가만 있어, 오싱! 피가 심하게 흘러!"

하고 류조가 오싱을 안아 일으키려 하자 오싱은 그의 손을 뿌리쳤다.

"건드리지 말아요. 이제부턴 나 혼자 힘으로 살아가겠어요. 유와 단둘이 살겠어요."

"좌우간 상처부터 치료해야 해."

"괜찮아요, 이런 상처쯤은."

류조의 부축 없이 혼자 일어나려고 바둥거리다가 오싱은 다시 쓰러지고 말았다.

"가만 있어, 오싱! 내가 유를 업고 나서 당신을 안고 갈 테니까."

"괜찮아요. 난 기차만 타면 돼요."

"그런 몸으로 어딜 가겠다는 거야. 어서 집으로 가서 치료를 해야 해."

"이제 내게 집이란 없어요. 이미 다노쿠라의 집에서 나왔어요. 죽어도 다시는 당신 집에 들어가지 않겠어요. 움직일 수 없으면 여기 이대로 죽겠으니 내버려 둬요."

"바보 같은 소리! 당신이 도쿄로 가려고 집을 나온 사실을 아는 사람은 나밖에 없어. 산에서 미끄러져 굴러서 다쳤다고 하면 그만이야. 모든 일은 내가 책임질 테니 당신은 돌아가서 치료만 받으면 돼."

"상관없어요. 이제 나에겐 유밖에 없어요."

오싱은 다시 기를 쓰고 일어났으나 지탱하지 못하고 이내 주저앉아 버리더니 저만큼에서 아직도 울고 있는 유를 보고는 그 자리에 웅크린 채 무릎 사이에 얼굴을 파묻고 흐느껴 울었다.

"오싱, 제발 내 말 잘 들어. 두 번 다시 도쿄로 갈 작정을 하면 그땐 용서하지 않을 테니 정신 똑바로 차려! 어머니나 집안 식구들이 왜 다쳤느냐고 물으면 내가 적당히 둘러댈 테니까."

"어째서…… 어째서 이렇게 된 거죠?"

오싱의 목소리는 파르르 떨려 나왔다.

"당신이 어떻게 알아 버렸느냔 말이에요. 사와상이 일러바쳤군요. 그렇죠? 맞죠?"

류조는 가타부타 말없이 유를 등에 업은 채 힘겹게 오싱을 부축하여 질질 끌다시피 걸음을 옮겼다.

이때 사와가 헐레벌떡 달려와서 눈앞의 광경에 어안이 벙벙하여 거친 숨을 몰아쉬며,

"어머나! 이 피 좀 보게. 빨리 피를 멎게 해야겠네."

하고 서둘러 수건을 꺼내서 상처를 만져 주려 했으나 오싱은 냉정하게 그녀의 손을 뿌리쳤다.

"오싱상……"

사와가 뭔가 말을 꺼내려고 했으나 오싱은 차가운 목소리

로 힐난했다.

"사와상에게 배신당할 줄은 꿈에도 몰랐어."

"용서해 주세요, 오싱상."

기어들어가는 듯한 사와의 목소리는 비통감에 젖어 있고, 역시 그랬었구나 하는 오싱은 땅이 꺼지듯 탄식을 했다.

사와는 눈물을 글썽이며 자신의 입장을 해명했다.

"몹시 망설였어요. 나도 열번 백번 여길 떠나고 싶었어요. 그러기에 떠날 준비까지 다 했었는데 막상……"

"듣기 싫어요. 사와상이야 맘이 변하면 그만이겠지만 내 꼴이 이게 뭐예요."

"안 믿으시겠지만 모두가 오싱상을 위해서 그랬던 거예요."

"날 위한다구요?"

"나는 엊그제야 부인의 배 속에 새 생명이 숨 쉬고 있다는 사실을 알았어. 그런 몸으로 도쿄에 가서 어떻게 하실 셈이에요. 유짱까지 있잖아요. 여자 혼자서는 정말 힘들어요. 물론 도쿄에 아는 분이 계시다지만 이런 불경기에 다른 특별한 계획도 없잖아요. 아무리 시집살이가 괴롭더라도 여기엔 남편이 있잖아요. 죽으나 사나 여기서 버티는 게 훨씬 낫다고 생각했어요."

사와는 쉴 새 없이 흐르는 눈물을 닦을 생각도 않고 흐느끼며 말을 이었다.

"다노쿠라댁에서 나가는 일은 나중에도 얼마든지 할 수 있어요. 출산 때까지만 기다렸다가 몸을 푼 다음에도 얼마든지 기회는 있다고 생각했어요. 내 판단이 옳든 그르든 주인어른께 알리고 나서는 또 어찌나 걱정이 되던지…… 그래서 이렇게 나와 봤어요."

오싱은 대꾸할 기력조차 없었다. 사와의 진심을 이해할 수도 있을 것 같았다. 어쩌면 그녀 자신만을 위하는 일이라면 남편에게 알리지 않고 함께 도쿄행을 실행했을지도 모른다. 그러나 그녀는 자신의 안위를 제쳐 두고서 임신 중인 오싱을 걱정하여 집을 뛰쳐나오지 못하게 한 것이다. 이제 와서 그녀를 책망한들 무슨 소용이 있단 말인가. 그녀 역시 지옥과도 같은 시집살이를 계속해야 될 입장인 것이다.

이윽고 류조가 어디서 구했는지 짐수레를 끌고 와서 오싱을 태우려 하자 사와도 함께 거들었다.

짐수레에 실려진 오싱은 그제야 유를 달래며 애써 아픈 팔을 뻗어 한번 만져 주었다. 여태까지 자지러지게 울기만 하던 유는 엄마의 손길이 닿는 순간 울음을 뚝 그치고 오히려 눈물이 가득한 눈을 깜박이며 방긋 웃어 보이기까지 했다.

"이 어린것에게 무슨 죄가 있다고……"

오싱은 소리 없이 눈물을 흘렸다.

유를 등에 업은 채 류조는 힘겹게 수레를 끌고 비탈길을 내려갔고, 사와는 눈물이 글썽한 눈으로 그들 세 식구의 뒷모습을 하염없이 바라보고 서 있었다.

두 번 다시 문지방을 넘지 않기로 맹세하고 떠난 다노쿠라 집안으로 결국 오싱은 다시 돌아오고 말았다.

풍성한 식탁을 중심으로 거실에 모여 앉아 음식을 들며 담소를 즐기던 가족들은 의외의 상황에 놀라 모두들 눈이 휘둥그래졌다.

"아버님, 어서 의사를 좀 불러 주십시오. 제가 데리고 가려 했지만 어디로 가야 좋을지 몰라서 우선 집으로 데려왔습니다."

가장 크게 놀란 사람은 오고로였다.

"상처가 심하냐?"

아직도 제대로 일어서지도 못하는 며느리를 보고 오고로는 어지간히 걱정이 되는 모양이었다.

"서지도, 걷지도 못해요."

다급해진 류조는 어찌할 바를 몰랐다.

"우선 자리에 뉘어라."

류조는 오싱을 데리고 안으로 들어가고, 오고로는 큰아들 후쿠타로에게,

"빨리 오키 선생에게 알려라."

하고 지시했다.

이때 시어머니 기요가 양미간을 찌푸리며 쌀쌀하게 내뱉었다.

"뭐가 그리 대단하다고 법석을 떠는 거예요? 지금 춘분 행

사로 모두 바쁜데 여기까지 와 줄 의사가 있겠어요?"

"임자는 참견 말아!"

오고로가 언성을 높이자 아쓰코는 무엇이 그리 재미있는지 키득거리며 웃었다.

기요는 아직까지 유를 업은 채 안절부절못하는 류조에게,

"사내대장부가 아기를 업고 그 꼴이 뭐냐? 쯧쯧쯧…… 볼썽사납게 그 꼴로 마을을 걸어왔겠구나. 남들이 손가락질하는 것도 모르고……"

하면서 등에서 유를 내려 품에 안았다.

"어휴, 이 냄새…… 기저귀도 갈아 주지 않고, 대체 오싱은 뭘 하고 있었느냐."

"밭에서 일했지 뭘 하긴요."

류조는 재빨리 말을 받아 얼버무리고는 아버지를 재촉하여 오싱을 사랑방으로 옮기자고 했다. 뒷방은 어두워서 상처를 봐주기 힘들다는 것이었다.

오싱은 사랑방으로 옮겨져 치료를 받았다. 류조가 약을 바르기 위해 위스키로 상처 부위를 씻어 내자 오싱은 이를 악물며 신음을 내뱉었다.

이때 거실에서 시어머니 기요가 모든 식구들을 불러들이는 소리가 들렸다. 오싱의 상처를 돌봐 주던 류조도 곧 거실로 들어갔다.

기요가 류조에게 신랄하게 따지고 들었다.

"그따위 어처구니없는 말이 어디 있느냐. 밭에서 일하고 있어야 할 사람이 어째서 산에 있었느냐 말이다. 게다가 그토록 많이 다친 걸 보니 이건 절대 범상한 일이 아니다. 류조, 어물거리지 말고 사실대로 말해 봐라."

류조는 묵묵히 고개를 떨어뜨리고만 있다.

"어서 말해 봐. 오싱이 다친 순간, 어떤 일이 있었느냐 말이다."

오고로가 대신 퉁명스럽게 입을 열었다.

"그게 무슨 대단한 일이라고 떠드는가. 이미 끝난 일을 이러쿵저러쿵한다고 상처가 나을 것도 아니잖는가."

"내게는 아주 중대한 일이에요. 시어머니 말을 어떻게 여기는지 모르겠지만 내 분명히 밭에서 일을 하라고 일렀어요. 그런데 왜 산에 가서 온몸이 저 모양이 됐느냐 말예요. 류조, 넌 모른다고 시치미 떼고 있는데 그럼 오싱이 산에 간 건 어떻게 알았단 말이냐."

"오싱이 피를 흘리고 쓰러져 있다고 다른 사람에게서 들었어요."

"그럼 네 입으로 오싱에게 물어 봐라. 어째서 하라는 밭일은 하지 않고 엉뚱한 곳으로 갔는지…… 난 사리에 맞지 않는 일은 절대 그냥 넘어가지 못하는 성미다. 오싱의 근성도 보통이 아니지만 이 어미도 그렇게 만만히 봤다가는 큰코다칠 줄 알아라."

집안의 분위기는 점점 어두워지기만 했고, 식음을 전폐하다시피 누워만 있는 오싱의 심경은 말할 수 없이 괴롭기만 했다.

상처는 의외로 심했다. 류조의 발길질을 피하려고 몇 차례 경황없이 나동그라지는 순간 주위의 나무 그루터기나 뾰족한 바위에 찔려 오른쪽 어깻죽지까지 상당히 깊게 찢어진 상처에서는 계속해서 피가 흘렀다. 나중에는 높은 열까지 겹치게 되어 오싱은 꼬박 사흘 동안 혼수 상태에 빠지고 말았다.

이렇게 되자 인정 없는 시어머니도 의사를 부르지 않을 수 없었다.

"아직까지는 화농 현상이 없어서 큰 걱정은 없습니다만 본인의 체력이 얼마나 강인하느냐에 달려 있습니다. 바꾸어 말하면 섭생을 잘하여 체력을 유지해야 합니다. 병원에 돌아가 약을 지어 놓을 테니 가져다가 시간 맞추어 정성껏 복용해야 합니다."

의사가 돌아가고 나자 기요는 잔뜩 미간을 찌푸린 채 큰며느리인 쓰네코에게 푸념을 했다.

"좌우지간 골치 아픈 며느리야. 이젠 일도 못하겠으니 날 잡아잡수, 하고 누워 있지, 의사는 약을 갖다가 잘 먹이라고 하질 않나, 이거야 어디 돈 잡아먹는 기계가 아닌가, 원참! 게다가 류조란 녀석은 행여 제 마누라가 죽기라도 할까 꼼짝 않고 옆에만 붙어 있지, 유 치다꺼리는 내가 몽땅 떠맡아야

되고……"

같은 며느리라도 쓰네코는 상당히 싸고도는 터라 기요는 쉴 새 없이 푸념을 했다.

"유는 제가 돌보겠습니다. 어차피 엄마 젖은 못 먹일 형편이니 죽이라도 끓여 먹여야지요."

"덕분에 어멈이 힘들겠구나. 귀찮지만 어쩌겠느냐. 어린 것이야 어떻게든 보살펴야지."

이때 오고로가 류조와 함께 의사를 배웅하고 나서 돌아왔다.

"생명에는 지장이 없다니 불행 중 다행이구나. 처음에는 잘못되지나 않나 해서 가슴이 덜컹 하더니만."

류조는 아버지와 어머니를 번갈아 보며 고개를 숙였다.

"걱정을 끼쳐 드려서 정말 면목 없습니다."

어머니 기요가 불쑥 말을 가로챘다.

"너도 잘 생각해서 결단을 내려라. 벌써 한방을 쓰지 않은 지도 오래됐지 않느냐. 일찌감치 헤어지는 게 상책이다."

"그만두지 못해!"

오고로가 참다 못해 버럭 소리를 질렀다.

"아무리 며느리가 싫기로서니 저 몸을 하고 누워 있는 애한테 그 무슨 인정머리 없는 소리야?"

좀처럼 화를 내는 일이 없는 남편의 성격을 알기에 기요도 이때만은 슬그머니 누그러져서 혀를 끌끌 차기만 하다가,

"도대체 전생에 무슨 죄가 많다고 저런 아이 때문에 온 집안이 이렇게 소란스러워야 하는 건지 원…… 저런! 유가 또 배고픈지 칭얼대기 시작하네."

하고 적당히 말꼬리를 흐리며 칭얼대는 유에게로 가 버렸다.

류조는 아버지 덕분에 간신히 숨막히는 추궁을 면했다 싶어 얼른 오싱이 누워 있는 방으로 들어갔다.

오싱은 멀뚱멀뚱한 눈으로 천장을 응시하고 있다가 류조의 기척에 헛소리처럼 뇌까렸다.

"유는 어디 있어요?"

웬만큼 정신이 드는지 오싱은 유 걱정부터 했다.

"어머니가 알아서 돌보고 있으니 걱정하지 말고 치료할 생각이나 해. 그나저나 요는 더럽혀지지 않았어?"

오싱은 남편의 말에 놀라서 눈을 크게 떴다. 여태까지 혼수 상태였단 말인가? 대소변도 가리지 못한 채……

"꼭 사흘만에 깨어난 거야. 대소변은 내가 다 치웠어. 조금 아까 요를 새로 깔았는데 아직 괜찮은지 모르겠군."

부끄럽기도 하고 미안하기도 하고 오싱은 몸 둘 바를 몰랐다.

"딴생각하지 말고 모든 걸 내게 맡겨 줘. 다시는 도쿄 얘기 꺼내지도 말고. 아무튼 앞으로 한번만 더 도쿄 얘기 꺼냈다간 그땐 정말 가만두지 않을 테니 알아서 해. 좌우간 뭘 먹어야 기운을 차릴 텐데…… 내 부엌에 가서 미음이라도 쑤어 올게."

오싱은 뭐라고 말할 기력도 없어서 초점이 흐려진 눈으로 천장을 바라보고만 있었다.

류조는 곧 부엌으로 가서 형수 쓰네코에게 겸연쩍어하며 부탁했다.

"미음을 좀 쑤어야겠는데 미안하지만 쌀 좀 내주세요."

쓰네코가 뭐라고 대꾸를 하기도 전에 기요가 나타나서 호통을 쳤다.

"사내대장부가 부엌에 와서 무슨 주접이냐. 그래도 제 여편네밖에 없는 모양이구나. 밤낮 못 자고 간호하더니 이젠 미음까지 손수 쑤어 주겠다고? 그렇게 감싸고 도니 그렇게 천방지축으로 날뛰는 거야."

"어머님, 관두세요. 미음은 제가 쑬게요."

쓰네코가 나서자 기요는 날카롭게 핀잔을 주었다.

"어멈은 유를 보기에도 바쁘니 관둬라. 제 손으로 하겠다니까 쌀이나 좀 내주면 된다."

머쓱해진 류조는 결국 형수가 퍼 주는 쌀을 받아가지고 씻어다가 뒷마당의 풍로에 불을 지핀 다음 미음을 쑤기 시작했다.

"쯧쯧쯧…… 대장부 체면이 저게 뭔가……"

기요가 지나치다가 또 한마디 내뱉는 바람에 참고 참았던 류조가 버럭 소리를 질렀다.

"어머니, 그만 좀 하세요. 오싱은 제 아내예요! 제가 돌보지 않으면 누가 돌봅니까!"

느닷없는 반발에 기요는 할 말을 잃고 휑하니 지나가 버렸다.

상처

 부부는 이런 것일까? 죽자사자 좋아해서 맺어져 함께 생활을 꾸리고 그야말로 고락을 같이 하다가 멀어지고 때로는 연민의 정을 느끼는 사이 나이를 먹고 늙어 가는 것일까?
 오랜만에 남편의 따스한 손길을 느껴 보는 오싱의 감회는 착잡하기만 했다. 누가 뭐라 해도 류조의 보살핌은 극진한 것이었다. 잘못이야 어찌 됐든 간에 몸져누워 있는 아내를 가장 관심 있게 보살피는 사람은 남편이 아닌가.
 어렴풋이 잠이 들려고 하는데 류조가 미음과 날계란을 쟁반에 받쳐 들고 들어왔다.
 "미음을 쑤기가 쉽지 않군. 내가 끓인 거라 맛은 없겠지만 떠먹여 줄게. 계란은 함께 풀어 넣는 것이 좋겠지?"

다소 멋쩍어하며 류조가 다가앉자 오싱은 눈짓으로 겨우 대답하고는 기어들어가는 목소리로 나직이 말했다.

"유를 데려와 주세요."

"안돼. 지금은 무리야. 어머니가 돌보고 계시니까 걱정하지마. 겨우 할머니에게 정이 들어 잘 놀고 있는데 당신 얼굴을 보면 또 떨어지지 않으려 할 거야."

류조는 미음을 저어 식힌 다음 조심스레 한 숟갈씩 떠먹여 주며 말을 이었다.

"역시 자식 걱정이 제일 큰 모양이군. 어머니가 당신을 못마땅하게 여기는 건 사실이지만 생각하는 것만큼 심하게 미워하진 않아. 겉으로는 냉랭한 분이지만 이번 일로 크게 걱정하셨어."

어떻게 해서든 고부간의 갈등을 줄여 보자는 류조의 마음 씀씀이가 엿보이는 말이었다.

"아버지는 물론 어머니도 형수도 당신 걱정을 많이 했어. 그분들이 좀 서운하게 대했다고 해서 원망하면 안돼. 이제부턴 딴마음 먹지 말고, 지금 누워 있는 게 미안한 마음으로라도 일어나면 매사에 더욱 열심히 해 줘."

류조의 설득은 몹시 진지했다. 오싱은 아무런 내색도 하지 않은 채 묵묵히 그의 말에 귀를 기울였다.

"오싱, 부탁이야. 이번 기회에 다시 각오해 봐. 당신이야 한번 결심하면 무슨 일이라도 해낼 수 있잖아. 세상에 다시 태어난 기분으로, 아니 이곳에 뼈를 묻을 각오로 노력해 줘."

이때 마침 기요와 쓰네코가 방 안으로 들어왔다.

"음식을 먹을 수 있다니, 다행이구나."

뜻하지 않은 시어머니의 방문에 오싱은 황망히 일어나 보려고 했지만 몸이 말을 듣지 않았다.

"그냥 누워 있거라."

"어머님, 죄송합니다. 한창 일이 바쁜 철인데 이렇게 되고 말아서…… 뭐라고 죄송한 말씀을 드려야 좋을지 모르겠습니다."

"기왕 이렇게 된 일을 어쩌겠느냐. 하루빨리 회복되어 일어나면 된다. 그런데 도대체 무슨 생각으로 그날 잡목림에 갔었느냐?"

새삼스럽게 따지고 드는 어머니의 날카로운 질문에 류조가,

"그야 분명히 말씀드렸잖아요. 특별한 이유가 없고……"

하고 말을 받았으나 기요는 더 이상 변명의 기회를 주지 않았다.

"너에게 묻는 말이 아니니 넌 잠자코 있거라. 너는 처음부터 이치에 맞지 않은 말로 얼버무려 왔지만 거기에 속을 어미가 아니다."

"어머니, 그건 어머니의 지나친 생각이에요."

"듣기 싫다! 부부가 합세해서 끝내 어밀 속이는구나. 좋

다, 언젠가는 반드시 밝혀질 테니 두고 봐라."

기요는 또 신경이 곤두섰는지 휙 나가 버렸다. 쓰네코도 시어머니 뒤를 따라 나가면서 오싱에게 위로의 말을 했다.

"유는 어머님과 내가 잘 보살피고 있으니 신경 쓰지 말고 몸조리나 잘하게."

쓰네코의 마음 씀씀이는 고마웠다. 그러나 오싱은 거동도 하지 못하는 몸으로 뭐라고 대꾸해야 할 지 몰라 그저 침묵을 지킬 따름이었다. 지금의 오싱으로서는 우선 하루라도 빨리 상처가 아물기를 바랄 뿐이었다.

열흘 후에야 겨우 오싱은 혼자 일어나서 용변을 볼 수 있었다. 그러나 웬일인지 오른손은 도저히 움직일 수가 없었고 유는 아직 만나 보지도 못했다.

거실에서 유의 울음소리가 들리자 오싱은 무리를 해서 거실 쪽으로 걸음을 옮겼다.

쓰네코가 그 광경을 보고 황급히 달려와서 오싱을 제지했다.

"오싱상, 무리하지 말라니깐."

"그렇지만 유가 울고 있어요. 보고 싶어요."

"안돼! 어머님이 잘 보살피고 계셔. 어차피 그 몸으로는 유를 봐줄 수도 없잖아. 유가 엄마 얼굴 보고 떨어지지 않으려고 칭얼대면 결국 자네만 더 힘들어. 다행히 어머님께서 유를 귀여워하시니까 걱정 말게."

이때 거실에서 기요와 아쓰코의 웃음소리가 들려왔다.

"아쓰코상이 친정에 다니러 온 모양이군. 시집가서 때가 되니까 곧 임신을 했다고 경사가 났어. 어머님께서 무척 좋아하시더군. 앞으로 좀 소란스러울 거야. 출산 때까지 모든 치다꺼리는 친정에서 하게 마련이니까."

오싱은 망연히 서서 거실에서 들려오는 모녀간의 정다운 대화에 귀를 기울이고 있었다.

기요는 갖은 음식들을 잔뜩 차려 놓은 식탁에서 이것저것 딸에게 권하며 시종일관 희희낙락했다.

"어서 많이 먹어라. 좋은 음식 많이 먹지 않으면 배 속의 아이가 튼튼하게 자라지 않는다. 그리고 돌아갈 때는 좋은 약을 사 두었으니 꼭 가지고 가거라. 너 좋아하는 것 고루고루 사 두었다."

이때 선잠에서 깨어난 유가 다시 칭얼대기 시작했다.

"이 녀석, 방금 기저귀를 갈아 줬는데 또 우네. 배가 고픈가."

"역시 핏줄은 못 속이는가 봐요? 어떤 여자가 낳든 손자는 귀여운 모양이죠?"

"며느리가 싫다고 아이에게야 무슨 죄가 있겠느냐. 너도 어서 튼튼하게 훌륭한 아기 낳아서 빨리 이 엄마를 안심시켜 다오. 얼마나 기다렸던 손자냐."

오싱은 무거운 발걸음을 돌려 뒷방으로 가 잠자리에 들었다. 온몸이 솜처럼 무거웠다.

불현듯 배 속의 새 생명이 가엾다는 생각이 엄습했다. 시누이 아쓰코도 똑같이 임신 중이지만 그녀와 어린 생명은 친정어머니로부터 극진한 사랑을 듬뿍 받고 있다.

그러저런 차별이나 무관심쯤 얼마든지 감내해 낼 수 있었다. 그렇지만 배 속에서 꿈틀거리고 있는 어린 생명의 앞날을 생각할 때 오싱의 마음은 천근만근 무겁기만 했다.

"오늘은 좀 움직인 것 같더니 역시 무리지? 어디 상처를 좀 보자구."

붕대를 풀고 상처를 살펴보던 류조는 기운찬 목소리로 오싱을 안심시켰다.

"이젠 됐어. 앞으로 4, 5일만 지나면 붕대를 풀어도 되겠어."

"정말 죄송해요. 이래저래 당신만 귀찮게 만들었군요."

"남편이 아내를 보살펴 주는 건 당연해. 난 이보다 더한 고생이라도 괜찮지만 집안 식구들한테 폐를 끼쳤어."

"의사를 오시라고 해서 비용도 많이 들었지요?"

"약값이다 뭐다 모두 어머니가 대 주셨어. 평소에 당신에게 좀 심하게 대했던 어머니도 이번엔 아주 신경을 많이 쓰셨다구. 이런 경험을 해 봐야 진정한 가족의 고마움을 알 수 있어."

류조는 새 붕대로 상처를 다시 감고 나서 적이 안심한다는 듯이 말을 이었다.

"곧 오른손을 쓰게 될 거야. 그럼 유를 안을 수도 있어."

오싱은 남편의 마음 씀씀이에 고마움을 느끼며 잠시 생각에 잠겼다가 조심스럽게 말했다.

"지난번 지진 때 병문안 왔던 가요 아가씨가 위로금으로 백 엔을 준 게 있어요. 사실은 이번에 갈 때 비상금으로 가져갈 생각이었는데, 이번 일로 치료비다 뭐다 해서 돈이 많이 들었으니 어머님께 드리도록 하세요. 어머님 말씀대로 일을 하다가 다친 거라면 괜찮겠는데 내 잘못으로 이렇게 된 거니 치료비라도 드리지 않고는 마음이 놓이질 않아요."

"무슨 쓸데없는 소릴 하는 거야?"

"조금이라도 마음의 부담을 덜어 보자는 뜻이에요"

"당신은 남의 성의를 몰라도 너무 몰라주는구만! 어머니나 형수의 성의를 돈으로 살 수 있다는 거야?"

류조는 얼굴이 벌개질 정도로 화를 내며 언성을 높였다.

"절대 그런 뜻은 아니에요. 마음으로 고마운 건 고마운 거고, 어떻게든 다소나마 보답하는 뜻을 나타내자는 거예요. 그러지 않으면 너무 죄송해서 그래요."

"듣기 싫어! 당신이 이처럼 냉정한 여자인지 몰랐어! 어머니와 형수의 따뜻한 마음을 돈으로 계산하려 들다니 그런 사고방식이 어디 있어? 당신이 그런 눈으로 어머니를 보기 때문에 인정받지 못하는 거야. 앞으로도 영영 원만하게 지낼 수 없어."

흥분한 류조와는 달리 오싱은 끝까지 냉정을 잃지 않았다.

"당신은 몰라요. 역시 아내보다는 피를 나눈 어머니 입장을 더 이해하시는군요."

"지금 누구 편을 들자는 게 아니야."

"저도 당신더러 어머니 편을 든다는 얘기가 아니에요. 다만 당신이 중간에서 어머니를 보는 눈이 정확하지 못하다는 거예요."

"틀려, 당신 말이 틀려! 당신이야말로 처음부터 어머니를 색안경을 끼고 보았어! 어머니의 순수한 진면목을 보지 못하고 있단 말이야!"

오싱은 더 이상 말대꾸를 하지 않았다. 끝까지 자기 견해를 내세웠다가는 자칫 감정이 격화될 것 같아서였다. 오싱이 침묵을 지키자 류조의 고조되었던 억양도 자연히 수그러들었다.

어머니와 아내 사이에서 뭐든 좋게 해 보려는 류조의 고충 역시 이만저만한 게 아니었다.

그는 일단 오싱의 침묵을 긍정의 표시로 알아듣고 거실로 갔다. 어머니와 함께 유를 달래고 있던 아버지 오고로가 물었다.

"오싱은 좀 어떠냐?"

"많이 좋아졌습니다. 좀 있으면 유를 보살필 정도는 되겠어요."

기요가 말을 받았다.

"이제 유는 걱정 없다. 할머니를 많이 따르니까. 유는 당분간 내게 맡겨라."

사람 좋은 오고로가 기요의 말에 파안대소하며,

"며느리 꼴은 안 보려는 사람이 손자 욕심은 대단하구만. 에끼 욕심꾸러기! 손자가 넷이나 된다고 유는 거들떠보지도 않더니만 며칠간 제 손으로 키웠다고 금방 욕심이 생긴 모양이지?"

하고 핀잔을 섞어 한마디하자 기요도 웃음을 참으려고 애쓰며 쏘아 댔다.

"그럼 어미가 저 모양인데 할미가 안 봐주면 누가 봐줘요? 철모르는 어린것이 무슨 죄가 있어요?"

그러고 나서 기요는 정색을 하고 류조에게 타일렀다.

"그만큼 회복되었다니 너도 이젠 여편네 옆에 그만 붙어 있고 밭일도 거들고 그래라. 할 일이 태산이다."

"알겠습니다."

"어미 말을 고깝게 생각하지 말아라. 네 처를 보살펴 주지 말라는 얘기는 아니다. 다만 여자란 단순해서 너무 잘해 주면 한도 끝도 없이 바라기만 하고 갈수록 버릇만 나빠진다. 다 경험에서 나온 얘기니라."

"어허…… 이제야 비로소 속말을 하는구나. 류조, 네 어미가 드디어 실토를 했다. 시집왔을 때부터 내가 너무 싸고돌

앉더니 결국 성질이 저렇게 못돼져서 이 애비도 평생 눌려만 지내 왔고 너희들도 평지풍파 아니냐. 안 그러냐?"

무엇이 그렇게 즐거운지 오고로는 고개를 뒤로 젖히고 눈물이 찔끔거릴 만큼 웃어 제쳤다. 깐깐한 마누라 때문에 평소 쌓이고 쌓인 불만이 우연한 기회에 터지고 보니 말할 수 없이 유쾌한 모양이었다.

"말씀 한번 잘하시는구료. 부자간에 잘들 하시네요. 그런다고 뭐 내가 외눈 하나 까딱할 줄 알아요? 어림없어요."

분위기가 이렇게 되자 기요는 하릴없이 터지는 웃음을 참지 못해 한동안 쿡쿡거리다가 다시 정색을 했다.

"참, 그리고 이번 개날(戌日)에는 아쓰코에게 복대를 감아 주는 축하 잔치를 하기로 했다."

"아쓰코가 벌써 그렇게 됐어요?"

"벌써가 뭐냐? 요즘은 5개월은 길다고 4개월이면 다들 서두른다. 손님도 초대해야 되고 일손이 딸리니 웬만하면 오싱도 그때는 꼭 일어나서 이것저것 거들도록 해라. 일도 일이지만 손님 불러다 놓고 며느리가 몸이 아파서 드러누워 있다고 하면 우선 남 보기 민망스럽구나."

"또, 또…… 그런 억지 소리가 어디 있어. 자기 딸은 애지중지해서 잔치한다면서 몸 아픈 며느리는 꼭 일을 시켜야만 직성이 풀려? 그렇다면 내가 하겠어. 내가 앞치마 두르고 팔 걷어붙이고 하겠다니까!"

"당신은 잠자코 계세요. 며느리 닦달하려고 그러는 게 아니에요. 딸 하나 있는 것 시집보내서 첫 출산인데 힘이 미치는 한 부모의 도리는 다해야지요."

"매사 적당하게 웬만큼 해 주면 됐지, 뭘 그리 수선을 떨고 난리인가. 그런 게 모두가 허영이야."

"허영이라니! 무슨 말씀을 그렇게 하세요? 내가 시집와서 이날 이때까지 이 고생을 해 왔는데 밥술이라도 따뜻이 먹을 만큼 되어서, 시집간 딸 출산할 때까지 따뜻이 보살펴 주겠다는 게 뭐 그리 대단하다고 야단이슈, 야단이…… 시댁에 대한 체면도 있잖아요."

기요의 성화에 오고로는 또 슬그머니 지고 말았다.

아쓰코의 임신 축하 잔치가 있기 하루 전날 오싱은 모처럼 몸단장을 하고 시어머니에게 인사를 하기 위해 거실로 들어갔다.

다소곳이 머리를 숙이고 앉아서 오싱은 진심으로 그동안의 물의에 대해 사과를 했다.

"이번에는 너무 폐를 많이 끼쳤습니다. 뭐라고 죄송한 말씀을 드려야 좋을지 모르겠습니다. 염려해 주신 덕택으로 늦게나마 일어났습니다."

"오냐, 고생했다. 이젠 오른손도 제대로 쓸 수 있겠느냐?"

"네."

상처 293

"그래도 당분간은 너무 무리하지 마라. 그런데 내일 잔치만은 너무 일손이 딸려서……"

"염려 마십시오. 하는 데까지 열심히 해 보겠습니다."

"절대로 너에게 의지하려는 뜻은 아니다. 우선 유를 데려가거라. 어린애 보는 일도 큰일이더구나."

"네, 어머님……"

기요는 옆에 잠들어 있는 유를 안아서 오싱에게 건네주었다. 그 순간 오싱은 자기도 모르게 눈시울이 뜨거워져서 당황했다. 보름 남짓 시어머니에게 맡겨 놓았던 유가 내 품에 돌아온다고 생각하니 가슴이 찡하고 눈물이 핑 돌았다. 이게 모정인가 싶었다.

그러나 반가운 마음에 두 손을 뻗어 아이를 받아 든 오싱은 오른손이 시큰거리고 힘이 하나도 없어서 하마터면 아이를 떨어뜨릴 뻔했다. 기요도 깜짝 놀라서 떨어지려는 유를 얼른 받쳐 주었다.

"왜 그러느냐? 떨어뜨릴 뻔했잖느냐."

"죄송합니다. 아직도 오른손이……"

오싱은 가급적 오른손을 쓰지 않고 왼손만으로 유를 안았다.

"당분간 조심해야겠다. 혹시라도 유를 보살피기 힘들거든 곧 얘기해라."

"고맙습니다. 제가 누워 있는 동안 귀찮은 어린것을 잘 보살펴 주서서 뭐라고 감사의 말씀을 드려야 좋을지 모르겠습니다."

"알았다. 이제 그만 물러가거라."

오싱이 막 거실을 나오려다가 쓰네코와 마주쳤다. 쓰네코는 기저귀를 건네주며,

"그동안 고생 많았네. 이젠 좀 움직일 만한가?"

하고 인사를 건넸다.

"염려해 주신 덕분입니다. 그동안 너무 폐가 많았습니다. 오늘부터는 기저귀도 제가 빨 수 있으니 신경 쓰지 마세요."

"회복되었으니 다행이군. 그럼 이제부터 병자 취급 안 해도 되겠네. 그렇죠, 어머님?"

"그렇고 말고. 서서히 밭에 나가 단련을 받아야지. 그래야 빨리 원기도 찾게 된다."

시어머니의 말에 쓰네코가 맞장구를 쳤다.

"그래요. 아프다고 움직이지 않으면 갈수록 둔해져요."

오싱은 곧 유를 데리고 뒷방으로 돌아왔다. 기저귀를 갈아 주는데 역시 오른손이 듣지 않았다. 할 수 없이 왼손만으로 힘들여 기저귀를 갈아 채우고 있는데 류조가 들어와서 그 모습을 보더니,

"아직도 오른손이 잘 안 듣는 모양이지?"

하고 근심스러운 듯이 물었다.

"이상해요. 마치 마비된 것처럼 전혀 힘이 없어요. 유를

안기는 고사하고 기저귀를 갈아 채우기도 힘드니……"

"목에서부터 어깻죽지까지 그처럼 큰 상처를 입었으니 당분간은 아무래도 부자유스러울 거야. 마음을 느긋하게 먹고 적응해 나가면 돼."

하고 류조는 기저귀를 빼앗아 자기가 갈아 주었다.

오싱은 아무래도 오른손이 마음에 걸려 다시 몇 차례 손을 움직여 보았지만 역시 힘이 없고 아프기만 했다.

"만일 이대로 굳어 버려 쓸 수 없다면……"

"무슨 소리야? 쓸데없는 걱정하지 마. 시일이 지나면 다 완전해져. 내일 잔치에도 너무 무리하지 말고 잔심부름이나 하도록 해."

"이 지방 풍속은 이런 잔치를 크게 하는가 봐요?"

"부잣집에서는 꽤 요란스럽게 절차를 밟지. 임신한 딸의 친정어머니는 진슈사마(토지나 절을 지키는 신)로부터 복대를 받아서 그것을 겹침상자에 차곡차곡 담은 경단과 함께 시댁으로 보낸다는군."

"대단히 번거로운 격식이군요."

"시골에서는 너무 까다로운 격식만 차리니 원…… 그나마 호화롭게 해야만 딸이 시댁에 가서 떳떳하다고 저 난리들이니…… 아무튼 어머니는 너무 열심이셔. 이럴 때 당신이 좀 괴롭더라도 도와 드리면 어머니도 몹시 좋아하실 거야."

"잘 알았어요. 열심히 하겠어요."

오싱은 웃으면서 고개를 끄덕였다. 모처럼 부부간에 정담을 나누었다고 생각하며 오랜만에 오싱은 편안한 잠을 잘 수 있었다.
  다음 날 아침 온 집안은 축제 분위기로 술렁거렸다. 떡을 찌고 고기를 저미고 분주히 움직이는 동안 오싱은 뒤뜰의 우물에 가서 왼손만으로 두레박을 이용하여 물을 길어 왔다. 가문을 넣은 의복 차림의 기요가 부엌으로 들어와서 경단을 빚고 있는 쓰네코와 하녀 쓰기에게 재촉했다.
  "아직 그 정도밖에 못했어? 이제 곧 가야 하는데 너무 늦겠는데."
  기요는 항아리 옆에 있는 오싱에게 눈길을 돌렸다.
  "오싱, 경단 정도는 빚을 수 있겠지?"
  갑작스런 물음에 오싱은,
  "네……"
  하고 우물우물했다.
  "너도 이리 오너라. 늦으면 안되니 나도 함께 빚어야겠다."
  기요는 소매를 걷어붙이고 함께 경단을 빚기 시작했다. 오싱도 엉거주춤 시어머니와 동서 틈에 끼여 앉아서 경단을 빚기 시작했으나 오른손에 힘이 없어 제대로 만들지 못했다. 그 모습을 보고 기요는 어이없어하며 한숨을 내쉬었다.
  오싱은 무안해서 어쩔 줄을 몰라하고 스네코와 쓰기는 능숙한 솜씨로 경단을 빚어 차곡차곡 겹침상자에 포개 쌓았다.

경단이 다 되자 기요는 지체 없이 그것을 하인에게 들려 시댁을 향해 집을 나갔다. 쓰네코는 오싱과 함께 전송을 한 뒤 부엌으로 돌아왔다.

"이제부터가 큰일이군. 음식 준비를 해야 하는데 오싱상도 좀 도와줘야겠어. 우선 이 토란 껍질 좀 벗겨 주게."

"네……"

오싱은 곧 칼을 들고 껍질을 벗기려 했으나 여전히 오른손을 쓸 수가 없어서 쩔쩔맸다. 그 광경을 보고 쓰네코는 고개를 갸웃거렸다.

"그것 참 이상하네. 손을 다친 건 아닌데 말야. 할 수 없지. 칼을 사용하지 못하면 접시랑 그릇을 꺼내 행주질해 주겠어?"

"네, 그렇게 할게요."

오싱은 찬장 문을 열고 포개져 있는 접시들을 들어내려고 하는 순간 역시 오른손이 말을 듣지 않아서 그대로 떨어뜨리고 말았다. 접시가 떨어지며 깨지는 소리에 쓰네코와 쓰기는 두 손으로 귀를 막으며 짧은 비명까지 질렀다. 오싱은 온몸에 전율을 느낄 정도로 큰 충격을 받았다. 밖에 있던 오고로와 류조, 그리고 후쿠타로가 접시 깨지는 소리에 놀라 눈을 크게 뜨고 부엌으로 몰려왔다.

깨진 접시 조각을 보며 류조가 맨 먼저 입을 열었다.

"오늘같이 좋은 날 이게 무슨 일이지?"

"죄송해요……"

오고로가 안심시키려는 듯이 달랬다.

"다친 데는 없느냐? 누구라도 실수는 있는 법이니까 괜찮다."

오싱은 허겁지겁 깨진 조각들을 치우려 했으나 역시 왼손으로 할 수 밖에 없었다.

밝음과 어두움

 집 안팎이 온통 잔치 분위기로 들떠 있는데 오싱은 뒷방에서 유에게 죽을 떠 먹이고 있었다. 물론 왼손만 사용했다.
 류조가 들어오더니 어머니가 돌아오셨는데 좀 나가서 무엇이든 거들어야 하지 않겠느냐고 했다. 하지만 오싱은 나가 봐야 오른손 때문에 아무 일도 할 수가 없어서 난감하기만 했다.
 "모두들 정신없이 움직이는데 당신만 방에 틀어박혀 있으면 곤란하니까 얼굴이라도 내밀도록 하지."
 "유를 재우고 나서 나가겠어요."
 "업고 나가면 되잖아."
 "글쎄 업을 수 있을지 모르겠네요."

"아참, 어깻죽지 상처 때문에 업기는 곤란하겠군. 좋아, 유는 내가 봐줄게. 이런 때 모른 척 방에만 있다간 또 어머니한테 얄밉단 소리를 들으니까 가벼운 일만 골라서 거들도록 해. 지금 소작집의 아낙네들도 모두들 와서 일을 거들고 있어."

"알았어요. 곧 나갈게요."

오싱은 곧 거실로 가서 시어머니에게 인사를 했다.

"잘 다녀오셨습니까."

거실에서는 잔칫상을 차리느라고 한창 법석이었다.

상 차리는 일을 일일이 지휘하던 기요는 대뜸 불쾌한 눈길로 오싱을 쏘아보며 냉담하게 말했다.

"접시를 열 장이나 깼다면서?"

"죄송합니다. 저도 모르는 사이 손이 미끄러져서……"

"손이 미끄러져서 미안하다는 거냐? 접시가 아깝다는 말은 안 하는구나? 오늘같이 좋은 날 그릇을 깨면 재수가 없다. 공연히 부엌에서 서성거리기만 하면 일만 저지르니 아예 방에 가서 편히 누워 있거라."

오싱은 하는 수 없이 다시 뒷방으로 들어갔다. 유를 보고 있던 류조가 의아한 시선으로 오싱을 바라보았다.

"왜 벌써 돌아왔어??

"아무 도움도 주지 못하고 방해만 된다고 어머님께서 들어가 있으래요."

이렇게 대답하는 오싱의 얼굴은 창백하다 못해 파랗게 질려 있었다. 하루 종일 무안만 당한 자신의 처지가 너무도 한심스럽게 여겨졌기 때문이었다.

류조 역시 심란해서 침울한 표정을 지었다.

"모두가 당신의 무성의 때문이야."

"결코 무성의는 아니에요. 도대체 오른손이 남의 손마냥 전혀 감각이 없어서 계속 실수만 하는 걸 전들 어떡하겠어요."

"무슨 소릴 하는 거야? 당신 상처는 목에서 어깻죽지까지야. 왜 자꾸 오른손 핑계만 대는지 알 수가 없군."

"핑계가 아니라니까요! 그럼 내가 거짓말이라도 한다는 거예요?"

오싱은 뭐라고 자신의 입장을 설명해야 좋을지 답답하기만 하여 날카롭게 소리치고 말았다. 류조 역시 오싱의 답답한 심정을 완전히 이해하지는 못했다.

"아무래도 당신은 처음부터 우리 집안 식구들과 뜻이 안 맞기 때문에 모든 게 꼬이기만 하는 거야. 이젠 나도 모르겠어. 어머니와 당신 사이에서 너무 지쳤어."

류조는 이렇게 단호히 못 박고 나서 밖으로 나가 버렸다. 남편의 그런 태도에 오싱은 앞으로 어떻게 처신을 해야 좋을지 막막하기만 했다.

어느새 해질 무렵이 되자 초대했던 손님들도 다 돌아가고 집안 식구들끼리만 남아서 식사를 하며 담소를 나누는 시간을 가졌다.

기요는 부엌에서 밥을 먹고 있는 쓰네코와 쓰기에게 오늘 수고 많이 했다고 칭찬을 하다가 오싱이 왼손으로 젓가락질 하는 모습을 보고,

"젓가락질도 못할 만큼 힘이 없느냐?"

하고 새삼스럽게 물었다.

"죄송합니다, 어머님."

"그것 참 고질이구나. 당분간 힘든 일은 아예 시킬 엄두도 못 내겠으니. 완전히 손이 나을 때까지 그럼 바느질이라도 하도록 해라. 그동안 손이 딸려 바느질거리가 많이 밀려 있다."

"알겠습니다. 오늘 저녁부터 당장 시작하겠습니다."

오싱은 밥을 먹는 둥 마는 둥 하고 바느질거리를 받아 가지고 뒷방으로 가서 바늘과 실을 찾았다. 그러나 바늘에 실을 꿰던 오싱은 또 한차례 스스로 놀라고 말았다. 오른손으로 바늘구멍에 실을 꿸 수조차 없었던 것이다.

바느질조차 할 수 없는 오른손…… 마치 영락없는 불구자가 되어 버린 듯이 참담한 기분이었다. 이 일을 어찌하면 좋단 말인가?

하릴없이 바느질거리를 챙겨 들고 시어머니에게로 가는 오싱은 그야말로 죽으러 가는 것 같은 심정이었다.

거실에서는 기요와 쓰네코가 큰일을 끝낸 후의 안도감으로 느긋하게 얘기를 나누고 있었다.

"오싱상은 미용사 일을 했다고 들었는데 바느질도 잘하는 모양이지요?"

쓰네코의 물음에 기요는 약간 비아냥거리듯이 대꾸했다.

"소학교도 못 다니고 야마가다의 깊은 산골에서 소작농의 딸로 태어났으니 무슨 일이든 가릴 게 있었겠느냐. 먹고살기 위해서는 무슨 일이든 닥치는 대로 했겠지."

"오싱상의 그 고집과 끈질김도 그런 환경 때문에 생겨난 셈이군요."

"글쎄 말이다. 류조는 그런 여자가 뭐가 좋다고 한사코 결혼을 했는지 한심스럽다. 부엌일 하나 변변히 못하는 여자를……"

이때 오싱이 바느질거리를 왼손으로 받쳐 들고 주춤거리며 거실로 들어왔다.

"죄송합니다. 바늘을 쥘 수가 없어서 바느질도 못하겠어요."

"뭐, 바느질도 못하겠다고?"

기요의 두 눈에 노여움의 빛이 역력하게 떠올랐다.

"죄송합니다. 아무리 애를 써도 바늘에 실을 꿰는 일조차 안됩니다. 내일부터 한 손으로라도 밭에 나가서 일하겠으니 그것으로 용서해 주세요."

"그런 상태로 밭일을 하는 것은 무리야."

하고 쓰네코가 참견을 했으나 기요는 아무 말 없이 오싱과 쓰네코를 번갈아 보며 신경질적인 반응을 보였다.

다음 날 아침 뒤뜰의 우물가에서 오고로와 류조가 세수를 하고 있는데 기요가 류조에게 따지듯이 말했다.

"이젠 바느질조차 못하겠다고 딴전이니 도대체 어찌 된 영문이냐. 팔도 손도 손가락도 다 멀쩡한데 바늘을 쥘 수도 없다니, 어디 말이나 될 법한 소리냐?"

류조는 대꾸할 말이 떠오르지 않아 세수만 계속했다.

"네가 오싱을 항상 싸고 도니까 어디서부터 어디까지가 정말인지 몰라서 그러는데 오싱이 진짜 바느질을 할 줄은 아는 거냐? 그것도 모르는 일이라면 그만둬라. 만일 바느질을 할 줄 아는 거라면, 세상에 저렇게 뻔뻔스런 여자는 처음 보겠다."

오고로가 듣다 못해 소리를 질렀다.

"그만둬요. 오싱은 절대 그런 여자가 아니야!"

"당신은 잠자코 계세요! 무슨 일이건 상처 탓으로만 돌리니 이제부턴 일하지 않고 놀고 먹겠다는 심보지 뭐예요. 오싱의 말을 곧이듣는 당신도 어지간히 쑥맥이구료."

오고로는 질린다는 듯이 기요의 말에는 대꾸하지 않고 류조에게 물었다.

"일을 하기 싫어서 거짓말하는 것으로 오해를 받는다면 오싱도 하루하루가 몹시 괴롭고 고통스러울 거다. 의사에게 다시 한번 진찰을 받아 보도록 해라."

기요가 얼른 남편의 말을 가로챘다.

"의사에게 보일 것 없다. 네가 잘 닦달해라. 너무 감싸 주니까 결국 식구들을 얕잡아 보고 거짓말까지 하게 된 거야. 오늘부터 밭에 나가겠다고 하지만, 밭에서는 내 눈을 피할 수 있으니 그저 적당히 시간이나 때우면 된다고 생각하고 그럴 거다. 하지만 어림도 없다. 어미 눈은 못 속인다. 오싱은 그 정도로 약아빠진 여자야!"

류조는 지긋지긋해서 못 견디겠다는 듯이 서둘러 세수를 끝내고는 곧 오싱과 함께 밭일을 하러 갔다.

그들이 하는 일은 채소에 흙을 돋워 주는 일이었다. 오싱은 힘겹게 왼손만으로 삽질을 하며 오른손을 겨우 삽자루에 대기만 할 뿐이었다. 매우 고통스럽게 삽질을 하는 오싱을 눈여겨보던 류조가 퉁명스럽게 물었다.

"아직도 통증이 심해?"

오싱은 뭐라고 대답해야 좋을지 민망했다. 사실 그녀는 남편의 입장이 자신의 고통 이상으로 난처하게 된 것이 견디기 힘들었다.

대지진으로 하루아침에 빈털터리가 되어 본가에 돌아와서 힘든 일 마다 않고 열심인 것만도 안쓰러운 처지인데, 고부 간의 갈등 때문에 중간에서 항상 괴로워하는 남편인 것이다.

"그것 참 알 수가 없군. 상처는 거의 아물었는데 왜 갈수록 힘을 못 쓰지? 좀 아프더라도 참고 힘을 써 봐. 너무 조심하니까 힘을 못 쓰는 것인지도 몰라. 나도 일일이 어머니께 잔소리 듣는 것도 이제는 지긋지긋해. 좀 어지간히 끝났으면 좋겠어."

오싱은 지그시 이를 깨물고 삽질을 계속했다. 여전히 오른손을 쓸 수 없고, 마음은 조급하여 이마에서는 땀만 줄줄 흘러내렸다.

심한 갈증을 느낀 오싱은 잡목림 속의 우물로 혼자 가서 목을 축였다. 정신없이 물을 마시고 나자 온몸이 나른해지고 드러눕고만 싶었다.

이때 뒤에서 인기척이 났다. 오싱이 깜짝 놀라 돌아보니 언제 왔는지 사와가 남의 눈을 피하듯 눈치를 보며 서 있었다.

"오싱상, 요즘은 좀 나아졌어요?"

그러나 오싱은 아무 대꾸도 하지 않고 쌀쌀한 눈길로 상대를 바라보기만 했다.

"진작 병문안이라도 가고 싶었지만 남의 눈도 있고 해서, 벌써 며칠째 혹시나 하고 밭에 나와서 기다렸어요. 어쨌든 밖에 나와 일할 수 있을 정도니 조금은 안심이 되는군요. 배 속의 아기도 무사한가요? 혹시나 그 일로 유산이라도 했으면 어쩌나 해서 몹시 걱정했어요. 다노쿠라댁에서는 아쓰코상의 임신으로 복대를 감는 축하 잔치를 했는데 오싱상은······."

"난 아기 따윈 생기지 않았어요. 쓸데없는 일에 참견하지 말아요. 귀찮아요!"

오싱의 목소리는 찬바람처럼 쌀쌀했다.

"더 이상 내게 접근하지 말아요!"

"뭐라고 사과 말씀을 드려야 좋을지 모르겠어요. 사실은 지난번 기차표 살 돈을 돌려 드리려고······"

사와는 품속에서 지폐를 꺼내 내밀었다.

"그건 이미 내 돈이 아니에요. 돌려받을 생각 없어요."

"무슨 말씀이세요. 이렇게 큰돈을······"

"난 이미 다노쿠라가를 나올 희망도 없어졌어요. 그 돈 돌려받아 봤자 쓸 데도 없어요."

"그렇더라도 무사히 출산을 하고 나면 그때는 여기를 떠날 수 있을 거예요."

"아이를 갖지 않았다는데 왜 자꾸 그러죠?"

"오싱상이 임신한 사실을 아무에게도 이야기하지 않은 걸 알고 있어요."

오싱은 귀찮다는 듯이 말을 가로챘다.

"사와상이야말로 언제라도 이곳을 떠날 수 있어요. 그 돈은 그때 유용하게 써요. 그럼 돼요."

사와는 말없이 고개를 떨어뜨리고 있다가 한참만에야 입을 열었다.

"오싱상, 남편에게는 빨리 임신을 알리세요. 그건 중대한 일이에요. 혼자서 출산을 할 수는 없잖아요."

오싱은 참을 수 없다는 듯이 소리쳤다.

"사와상, 당신은 나를 배신했어요. 이제 와서 딴말하지 말아요. 사와상 덕택에 지금 내가 어떤 생각을 하고 있는지나 알아요? 더 이상 나를 귀찮게 하지 말아요."

이렇게 딱 잘라 말을 끊고 휙 돌아서서 가려는 순간 오싱은 사와의 슬픔이 가득찬 눈과 마주치자 잠시 주춤거렸다. 사와의 처지에 처음부터 연민의 정을 느끼고 있던 터라, 비록 그녀 때문에 도쿄행이 좌절되긴 했지만 사과의 말을 하기 위해 며칠씩이나 밭에 나와 기다려 준 성의가 한편으로는 고맙기도 했다. 그래서 오싱은 자신의 괴로움을 애써 감추며 보일 듯 말 듯 미소를 지었다.

"사와상, 걱정하지 말아요. 모든 게 잘될 거예요."

이 한마디를 남기고 오싱이 그곳을 떠나자 사와는 무척 감동한 듯 눈물을 글썽인 채 우뚝 서서 언제까지나 움직일 줄을 몰랐다.

그로부터 거의 한 달이 지났으나 오른손은 좀처럼 회복되지 않았다.

무엇보다도 새로운 생명에 대한 두려움이 앞섰다. 온 집안 식구들의 축복 속에 커가야 할 새 생명이 마치 죄의 씨앗이라도 되는 양 아무에게도, 남편에게조차도 알리고 싶지가 않은 것이다.

시어머니는 손을 핑계 삼아 일을 제대로 하지 않는다 하여 날이 갈수록 심하게 구박했고 남편은 남편대로 불만이 많아 점점 멀어져 가기만 했다.

류조는 어서 자질구레한 밭일 따위를 어머니에게 넘겨주고 자신은 간척 사업 쪽으로 일하고 싶어 했다. 그러나 오싱의 오른손이 부자유스러운 바람에 밭일은 늦어지고, 어머니는 유를 오싱에게 맡길 수 없다며 자기가 키우겠다고 내주질 않고 있었다. 한집에 살면서도 유를 돌보지 못하고 함께 잠을 자지도 못하는 안타까움 또한 오싱을 괴롭게 했다.

어느 날 오싱은 밭일을 하러 갔다가 돌아오는 길에 또 사와와 마주쳤다.

오싱은 우선 귀찮은 생각부터 들었지만 뜻밖에도 사와는 보퉁이 하나를 오싱에게 건네주었다.

"오늘이 개날(戌日)이에요. 그래서 복대를 장만했어요. 필요 없다고 물리치실지 모르겠지만 지난번 돌려 드려도 받지 않은 돈을 다른 데는 쓸 수가 없어서…… 오늘 마을의 신사에 가서 받아 왔어요. 이 마을의 진슈사마는 공덕이 높아서 순산을 크게 돕는대요."

오싱의 눈에서 급기야 눈물이 흘러넘쳤다.

"사와상, 고마워요. 사실은 망설이고 있었어요. 벌써 5개월로 접어들었는데 날마다 밭일은 나가야지, 복대를 받으러 갈 틈도 없었어요."

"그럼 아직도 류조상에게 알리지 않았군요? 류조상도 그렇지, 눈치도 못 챘을까요?"

오싱은 씁쓸하게 웃으며 말했다.

"그 사람과 방을 따로 쓴 지가 오래됐어요. 그이도 남편 노릇 하기 힘들 거예요. 며느리가 맘에 안 드니까 자꾸만 아들을 들볶잖아요."

"하긴 그래요. 어머니에게 순종해야지, 집안 식구들 눈치 봐야지…… 우리 집 역시 남편도 결국은 어머니 편이 되어 버렸어요. 하지만 오싱상은 나 같은 여자와는 다르잖아요."

"마찬가지예요. 처음부터 극구 반대하는 결혼을 했기 때문에 난 아무리 노력해도 시어머니께 인정받을 수 없어요. 나는요, 세상에는 흔히 시어머니가 며느리를 학대한다는 얘길 들을 때마다 도저히 믿어지지가 않았어요. 어렸을 적에 할머니가 계셨는데 가난해서 무밥도 제대로 못 먹는 실정이었지만 할머니와 어머니는 서로 위로하고 감싸며 정답게 지냈어요. 나는 시집을 뛰쳐나가 도망칠 생각만 하고…… 하지만 이제 도망칠 수도 없으니 노력해서 시어머니로부터 인정받는 며느리가 되어야겠어요. 그렇게 되면 그이와도 예전처럼 사이가 좋아질 거라고 믿어요."

오싱의 눈시울이 다시 붉어졌다.

추방 계획

　힘겨운 밭일을 끝내고 돌아온 류조와 오싱이 우물가에서 손발을 씻고 있는데 기요의 냉엄한 목소리가 들려왔다.
　"대충 씻었으면 류조는 거실로 좀 들어오너라."
　류조는 한숨부터 내쉬었다.
　"또 잔소리깨나 듣게 생겼군."
　오싱은 묵묵히 뒷방으로 들어갔고 류조는 거실로 들어갔다. 아버지까지 침통한 표정으로 차를 마시고 앉아 있는 중에 어머니가 말문을 열었다.
　"류조, 잘 들어라. 너도 지칠 대로 지쳤을 것으로 안다. 어떠냐, 오싱을 다시 친정으로 돌려보내는 게……"
　아버지 역시 어머니와 미리 의논을 했던 듯 한마디 거들었다.

"야마가다에 모친도 오빠도 있는 걸로 알고 있다. 손을 쓰지 못해 시댁에서 괴로워하는 것보다는 당분간 친정에 가 있는 게 본인에게도 마음 편한 일일 것이다."

아버지의 의견은 어디까지나 오싱을 위하는 순수한 마음이었으나 어머니의 계산은 그게 아니었다. 이번 기회에 아주 인연을 끊고 싶은 저의를 드러냈다.

"유는 내가 맡아서 기르겠다. 내가 볼 때 오싱은 하루빨리 손을 완쾌시켜서 일할 마음이 없는 거다."

류조는 어머니의 속셈을 짐작하고 황급히 말했다.

"조금만 더 노력해서 훈련을 하면 금방 나아질 수 있다고 타이르면서 웬만큼 느긋하게 두는 게 좋을 것 같습니다."

그러나 어머니는 이미 어느 정도 결심이 선 모양이었다.

"완쾌될지 어떨지도 모르는 형편인데 언제까지 막연히 기다린단 말이냐. 일단 헤어지는 쪽으로 생각해라. 너도 조상 대대로 물려받은 이 집에서 뼈를 묻을 각오라면 우리 가문에 어울리는 신부를 맞이하는 게 상책이다. 오싱은 절대 우리 가문에 걸맞지 않는 여자다."

"어머니!"

"여러 소리 말아라. 지금이 가장 좋은 기회다. 네가 좋아해서 결혼했던 만큼 나도 어지간하면 내 식구를 만들어 보려고 신경도 많이 썼다. 하지만 너희들이 정 떨어지게 처신해

온 게 사실이다."

"어머니, 조금만 기다려 보세요. 결혼 초에는 매사에 적극적이고 성격도 활발하고 일도 잘했어요."

"듣기 싫다. 맘먹은 김에 결단을 내려야 한다. 우유부단한 네 성격으로는 그런 말을 하기 어려울 것으로 안다. 그렇다면 내가 직접 얘기하겠다."

"안돼요, 어머니. 제가 좀 더 기회를 봐서……"

"안돼! 네가 나서면 결말이 나지 않는다. 이러쿵저러쿵 얼버무리다가 그 약아빠진 애한테 당할 게 뻔하다."

옆에서 듣고 있던 오고로가 참견했다.

"임자는 잠자코 좀 있어. 오싱은 어디까지나 류조의 아내야. 그런 문제는 본인들이 의논해서 결정하도록 해."

오고로 역시 류조 못지 않게 괴로운 심사였다. 일이 이렇게 된 이상 오싱의 장래를 위해서라도 당분간 헤어져 있는 게 현명할지도 모른다는 쪽으로 생각이 기울었던 것이다. 물론 오고로는 오싱의 친정 형편이 어떤지 자세히 모르고 있기 때문에 오싱이 친정으로 돌아가면 시댁보다는 훨씬 편한 생활을 누릴 수 있다는 전제하에서 그런 생각을 한 것이다.

기요는 어떻게 해서든 이 기회에 매듭을 짓고 싶었다.

"오싱은 아직 젊다. 유를 우리 집에서 맡아 기르기로 했으니 딸린 아이만 없으면 얼마든지 새로운 생활을 할 수 있다. 생각을 해 봐라. 그 애도 시집살이가 싫어서 안달인데 붙잡아 둗들 서로 눈엣가시이고 집안 분위기가 엉망이 되어 매사가 불편할 따름이다."

류조는 이러지도 저러지도 못할 처지였고, 아무런 결론을 내리지 못한 채 뒷방으로 갔다.

이렇듯 중대한 얘기가 오가고 있을 줄은 꿈에도 상상하지 못한 오싱은 사와에게서 받은 복대를 꺼내서 한참을 바라보았다. 그러다 복대를 감기 위해 띠를 풀고 앞섶을 헤치는 순간 남편이 오는 기척에 흠칫 놀라며 재빨리 복대를 감추었다. 류조는 오싱의 엉거주춤한 동작을 수상쩍은 듯이 바라보다가 물었다.

"오싱, 방금 뭘 하고 있었지?"

이제 더 이상 숨길 수가 없게 되었다는 판단에 오싱은 주저하지 않고 대답했다.

"사실은 벌써 5개월째예요. 진작 복대를 했어야 했는데 오늘 내일 하다가 늦었어요."

류조는 한편 놀랍기도 하고 또 한편으로는 노엽기도 했다.

"왜 지금까지 잠자코 있었지? 대체 당신은 무슨 생각을 하고 있는 거야? 그런 중대한 일을 여태까지 숨기고 있었다니, 도대체 무슨 속셈이야?"

류조의 얼굴이 벌겋게 상기되었다. 오싱은 기왕 내친김이라 솔직하게 털어놓았다.

"아이를 가졌다고 해서 이 집안에서 기뻐해 줄 사람은 아무도 없어요. 일도 못하고 공밥이나 먹는 주제에 공연히 군식구가 하나 더 늘 뿐이에요. 당신 입장도 점점 난처해질 거구요. 나 혼자서 신세지는 것만도 어머님과 형님에게 면목이 없는데…… 물론 언젠가는 다 알게 되겠지만 하루라도 눈치를 덜 보이고 싶었을 뿐이에요. 또 누구의 신세도 지고 싶지 않았구요. 복대 축하 잔치 같은 건 더더구나 바라지도 않고 산파도 필요 없어요. 첫 출산이 아니기 때문에 혼자서도 충분히 낳을 수 있어요. 어떻게 해서라도 나 혼자서 훌륭하게 낳을 생각이었어요."

"이런 맹추 같으니!"

"걱정하지 마세요. 더 이상 신세지고 싶지 않아요. 그러니 당분간 배가 더 불러 남의 눈에 띌 때까지만 절대 얘기하지 말아 주세요. 부탁이에요."

류조는 오싱의 결연한 태도를 보며 골똘히 생각에 잠겨 있다가 한참만에야 정색을 하고 물었다.

"오싱, 출산을 친정으로 가서 하는 게 어떻겠어? 당신 말대로 여기서는 눈치나 봐야 하고 여러 가지로 면목이 없는 것도 사실이야. 그럴 바엔 차라리 친정에 가서 신세지는 편이 좋겠어. 친정에는 장모님도 계시니까"

오싱은 고개를 설레설레 흔들었다.

"야마가다로 돌아가서 어떻게 하라는 거예요? 야마가다의 집은 이미 오빠 집이 되어 버린 지 오래예요. 그나마 내가 예전처럼 활발히 일할 능력이 있다면 또 몰라요. 하지만 이 손으로는 미용사 일도, 농사일도 다 불가능해요. 일할 능력이 없는 몸으로는 어느 집이든 얹혀 사는 게 불가능하단 말이에요."

"하지만 친형제간에 그렇게 타산적일 수 있을까?"

이 말에 오싱은 문득 불안한 생각이 들어 자기도 모르는 사이에 떨리는 목소리로 더듬더듬 물었다.

"그럼 이제 이 집에서 나가라는 건가요?"

"모두가 당신을 위해서야. 당신도 이곳을 떠나고 싶어서 요전에 도망칠 궁리를 했었잖아."

"하지만 그때는 도쿄의 다카 선생을 믿고 거기 가서 다시 미용 일을 할 생각이었어요. 하지만 이런 손을 가지고는 그 일을 할 수 없어요. 내가 만일 야마가다의 친정으로 돌아간다면 가장 괴로운 사람은 어머니예요. 오빠하고야 피를 나눈 친형제라 하지만 전혀 타인인 올케가 버티고 있는 한 어머니와 나는 눈물과 한숨의 나날을 보낼 수밖에 없어요. 그것보다도 우선 받아 주지도 않을 거예요."

"오싱……"

"어떤 고통이라도 참겠어요. 여기서야 아무리 설움과 냉대를 받더라도 나 혼자 참아 내면 그만이에요. 하지만 친정에 가면 그렇지 않아요. 못된 며느리에게 학대받고 있는 어머니까지 함께 괴로워해야 한단 말이에요. 부탁이에요. 제발 여기서 낳도록 해 주세요. 이를 악물고 노력해서 하루빨리 손이 나아 당신 입장을 조금이라도 덜 난처하게 해 드리겠어요."

오싱의 애절한 부탁에 류조는 연민이 가득 담긴 시선으로 물끄러미 복대를 바라보았다. 그러다가 내심 마음을 굳힌 듯 오싱의 손을 붙잡았다.

"걱정 마. 모든 걸 내게 맡겨 줘. 그리고 지금 내가 복대를 감아 줄게. 한 손으로는 힘들 거야."

걱정했던 것보다 쉽게 부탁을 들어 주자 오싱은 감격에 목이 메어 말이 나오지 않았다.

"사양하지 마. 내 아이를 낳는 일인데 당연히 거들어야지."

"여보, 고마워요."

"고맙긴…… 그것보다도 나 자신이 한심하다는 생각이 들어. 불가항력적인 재난 때문이라고는 하지만 빈털터리로 집에 돌아와서 부모님 신세나 지고 있으니…… 사실은 식구들 눈치 보기도 바빠서 당신을 감싸 주지도 못하고 힘이 되어 주지도 못했어. 그러나 이제부터는 열심히 노력하겠어. 그렇게 하는 것만이 장차 태어날 아이의 아버지로서 떳떳할 거야."

오싱은 모처럼 남편으로부터 따뜻한 위로의 말을 듣자 쌓이고 쌓였던 설움이 복받쳐 소리 내어 울고 말았다.

"울지 마. 배 속의 아이가 놀라겠어. 고통이란 혼자서는 견뎌 내기 힘들지만 둘이서 함께 나누면 훨씬 수월해. 그리고 이제부터는 되도록 무리하지 말도록 해. 어차피 당신은 어머니에게 미움받고 있으니까 그 몸으로 아무리 열심히 해 봐야 좋은 소리는 못 들어. 그럴 바엔 차라리 적당히 시간을 보내는 게 상책이야."

오싱은 기가 막히다는 듯이 아직도 눈물이 마르지 않은 눈으로 류조를 바라보다가 그만 터지는 웃음을 참지 못했다. 류조도 따라 웃었다. 두 사람이 함께 웃어본 게 얼마만인가 속으로 헤아리며 오싱은 내친김에 하고 싶었던 얘기를 꺼냈다.

"이제부터는 유를 내가 키우겠어요. 어머님께 그렇게 부탁해 주세요. 이러다가는 완전히 엄마 얼굴도 잊어버리겠어요."

"뭐 그렇게 조급해 할 필요는 없어. 아직은 무리해서 유를 맡지 않아도 돼. 어머니가 무척 귀여워해 주시니까. 당신은 그저 태아에만 신경을 쓰면 돼."

더 이상 끈질기게 부탁하는 것이 남편에게 큰 부담이 될 것 같아서 오싱은 입을 다물었다.

어쨌든 류조는 오싱을 극진히 위해 주고 여러 가지로 신경을 많이 썼다. 다음 날도 밭에서 돌아와 우물가에서 손발을 씻을 때 류조는 전에 없이 우물물을 퍼 주며 친절을 베풀었다.

부엌 앞에서 그 광경을 눈여겨보던 기요가 자신의 눈을 의

심하기라도 하듯 눈을 비비며 한참 서 있다가 기가 막히다는 얼굴로 홱 돌아서서 가 버렸다.

그 시선을 느낀 류조와 오싱은 약간 당황했으나 류조가 모른 척하고 오싱에게 말했다.

"뒷일은 내가 할게. 어서 들어가서 쉬도록 해."

오싱은 류조가 시키는 대로 손발만 씻고 뒷방으로 들어갔고, 류조는 보나마나 어머니가 부를 것을 알고 자진해서 거실로 갔다. 과연 어머니는 기다리고 있었다는 듯이 불쑥 물었다.

"너, 오싱에게 그 말을 했느냐? 아직 말하지 않았구나. 언제 말할 생각이냐?"

어머니의 다그침에 류조는 결연히 말했다.

"오싱을 야마가다로 돌려보내지 않겠어요."

"뭐라고? 너 그럼 여태까지 어미가 한 말을 싹 무시하고 있었구나?"

"오싱은 내 아내예요. 또 유의 엄마이기도 해요. 돌려보낼 이유가 없어요."

"너 갑자기 왜 또 맘이 변했느냐. 저런 쓸모없는 여자의 어디가 좋아서……"

"오싱을 너무 냉대하지 마세요. 오싱은 열심히 노력하고 있어요. 지금은 반 사람 몫밖에 못하지만 그건 어디까지나 상처 탓이에요. 오싱에겐 아무런 잘못이 없어요. 그런 이유로 내쫓는다는 건 너무 심해요."

"너 또 보기 좋게 설득당했구나. 그 상처라는 게 집안일을 하다가 난 게 아니고 제멋대로 행동하다가 그렇게 된 거 아니냐. 남편인 너조차도 그 이유를 아직 모르고 있잖느냐. 어쨌든 이젠 상처가 다 나았는데 그걸 핑계로 일을 하지 않으려는 애를 어떻게 빈둥빈둥 놀고먹게 할 수 있겠느냐. 어림도 없다."

"오싱이 일하지 못한 만큼 제가 더 하겠습니다. 오싱과 유가 먹는 밥값은 제가 밭에서 열심히 일하는 대가라고 생각해 주십시오."

"먹는 게 아까워서 하는 말이 아니다. 오싱의 근성이 틀렸다는 거야. 우리 다노쿠라 집안의 며느리로서 절대 맞지가 않다."

"아무리 맞지 않는다고 하셔도 제가 아내로 맞아들인 이상 다른 방법은 없습니다."

"물론 우리 세 식구가 군더더기인 줄은 잘 압니다. 하지만 놀고먹지는 않아요. 아쓰코처럼 그저 빈둥대며 친정에 기대고 있는 것과는 다르단 말이에요."

"아쓰코 문제라면 어디까지나 왈가왈부할 자격이 없다. 출가한 딸을 친정에서 보살피는 건 당연한 의무다. 그러니 오싱도 친정으로 가란 얘기다."

"오싱의 문제는 어디까지나 제 책임입니다. 제가 알아서 제 뜻대로 하겠습니다."

"어미 앞에서 함부로 입을 놀리는구나! 오싱은 제 자식 하나도 키울 능력이 없잖아!"

"유는 이제 제 어미에게 맡기세요. 오싱도 자기가 낳은 자식 자기가 키우고 싶다고 했어요."

"흥! 바늘도 쥘 수 없는 손으로 어떻게 제 새끼를 키우겠다는 거냐. 어림도 없는 수작이다. 누가 뭐래도 유는 엄연히 다노쿠라 집안의 후손이다. 어떤 일이 있어도 소중한 우리의 핏줄을 그런 뼈대없는 집 딸에게 맡길 수는 없다. 분명히 명심해 둬라."

"어머니도 너무하세요. 며느리는 꼴보기 싫어 내쫓으려 하면서 손자는 귀엽다고 떼어 놓겠다니…… 어린것을 엄마 없는 아이로 기를 수는 없어요."

기요는 아들의 반발이 의외로 거센 데 대해 몹시 놀랐다. 그러면 그럴수록 며느리에 대한 미움과 노여움이 불같이 치미는 듯 씩씩거리며 단호히 말했다.

"오냐, 두고 보자. 네가 아무리 감싸고 돌아도 일단 내 눈에서 벗어난 이상 기어코 내 뜻대로 하고 말겠다. 내 분명히 오싱에게 얘기하마. 이제 우리 집안에선 필요 없는 인간이라고 말이다."

처음부터 끝까지 침통한 표정으로 모자간의 대화를 듣고 있던 오고로가 비로소 입을 열었다.

"여보, 이젠 어지간히 하구려. 류조, 너 오싱과 충분히 상의했느냐? 가장 중요한 것은 본인의 마음이다."

"아버님, 오싱은 분명히 말했습니다. 어떤 고통이 있더라도 여기 있고 싶다고 했습니다. 어머니에게 어떤 잔소리를 듣더라도 참아 내겠다고 굳게 각오하고 있습니다."

"그렇다면 됐다. 본인이 모든 걸 받아들이고 참겠다니 다행한 일이다. 내가 오싱이 친정으로 가는 길을 찬성한 것도 오싱을 위해서였다. 그러나 그런 각오가 서 있다니 아주 잘 됐다. 시간이 흐르면 손도 다 나을 것이다."

"부자간에 잘들 하시는구랴……"

기요가 심통이 나서 대들려고 하자 오고로는 버럭 소리를 지르며 화를 냈다.

"이제 다시는 내 앞에서 오싱 얘기는 꺼내지도 말아요! 한 번만 더 그따위 소리했다가는 나도 다노쿠라 집안의 가장으로서 용서하지 않을 테니 그리 알아요!"

좀처럼 화를 내는 법이 없는 남편의 서슬에 기요는 주눅이 들어 슬그머니 입을 다물어 버렸다.

그로부터 사흘 뒤였다.

류조와 오싱이 밭일을 끝내고 뒤뜰로 들어오는데 기요가 험악한 표정을 짓고 서 있었다. 시어머니의 그런 표정에 오싱은 오싹 소름이 돋는 것 같았다.

"오싱! 넌 도대체 어떻게 돼먹은 여자냐? 이번에야말로 내 명령을 어기고 이 집에서 나가 주지 않으면 용서하지 않을 테니 그리 알아라!"

무슨 일 때문에 이토록 서슬이 시퍼래서 노기등등한지 까닭을 알 수 없는 오싱은 뭔가 예삿일이 아님을 직감하고 부르르 몸을 떨었다.

알고 보니 그동안 비밀로 해 왔던 일이 모두 들통이 나 버렸던 것이다. 전에 사와와 함께 도망치기로 했다가 실패하고 상처만 얻게 됐던 일이 사와의 시어머니를 통해 낱낱이 기요에게 보고되고 말았던 것이다.

차표 살 돈을 사와가 맡아 가지고 있었던 게 화근이 되었다. 우연히 사와가 돈을 가지고 있음을 알게 된 그녀의 시어머니가 돈의 출처를 끈질기게 추궁하자 사와는 어쩔 수 없이 모든 걸 털어놓은 다음, 만신창이가 된 몸으로 집을 나가고 말았다.

시어머니로부터 머리채를 잡히고 심한 매를 당하게 되자 더 이상 견딜 수 없게 된 사와는 돈의 출처를 밝히지 않을 수 없었다. 도망가는 일이 실패했을 때 오싱에게 돌려주려 했으나 오싱은 그 돈을 받지 않았고, 사와는 그 돈으로 복대를 사서 오싱에게 주고도 액수가 많이 남아 있었던 것이다.

이렇게 하여 오싱의 석연찮은 상처에 대한 의문도 풀리게 되었고, 오싱이 임신했다는 사실까지 안 기요의 노여움이 얼마나 극심했던지 오싱은 그야말로 죄인이 되고 말았다.

이쯤 되자 오싱을 쫓아내려는 기요의 결심은 더욱 확고해졌다. 더구나 사가 지방에서는 옛부터 똑같은 시기에 두 명의 산모가 있을 경우 둘 중 한 아이는 죽는다는 미신이 전해 내려오고 있었다. 공교롭게도 오싱은 시누인이 아쓰코와 산월이 겹쳐 있었다.

기요가 자기 딸의 안산(安産)을 위해서라도 더더욱 펄쩍 뛰며 오싱을 내보내려고 함은 어쩌면 아주 당연한 건지도 모른다.

그러나 오싱의 집념도 만만치가 않았다. 만일 이대로 쫓겨난다면 친정으로 갈 수도 없고, 어린 유와 더불어 배 속의 태아와 꼼짝없이 오갈 데 없는 신세가 되고 말겠기에 어떤 학대라도 참고 견디며 시댁에서 출산을 해야만 했다.

오싱의 이런 결심은 시어머니의 노여움을 부채질할 따름이었다. 기요의 학대는 날이 갈수록 극심해졌다. 그 중 오싱이 가장 견디기 어려운 점은 유와 떨어져 지내야 한다는 사실이었다. 시어머니는 절대로 유를 엄마에게 내주지 않았다. 며느리는 인정하지 않지만 다노쿠라 집안의 혈육은 어디까지나 소중한 자손으로서 보호받을 권리가 있다는 주장이었다.

이렇듯 죽음보다 괴로운 하루하루를 보내고 있던 어느 날, 야마가다의 친정어머니로부터 조그만 꾸러미 하나가 소포로

배달되어 왔다. 오싱의 임신을 안 친정어머니가 장차 태어날 아기의 기저귀를 만들어 보내온 것이었다. 가난한 살림이라 입던 옷을 빨아서 만든 조잡한 것이었으나 친정어머니의 정성이 담긴 그 기저귀를 받고서 오싱은 밤을 새우다시피 눈물을 흘렸다.

오싱은 결심했다. 내게도 이렇게 사랑하는 친정어머니가 살아 계시다. 비록 가난하고 못된 며느리 때문에 거꾸로 시집살이를 하는 불쌍한 어머니지만 항상 나를 아껴주고 사랑해 주는 어머니가 살아 계시다.

어머니가 이 세상을 뜨기 전까지는 그래도 나는 외롭지 않다. 어떠한 어려움이라도 참아 내고 둘째 아이를 출산하고 나면, 눈엣가시처럼 며느리를 미워하는 시어머니도 조금은 며느리로 인정해 줄 것이다.

궂은 비가 추적추적 내리는 들판에서 힘겹게 풀을 뽑으면서 오싱은 굳게 이를 악물었다. 그칠 줄 모르고 내리는 빗줄기에 온몸이 흠뻑 젖어 으슬으슬 한기를 느끼면서도 오싱은 빗물과 함께 온통 뺨을 적시는 뜨거운 눈물을 훔칠 생각조차 하지 못했다.

외로운 인내

쓰라린 추억을 간직한 사가의 옛길을 게이와 함께 걷던 오싱은 어느 오래된 저택 앞에 이르자 별안간 걸음을 멈추었다. 옛집의 모습이 그대로 남아 있는 저택의 문패에 '다노쿠라'라고 쓰여져 있는 것을 보고 게이는 눈을 크게 뜨고 탄성을 질렀다.

"맞아요, 할머니! 바로 여기군요. 역시 아직까지 남아 있었네요."

게이의 들뜬 목소리에 오싱은 고개를 끄덕이며 반가운 표정을 지었다.

"워낙 바뀐 곳들도 많고…… 할미도 벌써 60년이나 된 예전의 일이라서 기억이 희미해졌지만 이 문만은 옛날 그대로

구나."

"지금은 누가 살고 있을지…… 할머니가 알 만한 사람이 아직 있을 리가 없지."

"그야 물어보기 전에는 모르잖아요."

"설령 있다손 치더라도 만나서 뭐 하겠니."

"지금까지 여러 곳을 돌아보며 다녔지만, 예전 사람은 한 명도 만나지 못했잖아요. 기왕 여기를 발견했으니 물어보세요."

"즐거운 추억 같은 건 조금도 없는 집인걸 뭐. 게다가 계속 왕래도 없었고…… 설혹 그 무렵 할머니를 기억하는 사람이 있다 해도 나에 관해서 생각하고 싶지도 않겠지."

"왜요, 할머니?"

"다노쿠라 집안의 사람들에게 역시 할미는 싫은 여자였을 테니 말이다."

"그렇지 않을 거예요. 고통을 받은 사람은 할머니 쪽인걸요."

"입장이 바뀌면 모든 것이 거꾸로 되기 마련이다. 어쨌든 할미는 갑자기 굴러들어온 군더더기 식구였고, 시어머니 입장에서 보면 매사 거역하기만 하는 고집 센 며느리였지. 모두에게 평화로운 다노쿠라 집안을 시끄럽게 만든 여자라고 원망받았으니 말이다."

"설마요. 할머니는 이 집에 계실 때 열심히 일했잖아요."

"일하는 것은 며느리로서 당연했어. 누구도 칭찬 따위는 해 주지 않는다. 아무리 일해도 시어머니의 사랑을 받지 못하면 결국 곰살궂게 처신하지 못한 며느리 쪽이 나쁜 것으로 되기 마련이니까."

"할머니 같은 지독한 며느리도요?"

"암, 할머니 손윗동서인 쓰네코상 같은 사람은 말하고 싶은 것도 말하지 않고 하고 싶은 일도 하지 않고 참아서, 겨우 시어머니에게 며느리로서 인정받을 수 있었단다."

"참 어리석은 시대였군요."

"이 할미도 그 무렵은 그런 며느리가 될 생각이었지. 이왕 다노쿠라 가문의 사람이 되었다면, 그렇게 할 수밖에 다른 도리가 없었던 것이다."

그때 작은 문 안에서 노인과 손녀로 보이는 소녀가 나왔다. 오싱과 게이는 흠칫 놀라며 그들을 보고 있었다. 노인도 수상쩍다는 듯이 낯선 방문객을 살펴보자 오싱은 얼떨결에 눈인사를 했다. 노인도 끌린 듯이 눈인사를 했지만 이내 고개를 돌리고 손녀의 손을 끌고 그대로 가 버렸다. 오싱은 그 뒷모습을 멍하니 바라보고 있었다.

"할머니, 아는 사람이에요?"

"사타로상이다. 시숙 어른의 장남이지. 그 무렵 열 살 정도였으니까 벌써 70은 넘었겠구나."

"저쪽은 전연 알아보지 못했어요."

"사타로상은 그 무렵 아직 아이였으니까. 당연하지."

"말을 걸어 볼까요?"

"그만두거라. 이것으로 됐다. 그 무렵의 일은 할머니 한 사람의 추억으로 족하다. 뭐 특별히 옛날이 그리워서 옛이야기를 하러 온 것도 아니니까."

"저는 점점 이해할 수 없어요. 할머니를 충분히 이해할 생각으로 할머니의 여행에 따라오긴 했지만 모두 괴로운 추억뿐인데 왜 굳이 그 기억들을 더듬으실까 싶어요. 지금은 어쨌든 옛날에 비하면 행복한데 말예요."

"행복하다구…… 너에게는 그렇게 보이는 게로구나."

하고 오싱은 쓴웃음을 지었다.

"글쎄다, 할미도 그렇게 생각하고는 있었으니까. 그 행복에 너무 익숙해져 버려서 고통 같은 건 완전히 잊어버린 셈이지. 그런데 지금 갑자기 그 행복이 깨진다면 걷잡을 수 없이 뚝하고 부러져 버릴 듯한 느낌이 드는구나. 이 주변에서 예전의 고통을 다시 한번 생각하면서, 어떤 역경이 오더라도 참을 수 있는 결심을 다시 단단히 심어 주지 않는다면 말이다."

"앞으로 무슨 역경이 온다고 그러세요. 다노쿠라슈퍼는 점포가 열일곱 개로 늘어난데다 대형 점포까지 갖게 되었잖아요."

"인간의 앞날은 모르는 법이란다."

"역시 뭔가가 있었던 모양이군요. 어디서 어떻게 실수하셨는지, 이번 여행에서 그것을 찾아 보시려는 게 할머니의 속뜻이었군요."

오싱은 게이의 그 말에는 대답하지 않고 슬그머니 화제를 바꾸었다.

"너도 슬슬 이 할미와 동행하는 게 싫증이 난 게구나. 그렇다면 돌아가도 괜찮다. 처음부터 나 혼자서 다닐 생각이었으니까."

"쫓아 버리시려고 해도 그렇게 안돼요."

하고 게이는 장난기 어린 눈으로 할머니를 응시했다.

"도중에서 포기해 버리거나 했다가는 아버지께 꾸중 들어요."

"벌써 대학이 개강을 했잖느냐."

"대학 강의보다 할머니의 이야기가 훨씬 재미있어요. 이 여행이 얼마나 귀중한 체험이 되는지 몰라요."

"뭐, 그렇게 과장해서 말할 건 없다."

"저, 할머니, 사가의 향토 요리가 뭐예요? 오늘 밤은 그걸 먹도록 하지요."

"뭐냐. 결국은 음식에 끌려서 꼭 붙어 왔을 뿐이로구나."

"그것도 귀중한 체험의 하나인걸요."

오싱과 게이는 서로 빙긋이 웃으며 다시 걷기 시작하여 얼마 후에는 어느 연못 옆을 지나가게 되었다.

"바로 이 연못이다. 사와상이 투신했던 그 연못."

게이는 그것을 들여다보더니 믿어지지 않는 듯이,

"꽤 깊어 보이는데요. 용케 구조했군요."
하면서 고개를 갸웃거렸다.
"사와상뿐만이 아니다. 그 무렵 농가의 며느리는 누구나 한두 번은 죽어 버릴 생각을 가질 만큼 고통스러웠으니까."
"할머니도 죽으려고 했어요?"
"할미는 결코 죽을 생각은 안 했단다. 죽으면 군더더기가 없어지는 셈이니까 필시 모두들 좋아할 거라고 생각하니 분해서, 어떻게 해서라도 살아서 훌륭한 아기를 낳아 보이겠다고 생각했지. 죽으면 지는 거니까. 게다가 유가 있었지 않니. 유를 데리고 함께 죽을 수도 없었고, 내버려 두고 나 혼자 죽는다는 생각은 해 보지도 못했다."
오싱의 목소리는 차분히 가라앉아 있었다.
"모두에게 미움을 받는 외톨이지만 그 일념으로 버텼다. 무사히 아기를 낳으면, 반드시 언젠가는 다노쿠라가의 며느리로서 인정받을 수 있으리라고 믿었다. 하지만 불룩한 배를 안고, 뜨거운 햇볕 아래서 날마다 밭의 잡초를 뽑는 일을 할 때는 정말 고통스러웠다. 집으로 돌아오면 완전히 녹초가 되어서 걸을 기력도 없었다."
오싱은 쓴웃음을 지으면서 지그시 먼 곳을 바라보았다.

찌는 듯이 무더운 어느 날, 오싱은 시어머니에게 불려갔다.
오싱은 마루방으로 올라가 다소곳이 앉아서 시어머니의

입이 떨어지기만을 기다렸다.

"이제 산달이 금방이로구나."

이날따라 시어머니의 음성은 전에 없이 부드러웠다.

"네, 어머님."

"준비해야 할 것들은 미리 해 둬라."

"네."

"지금 네가 쓰고 있는 뒷방은 아쓰코가 해산날에 쓰기로 했으니 그리 알아라."

"네?"

"해산은 조심스러운 게다. 아무래도 사랑방에서 분만할 수는 없다. 그 대신 네게는 뒷채를 내주겠다. 지금은 헛간처럼 되어 버렸지만 우리가 한창 대지주 소리를 들을 때에는 머슴 몇 명이 거기서 지냈다. 해산 뒷처리 정도는 훌륭히 할 수 있는 방이다. 내일은 반나절만 일하고 청소를 하도록 해라."

오싱은 할 말을 잃어버렸다.

"그곳이라면 일단 다노쿠라 저택 밖이다. 따로 떨어진 집이라면, 설령 아쓰코와 너의 산달이 겹쳤다 해서 어느 쪽 아기가 죽게 된다는 불길한 이야기를 걱정하지 않아도 되겠고 말이다. 네 아기도, 아쓰코 아기도 만일 무슨 일이 생긴다면 큰일이다. 네가 해산 때만 사용할 집을 어디에다 부탁해 볼까도 생각했지만, 오히려 주변이 더 시끄러울 것이고 너도 남의 집은 사양할 것 같아서 없는 지혜를 다 짜냈다."

기요는 유난히 친절하게 웃으면서 다시 말을 이었다.

"그야 사람이 살 수 있을 만한 그런 곳은 아니지만 해산 때만 사용하면 된다. 무엇보다도 집에서 가까우니 다행이다. 무슨 일이 생겨도 걱정 없다. 너를 쫓아내는 것 같지만, 아쓰코는 다른 집안 사람이니 우리에게 책임이 있어서 외부에서 출산하게 할 수는 없다. 그러니 그 점을 네가 양해해 주기 바란다.

"네, 잘 알겠습니다. 여러모로 심려를 끼쳐서 죄송합니다."

오싱은 아무런 내색도 하지 않고 얌전하게 대답했다.

"그렇다면 내일 당장 서둘러 줬으면 좋겠다. 이제 언제 진통이 있을지 모른다. 늑장 부리고 있을 수는 없다."

기요는 오싱의 순순한 대답에 만족한 듯이 싱글싱글 웃으며 말했다.

"네, 어머님."

"너는 두 번째 출산이니까 각오는 되어 있겠지?"

"네."

"그저 네네 하다가 네네 아이를 낳겠구나."

모처럼 얼굴을 활짝 펴고 웃으며 안심하는 시어머니의 말에 오싱은 묵묵히 머리를 숙였다.

이튿날 아침, 류조와 오싱은 허름한 오두막으로 들어갔다. 본채와는 완전히 떨어져 있을 뿐 예전에 머슴들이 살던 집인 만큼 꽤 넓었다.

하지만 오랫동안 내버려 둬서 여기저기 거미줄이 쳐져 있고 온갖 잡동사니가 뒹굴고 있어서 매우 을씨년스럽고 퀴퀴했다.

"이건 너무한데. 아무리 그렇다 해도 이런 곳에서……"

"괜찮아요. 이 주변만 깨끗이 치우면 돼요. 일생을 살 것도 아닌데요 뭘."

"내가 어머니께 말해야겠어. 그야 물론 우리는 다노쿠라가에서 군더더기 식구일는지 모르지. 그렇다고 해서 이런 곳에서 아기를 낳으라니."

"옛날에 이 지방에서는 집 밖에다 해산을 위한 움막을 지어서 그곳에서 아기를 낳게 했다는 말을 들었어요. 별로 너무한 곳이 아니에요. 저도 여기가 마음이 편해요."

"하지만……"

"해산 같은 건 금방 끝나요. 유를 낳을 때도 가볍게 치렀으니 걱정 마세요. 오늘은 낮부터 시간을 내서 청소를 해야겠어요. 이불을 깔 수 있는 곳만 있으면 되니까."

"산파에게는 미리 부탁해 두었어?"

"그것도 오늘 다녀와야 해요."

"나는 오싱에게 아무것도 해 줄 수가 없군. 용기 없는 비겁한 남자야."

"당신에게는 당신대로 입장이 있으니까 역시 괴로우실 거예요. 모든 게 어쩔 수 없는 일이죠."

"당신도 아쓰코도 무사히 해산하게 되면 어머니도 안심하시고 당신에게 조금은 다정하게 대해 주실 거야."

류조의 말에 오싱은 밝게 고개를 끄덕였다.

오싱은 지금, 아쓰코도 자기 자신도 건강한 아기를 낳을 수 있게 해 달라고 기도하고 있었다.

오싱은 서둘러 산실 준비를 했다. 장소가 어디든 무사히 출산할 수만 있다면 그것으로 족했다. 하지만 그것이 커다란 불행을 부르게 되리라고는 오싱도 그 누구도 생각하지 못했다.

가엾은 출산

 오싱은 만삭이 된 배를 안고 열심히 오두막집을 치우고 이것저것 정돈했다. 봉당에 짚을 깔고 그 위에다 멍석을 깔았다.
 커다란 이불 보따리를 류조가 어깨에 메고 들어오는데 기요도 따라 들어와서 밝은 표정으로 오랜만에 며느리 칭찬을 다 했다.
 "오랫동안 비워 둬서 도깨비집 같았는데 아주 잘 치우고 정돈도 잘했구나. 옛날에는 머슴들이 살았기 때문에 단단히 지어서 태풍이 몰아쳐도 끄떡도 안 할 게다."
 류조가 이불을 내려놓더니 오싱에게 미안한 듯이 말했다.
 "적어도 봉당에 판자라도 깔고 다다미를 놓아 주고 싶었지만……"

"이것으로 훌륭해요. 제가 자란 야마가다의 집은 이것과 똑같이 봉당에 짚을 깔고 그 위에 멍석이 놓여 있었어요. 다다미 같은 건 없었어요. 지금 생각하면 옛날이 그리워요."

오싱은 미소를 띤 순진한 얼굴로 말했다.

"그럼, 짚은 따뜻해서 이것이 제일이야. 오싱 혼자서 쓸쓸하면 류조가 여기서 자도 된다. 언제 진통이 올지 모르니까."

기요는 더욱 상기되어서 말했다.

"괜찮아요. 진통이 온다고 해서 바로 태어나는 것도 아니고, 그때는 산파에게 와 달라고 알리러 갈 테니까요."

"좋아. 밤중에 무슨 일이 있어서는 안되니까 해산이 끝날 때까지 같이 있어 줄게."

"그래라. 그렇게 해 주면 나도 안심이다."

오싱은 역시 순진하게 기뻐했다.

"오싱은 두 번째니까 알겠지만 이 위에다 유지를 깔고……"

"네, 잘 알고 있어요. 어머님."

"유지는 아쓰코에게도 준비해 주었고, 네 것도 함께 사서 저기에 놓았다. 참, 기저귀와 해산복은 있겠지?"

"네."

"들보에다 걸칠 밧줄을 준비해 두는 것을 잊지 말아라. 아이를 낳을 때 임산부가 그 밧줄에 매달리며 힘을 써야 하니까."

그 말에 오싱은 잘 이해가 되지 않았지만 잠자코 있었다.

"장롱 손잡이를 붙잡고 낳는 경우도 있지만 여기에 장롱은 없으니까."

"저는 유를 낳을 때 순식간에 해산했기 때문에……"

오싱은 웃으면서 대답했다.

"너는 해산을 쉽게 하는구나. 그렇다면 나도 걱정하지 않아도 되겠다. 아쓰코는 초산이어서 어떨지 모르지만…… 너와 아쓰코 중 어느 쪽이 먼저일지 모르지만 빨리 낳아 주지 않으면 부모가 더 못 견딘단다."

기요는 웃으면서 이렇게 말하고는 가 버렸다.

"뒷방은 아쓰코 아쓰코 하면서 대소란이겠군."

"어머님은 제 일도 많이 걱정해 주시잖아요."

"당신을 이런 곳으로 추방했으니까 뒤가 꺼림칙해서 그러시는 거야."

"나는 아무렇지도 않으니까 신경 쓰지 마세요."

"당신이 순순히 어머니 말씀을 들어줘서 안심했어. 또 어머니에게 반항한다면 나는 중간에서 얼마나 피곤해야 할지 모르는데."

"이런 지독한 곳으로 내쫓았다고 화를 낸 건 누군데요."

"그야 당신이 너무 가엾어서 그랬지."

"그런 마음으로 충분해요."

"나는 당신을 감싸 주고 싶어. 하지만 당신이 어머니 마음에 들지 않는 일만 하면 내 입장이 난처해져."

"운이 나빴던 거예요. 나도 부엌일이랑 바느질이라도 맡아서 해 드렸으면 조금은 며느리 대접을 받을 수가 있었을 텐데, 막내며느리라 그저 논이나 밭일밖에 없고…… 가뜩이나 마음에 들지 않는 며느리인데 손까지 이 모양이어서 점점 쓸모없이 되어 버렸어요."

"할 말이 없소."

"하지만 손도 조금씩 좋아지고 있으니까 해산이 끝나면 열심히 일해서 더 이상 어설픈 사람이라는 말을 듣지 않도록 하겠어요. 당신도 제 일로 고통을 안 받도록 말이에요."

그때 그곳으로 쓰네코가 왔다.

"형님?"

"그래 어떻게 잠자리가 만들어졌어?"

쓰네코는 이렇게 말하며 안을 들여다보고는 다시 말을 이었다.

"세상에…… 안됐군 그래, 오싱상도. 아쓰코상과 산달이 겹치는 바람에 말야. 아쓰코상과는 천지 차이지. 하지만 그걸 참아 내지 못하면 어엿한 며느리가 되지 못하는 거야."

"잘 알고 있어요."

"나도 오싱상 편이 되어 주고 싶어. 하지만 그렇게 하면 어머님의 기분을 상하게 해 드리는 결과가 될까 봐서 못하는 거야. 결국 나도 며느리니까 부디 서운하게 생각하지 말았으면 해."

"당치도 않은 말씀이에요. 저 때문에 형님도 고통을 겪으셨는걸요."

"그저 서로 참는 거지 뭐."

이렇게 말하고는 쓰네코는 가져온 천을 내밀었다.

"이건 해산할 때 쓰도록 해. 이 지방에서는 우선 다다미 위에 신문지를 깔고 그 위에 유지, 또 그 위에 이런 천을 깔고 아이를 준비하지. 두꺼운 목면을 누벼서 만들었는데 아쓰코 상 것을 준비할 때 함께 내가 꿰맨 거야. 삼(麻)잎 모양의 무늬로 누볐는데 그건 마귀를 쫓는 부적이 되기도 해."

"이걸 저에게?"

"나도 며느리 신분이어서 마음대로 해 줄 수도 없어. 이건 내 최소한의 성의야."

"감사합니다, 형님."

"훌륭한 아기를 낳기 바라겠어."

그렇게 말하고 쓰네코는 서둘러 나갔다. 오싱은 쓰네코에게서 받은 천을 바라보며 눈물이 핑 돌았다.

"형님까지 내 일을 걱정해 주시다니. 모두에게 걱정 끼치지 않도록 혼자서라도 단단히 정신 차리고 해산을 해야 할 텐데."

오싱은 감사의 눈물을 흘리면서 밝은 얼굴로 말했다. 류조는 흐뭇한 눈길로 바라보다가 오싱의 불룩한 배에 시선을 옮기며 물었다.

"오늘도 그 무거운 배를 안고 용케 견뎠어. 아직 진통은 안 와?"

"때때로 온 것처럼 느껴지지만 아직 멀었어요. 조금 더 견디다 보면 본격적으로 기별이 있겠죠. 그런데 이번 아이는 몹시 얌전해요. 유 때는 툭툭 발로 차고 했는데."

"여자아이군, 역시……"

며칠 후 일을 끝낸 오싱이 류조와 오두막으로 돌아와 잠시 쉬고 있는데 쓰네코가 허둥지둥 달려와 소리쳤다.

"아쓰코상이 진통을 시작했어요. 곧 산파를 마중하러 가주세요. 전화를 걸었으니 곧 나가야 해요. 산파가 역까지 마중을 나와 달라고 해서."

"역까지요?"

"그래요. 어두워서 길 안내하는 사람이 없으면 산파가 올 수가 없어요. 마을의 산파라면 즉시 때맞춰 올 수도 있지만 아쓰코상이 마을의 산파는 싫대요."

쓰네코가 들고 온 램프를 류조에게 건네주며 독촉하자 류조는 급히 나갔고 쓰네코도 뒤따라갔다.

오두막에 혼자 남은 오싱은 오늘따라 유난히 기분이 쓸쓸해져서 밥 먹을 생각도 하지 않고 우두커니 앉아 있었다.

그때 갑자기 진통이 왔는지, 오싱은 신음 소리를 내며 배를 쥐고 엎드린 채 지그시 참았다.

"아직이야, 아직…… 이 정도로는 아기가 안 나온다니까."

오싱은 자신에게 안심시키듯이 중얼거렸다. 진통의 아픔을 참으면서, 멍석 위에 유지를 깔고 그 위에 쓰네코에게서 받은 천을 펴고, 느릿느릿 산욕을 치를 준비를 시작했다. 그러고 나서 후지가 보내 준 산복을 꺼냈다.

"엄마가 옆에 있어 주지 않아도…… 나 혼자서라도 하나도 무섭지 않아."

하지만 다시 격렬한 진통이 오자 곧 친정어머니를 불러 댔다.

"엄마…… 엄마……"

신음하듯이 오싱은 친정어머니를 소리쳐 부르며 산복을 끌어안다시피 했다.

이 무렵 안채의 부엌에서 류조와 후쿠타로가 아궁이의 큰 솥에다 물을 끓이고 있을 때 기진맥진한 모습으로 기요가 들어왔다.

"낳았어요?"

류조의 물음에 기요는 약간 고개를 흔들더니 완전히 지친 듯이 털썩 주저앉았다.

"아기 머리는 보이는데 난산이야. 몇 번이나 실신을 하는구나. 가엾어서 도저히 옆에 못 있겠다."

기요는 울먹이며 말했다. 그때 오고로가 나오더니 기요에게 말했다.

"당신 뭘 하고 있소. 산파도 쓰네코도 지쳐 있는데 당신이 아쓰코를 격려해 주지 않고 어쩌려고. 아이가 지나치게 자랐어. 아쓰코를 빈둥빈둥 놀리더니 이렇게 되었어."

그러나 기요는 난산의 원인을 오싱 탓으로 돌렸다.

"역시 오싱과 함께 해산하게 돼서 재앙을 받은 거야. 오싱만 내 말대로 다른 곳으로 가 주었다면……"

"여보, 아직도 그런 바보 같은 말을……"

"아쓰코와 아기에게 무슨 일이 생기면 그건 오싱 탓이에요."

"닥치지 못하겠어!"

오고로는 벌컥 화를 내며 기요를 꾸짖고 나서, 류조에게 물었다.

"류조, 오싱은 그렇게 안심하고 있어도 되겠느냐?"

"네, 아버지. 아직 멀었다고 했어요."

"그래도 가서 보고 오는 게 좋다. 오싱도 언제 진통이 시작될지 모른다."

"무슨 일이 있으면 말해 달라고 그랬어요. 아쓰코가 무사히 해산하는 것을 지켜봐 주지 않으면 어머니도 걱정하시고……"

그때 방 안에 있던 기요가 다시 허겁지겁 나왔다.

"산파가 의사를 불러 달랜다. 산파 손으로는 감당할 수 없단다."

"마을의 산부인과 의사를요?"

"그래, 류조. 산파의 이름을 말하면 와 준단다."
"알겠어요. 제가 가서 데려오겠어요."
기요는 쏟아지려는 눈물을 억제하면서 발을 동동 굴렀다.
"꼭 아침까지는 데리고 오겠어요."
밖에는 비가 내리고 있었다. 류조는 우산을 들고 뛰어나갔고 일동은 조마조마한 마음으로 뛰어나가는 류조의 뒷모습을 바라보았다.

오두막집에서는 오싱이 고통을 참느라고 몸을 잔뜩 웅크리고 있었다. 다시 진통이 시작됐는지 들보에 걸쳐 늘어뜨려 놓은 밧줄을 정신없이 붙들고 늘어졌다. 그 얼굴은 고통을 참느라고 몹시 일그러져 있었다.
오두막집 창으로 비가 거세게 부딪치며 요란한 소리를 냈다. 조금 진통이 가라앉은 오싱은 기다시피해서 입구로 가더니 문을 열고 나가려고 했다. 그러나 문을 열자마자 대번에 세차게 들이치는 비에 질려, 있는 힘을 다해서 소리쳤다.
"류조상, 류조상!"
물론 아무리 불러도 이 소리는 뒷방까지 닿을 턱이 없었다. 오싱은 더 이상 소리칠 기력도 없고 그대로 기다릴 수도 없어서 빗속으로 나가려고 했다.
그때 다시 격렬한 진통이 몰려오자 오싱은 기다시피 되돌아와서 밧줄을 붙잡고 늘어지며 이를 악물고 진통을 견뎠다.

얼굴은 온통 땀으로 젖어 있었다.

어렴풋이 날이 밝기 시작하자 폭풍우도 조용해지고 있었다. 류조가 의사와 간호원을 데리고 돌아왔다. 몹시 기다린 듯이 쓰네코가 뒤뜰로 달려 나와 인사했다.

"오시느라 애쓰셨습니다."

의사와 간호사는 식구들의 인사에 아무 대꾸도 하지 않고 뒷방으로 들어갔다.

류조는 몹시 지쳐 있었다. 그때 후쿠타로가 말했다.

"류조, 시간에 맞춰 잘 와줬다. 너도 지쳤을 테지만 기다리는 우리도 살아 있는 것 같지 않았다."

"어머니가 아스꼬의 난산이 오싱과 내 탓이라고 했잖아요. 어떻게 해서라도 아쓰코를 구하지 않으면 나중에 고통받는 것은 오싱이라 생각하고 정신없이 마을까지 달렸어요."

"이제 좀 자도록 하렴. 의사가 왔으니 다음 일은 맡기는 도리밖에 없으니까."

그때 쓰네코가 뛰어나왔다.

"어서 더운 물을 퍼 주세요. 의사 선생님이 아기를 기계로 집어서 끌어냈대요."

류조와 후쿠타로는 서둘러서 옆에 놔둔 대야에다 대형 솥의 물을 퍼부었다. 그때 뒷방에서 아기의 울음소리가 들려왔다. 놀란 후쿠타로와 류조, 쓰네코는 동시에 서로 얼굴을 바라보았다. 오고로가 뛰어나왔다.

"분만했다. 아기도 아쓰코도 무사해. 딸이다!"

류조는 한꺼번에 긴장이 풀린 듯 그 자리에 주저앉아 버렸다.

후쿠타로와 쓰네코가 서둘러서 더운 물을 담은 대야를 안으로 가지고 갔다.

"류조, 네 덕분에 고비를 넘겼다. 다녀오느라고 정말 애썼다."

"정말 다행이에요, 아버지. 이제는 어머니에게 원망을 듣지 않게 됐어요. 저도 이제 마음 놓고 오싱에게 알려야겠어요. 오싱도 걱정하고 있었을 거예요. 오싱이 제일 걱정했을 거예요."

류조는 경황없이 밤을 새우느라고 혼자 있게 한 오싱이 미안해서 허겁지겁 오두막을 향해 뛰어가다가 뒤뜰의 중간쯤에 누더기처럼 물웅덩이에 쓰러져 있는 오싱을 발견하고 소스라치게 놀라,

"오싱, 오싱, 웬일이야? 이게 무슨 꼴이야?"

하고 정신없이 오싱을 안아 일으켰다. 오싱의 얼굴은 진흙투성이가 되어 죽은 듯이 보였다.

"오싱! 정신차려!"

류조는 순간적으로 무슨 일이 일어났는지 알 수가 없었다. 왜 이런 곳에서 오싱이 쓰러져 있는지, 핏기라곤 전혀 없는 흙투성이 얼굴이 류조를 아연실색케 할 뿐이었다.

아쓰코의 난산 소동 속에서 다노쿠라가의 하룻밤이 밝았다. 이 하룻밤 사이 아쓰코는 무사히 출산하여 모녀가 함께 건강했지만 오싱으로서는 평생 잊지 못할 불행한 하룻밤이었다.
 오싱은 창백한 얼굴로 혼수 상태에 빠져 누워 있고 류조는 수심에 가득찬 모습으로 옆에서 지켜보고 있었다. 이때 오고로가 얼굴을 내밀었다.
 "어찌 된 게냐? 의사의 말이 너무 쇠약해져서 걱정이라는구나."
 류조는 거의 울먹이다시피 대답했다.
 "이대로 죽어 버리게 된다면 저는 오싱에게 사과할래야 사과할 수도 없어요."
 "그런 당치도 않은 말을 함부로 하는 게 아니다. 합병증만 없다면 염려 없다고 의사가 말하지 않았느냐. 오늘은 꼼짝말고 옆에 있어 주어라."
 "벼 베기 철에 이런 일이 생겨 버려서……"
 "그런 건 걱정하지 않아도 된다. 오싱이 정말 열심히 일해 주었다고 후쿠타로가 좋아했다. 단지 저런 몸에 벼 베기를 시켰기 때문에 이런 일이 생긴 게 아닌가 몹시 걱정했다. 누구보다도 류조 네가 오싱의 간병을 해 주도록 했으면 좋겠다고 하더라. 그러니 믿음직스럽게 옆에 있어 주거라."
 "저도 오싱을 쉬도록 하고 싶었어요. 하지만 그렇게 할 수가 없었어요. 제가 용기 없고 비겁한 탓이에요. 오싱도 어머니에게 싫은 소리를 듣는다거나, 제가 오싱과 어머니 틈에 끼여서 고통스러워하는 것이 괴로워서 결국 무리하게 일을 계속했기 때문에 이렇게 된 거예요. 오싱을 끝까지 감싸 주지 못한 제가 오싱을 죽인 거나 마찬가지예요. 이렇게 될 줄 알았으면 사가로 데려오지 않았어요. 적어도 도망치려고 했을 때 묵묵히 내버려 뒀어야 했어요. 제가 말리지 말았어야 했어요."

"지난 일을 말해서 뭣하겠니. 어쩔 수 없다. 그보다는 오싱을 위로해 줄 일을 생각해라."

류조의 얼굴은 회한으로 가득 찼다.

한낮에 뒤뜰에는 근처에 사는 여자들이 대여섯 명이 모여 앉아 음식과 술을 들며 떠들고 있었다.

"정말 신세 많이 졌습니다. 벼 베기도 바쁠 텐데 이렇게들 와 주셔서."

기요의 인사말에 이웃 아낙네들은 한결같이 비위를 맞추었다.

"해산 뒤처리는 근처 여자들의 할 일인걸요. 이웃 마을에서도 해산이 있어서 마을 여자들이 해산 뒤의 오물을 돗자리에 돌돌 말아 절차를 밟은 뒤 강물에 흘려보냈어요."

"쓰네코의 해산 때도 몇 번이나 수고를 하셨는데 이번에도 많은 도움을 받았습니다."

"참, 이 댁 젊은 며느리님도 해산이 임박했다지요. 만삭을 하고도 열심히 일하던데……"

한 아낙네가 아는 체하자 기요는 슬그머니 화제를 바꾸었다.

"자, 변변치 않지만 많이들 드세요."

"복대를 맬 때도 초대를 해 주셔서 잘 대접받았는데 이번에도 이렇게 상을 차려 주셔서 정말 고맙습니다. 진심으로 축하합니다. 여러분, 이 댁에서 또 다른 해산이 있답니다. 마님, 그때도 와서 돌봐 드리겠습니다. 사양하지 마시고 말씀해 주세요."

그 말에도 기요는 역시 이렇다할 대꾸 없이 적당히 얼버무리고 말았다.

"외동딸이 낳은 손주란 친손자보다 귀엽다는데, 그 애도 예쁜 여자아이라죠. 마님의 얼굴에 희색이 가득한 것도 무리가 아니군요."

이렇게들 웃고 떠들고 마시고 있을 때, 뒷방에서 나온 오고로는 몹시 불쾌하고 한심스럽다는 듯이 기요를 바라보았고, 부엌에서는 음식 준비에 여념이 없는 쓰네코 역시 옆에서 일을 거드는 쓰기에게 한마디 던졌다.

"어떻게 저렇게 큰소리로 웃을 수 있담. 아무리 딸이 중하다고 하지만 오싱이 저 모양이 되어 있는데."

그 말에 쓰기가 놀라서 쓰네코를 바라보았다.

잠시 후 쓰네코는 오두막집 뒤꼍으로 냄비와 요리를 얹은 쟁반을 들고 와서 소리쳐 불렀다.

"류조상!"

류조가 곧 문을 열었다.

"오싱상은 좀 어때요?"

류조는 약간 고개를 저었다.

"잠에서 깨어나면 먹으라고 가져왔는데."

"걱정을 끼쳐서 죄송합니다."

"그럼 죽이 식으니까, 다시 먹을 때 따뜻하게 데워서 주겠어요. 이건 류조상의 식사예요."

쓰네코는 얼른 쟁반을 류조에게 건네주었다.

"안 드시면 안돼요. 꼭 드세요. 류조상까지 기운을 잃으시면 오싱상은 어떡해요. 서방님이 힘을 내셔야 해요. 물론 지금 심정으로야 음식이 안 넘어가겠지만."

쓰네코는 자기 자신도 가슴이 뭉클하고 눈물이 핑 돌아 도망치듯이 나와 버렸다.

아닌 게 아니라 류조는 전혀 음식을 먹을 생각이 들지 않아서 쟁반을 밀어 두고 다시 오싱 옆에 다가앉았다. 문득 유가 태어났을 때의 오싱의 밝은 표정과 정경이 떠올랐다. 그 생각에 잠긴 류조의 얼굴에 모처럼 엷은 미소가 번졌다.

바로 이때, 깊은 혼수상태에 빠져 있던 오싱이 스르르 눈을 뜨더니,

"류조상……"

하고 나직이 불렀다. 회상에 잠겼던 류조는 오싱의 소리에 놀라서 현실로 돌아왔다.

"무슨 생각을 하고 웃었어요?"

"보고 있었어? 이제 정신이 들었어?"

오싱은 살며시 고개를 끄덕이다가 조심스레 방을 살펴보았다. 밧줄도 없고 모든 것이 말끔하게 정돈되어 있는 것을 보고 오싱은 비로소 자신이 무사히 출산을 끝냈다는 것을 상기하는 것 같았다.

"그런데 아기는 어디에 두었지요?"

오싱이 잔뜩 기대를 가지고 물었으나 류조는 할 말이 없었다.

"여자아이죠? 나, 분명히 보았어요…… 뒷방에서 자고 있는 모양이죠? 보고 싶어요. 데려다 주세요."

류조는 괴로운 마음을 애써 진정시키며 오싱의 손을 붙들었다.

"배고프지 않아? 형수님이 방금 죽을 만들어다 주셨어. 오싱이 자고 있길래 먹을 때 따뜻하게 데워 온다면서 가져갔지. 내가 가져다줄게."

류조는 몹시 당황해서 정신없이 지껄여 댔다.

"아무것도 먹고 싶지 않아요."

"안 먹으면 안돼…… 몸이 약해졌어."

"그보다도 우선 아기를 데려다 줘요. 얼굴을 보고 싶어요.

젖도 먹여야 하고……."

"어머니가 잘 돌봐 주고 계셔."

"젖은 어떡하고요?"

"아쓰코가 줬어."

"아쓰코상은 무사히 분만했어요?"

"으음……"

"잘됐어요. 아쓰코상의 아기는 남자애예요, 여자애예요?"

"오싱, 말을 많이 하지 않는 게 좋아. 자꾸 말을 하면 금방 지치게 돼. 어서 몸을 회복해야지."

"나…… 아무 데도 아프지 않은걸요."

그러더니 오싱은 기를 쓰고 일어나려 했다.

"오싱, 좀 더 누워 있어야 해!"

"아기를 데려다 주지 않으면 내가 가겠어요. 아버님께도 어머님께도 형님께도 감사의 말씀을 드려야 하구요."

"걸을 수 없을 거야. 해산을 한 바로 직후여서."

"괜찮아요. 아까도 나 아무 탈 없이 뒷방까지……"

거기까지 말하다 오싱은 뭔가 짚이는 게 있는 듯이 고개를 갸웃거리며 다시 말을 이었다.

"확실히 산파 아주머니가 와 주었어요? 산파를 부탁하러 뒷방으로 갔었……"

"으……으응, 뒤처리를 해 주었어."

류조는 여전히 몹시 당황하여 땀을 뻘뻘 흘렸다.

"다행이군요. 그 뒤의 일은 기억나지 않지만…… 그럼 모든 분에게 걱정을 끼쳤군요. 우리 아기도 무사하겠지요? 나, 그때 어떻게 할까 하고 당황했어요. 당신은 안 계시고 어쩔 수 없어서 있는 힘을 다해 그럭저럭 어떻게 걸어갔어요."

말을 하고 나더니 오싱은 다시 일어서려고 했다.

"알았어. 내가 가서 데려올게. 얌전히 이대로 누워 있어야 해. 꼼짝말고 기다리고 있어야 해."

오싱은 빙그레 웃는 얼굴로 고개를 끄덕이고 있었다.

뒤꼍으로 나온 류조는 어쩔 줄을 몰라하며 쓰네코가 있는 부엌으로 주춤주춤 들어갔다. 쓰네코는 류조의 험악하게 일그러진 표정을 보자 불길한 예감이 들었다.

"오싱상이 깨어났나요?"

류조는 아무런 대꾸도 하지 않고 그대로 부엌 바닥에 털썩 주저앉았다.

"류조상……"

쓰네코는 다시 다그쳤다. 그때 사랑방에서 또다시 기요와 여자들의 시끄러운 웃음소리가 들려왔다. 순간 류조는 성난 얼굴을 치켜들더니 벌떡 일어서서 안으로 뛰어들어갔다. 쓰네코와 쓰기는 놀라서 멍청히 있을 뿐이었다. 곧이어 류조의 고함 소리가 들렸다.

"뭐가 그렇게 즐거운가요? 이런 지경에 그렇게 마음껏 웃고 떠들 수 있는 건가요?"

기요는 당황해서 좌우를 둘러보다가 서둘러 류조를 끌다시피해서 거실로 들어왔다.

"무슨 짓이냐. 신세진 근처 여자들에게 보답하는 의미로 대접하는 중인데 미친 듯이 날뛰다니, 창피하지도 않느냐."

"창피한 짓을 하는 사람이 누군데요? 오싱이 저런 곤경에 처해 있는데 대낮부터 술을 마시고 떠들다니, 그게 사람이 할 짓이에요? 어머니는 젊었을 때 시집살이 안 해 봤나요? 어떻게 이럴 수가 있어요? 아무리 눈에 안 드는 며느리라지만 사람의 탈을 쓰고 이렇게 잔인할 수 있느냔 말이에요!"

마침 오고로가 그 소란을 들었는지 헛기침을 하고 나오더니,

"잔치고 대접이고 당장 집어치워!"

하고 소리 질렀다.

"그리고 류조, 너도 너지. 대장부가 이성을 잃고 손님들 앞에서 미친 듯이 날뛰다니 과히 보기 좋지 않구나. 물론 지금의 네 심정을 모르는 건 아니다만."

"제 마음은 아무도 몰라요. 보세요, 아쓰코는 무사해요. 어머니도 좋아하시고. 하지만 오싱은 어떻게 되든 좋다는 건가요? 아쓰코만 무사하면 오싱의 일 같은 건……"

"기왕 그렇게 돼 버린 걸 어쩌겠느냐. 모두 자기가 지니고 태어난 운명이다."

"잘도 그런 말을 하시는군요. 내가 아쓰코의 산파를 부르

러 가지 않고 오싱 곁에 있었다면 이 지경이 되진 않았을 거예요."

"그럼 모든 게 아쓰코 탓이라는 게냐?"

기요는 날카로운 눈꼬리를 치켜올리며 싸늘하게 외쳤고 류조는 참지 못하여 어깨를 들먹이며 흐느꼈다.

"오싱을 볼 면목이 없어요."

"이제 오싱은 정신이 들었느냐?"

"네, 아버지. 아기를 보여 달라고 어찌나 조르는지…… 뒷방에 맡겨두었다고 하니까 당장 데려오라고 난립니다. 저렇게 기다리는데 어쩌면 좋습니까."

"류조, 어차피 알릴 건 알려야 한다."

어머니의 이 말에 류조는 더욱 괴로워했다.

"가뜩이나 만신창이가 되어 있는 몸인데…… 사실을 알고 나면 오싱은 어떻게 될까요."

"알았다. 내가 말하마."

오고로가 결연히 말했다.

"아무리 괴롭더라도 언제까지나 숨기고 지낼 수는 없다."

"아버지!"

"오싱은 그렇게 약한 여자가 아니다. 전후 사정을 잘 말하면, 어느 정도는 납득하게 될 것이다. 지금 말을 꾸며서 그럭저럭 넘긴다 해도 언젠가는 반드시 알 일이다. 공연히 자식을 보았다는 희망에 들뜨게 해 버리면 나중에는 더더욱 말하기 어려워진다. 오싱의 상처만 더욱 커질 뿐이다."

류조는 아버지의 말에 공감하면서도 이렇다할 대답을 하지 않았다.

"류조, 같이 가자. 너도 옆에 있어 줘야 한다. 이렇듯 괴로운 순간에 오싱이 의지할 수 있는 사람은 너밖에 없다. 네가 오싱을 기운 차리게 도와야 한다."

"나도 나중에 가겠다."

하고 기요가 말했다.

류조의 얼굴은 처연하게 일그러져 있었다.

죽음보다도 깊은 고통

 이제나 저제나 눈이 빠지게 갓난아기를 기다리던 오싱은 홀로 방에 누워서 초점이 흐린 시선으로 멀거니 천장을 바라보고 있었다. 시간이 지체될수록 오싱의 육감은 자꾸 불길한 쪽으로 기울어 가고만 있었다.
 이윽고 밖에서 인기척이 들리더니 뜻밖에도 시아버지가 침통한 얼굴로 앞장서 들어오고 류조는 비 맞은 장닭꼴이 되어 어깨를 축 늘어뜨린 채 따라 들어왔다.
 두 사람 모두 빈손이었다. 강보에 싸인 갓난아기의 모습은 아무리 봐도 눈에 띄지 않았다.
 "오싱, 기분은 좀 어떠냐. 기운을 좀 차렸느냐?"
 시아버지의 조심스러운 물음에 오싱은 답할 여유가 없었다.

"저…… 아기는…… 왜 안 데려오셨어요?"

그렇잖아도 창백한 오싱의 얼굴이 더욱 핼쑥해지며 이마에 송골송골 땀방울까지 맺혔다.

오고로는 길게 한숨을 내쉬고 나서 기어들어가는 음성으로 더듬더듬 말을 꺼냈다.

"오싱, 안됐구나. 놀라지 마라. 아기는 죽어서 나왔단다."

"뭐라구요?"

"오싱은 아직 젊어. 앞으로도 얼마든지 귀여운 자식을 낳을 수 있다. 이번 일은 운이 나빴다고 체념하는 편이……"

"거짓말 마세요. 아기는 살아 있었어요. 제가 탯줄을 잘랐고 씻어 줄 더운 물이 없어서 그대로 내 산복으로 싸서……"

"오싱……"

류조가 비통하게 울부짖었다.

"그때 분명히 몸은 따뜻했고 심장 뛰는 소리가 들렸어요. 마치 몸 전체가 심장처럼 느껴질 정도로 말이에요. 살아 있다, 살아 있다고 소리치고 싶을 만큼 기뻤어요. 난 사랑스런 딸이 태어난 것을 얼마나 하느님께 고마워했다구요…… 거짓말이에요! 그럴 리가 없어요. 분명 여자아이였던 것도 내 눈으로 똑똑히 보았어요. 그런 다음에 산파를 불러 달라고 빗속으로 나갔던 거예요. 내 사랑하는 딸을 씻겨 줄 더운 물도 필요했기에……"

오싱의 오열은 차라리 각혈을 하는 듯했다.

"오싱, 그만 진정해라."

"죽어서 태어났다니, 거짓말이에요. 비록 아무도 돌봐 주는 사람이 없어서 혼자 낳았지만, 저는 분명히 내 손으로…… 아직도 이 손에 그 따뜻한 감촉이 남아 있어요. 이 손 안에서 톡톡거리며 심장이 뛰면서…… 작은 몸이 열심히 살아서 움직였어요. 정말이에요, 정말이라구요. 믿어 주세요! 하늘에 맹세하겠어요."

"오싱……"

오고로는 더 이상 못 견디겠다는 듯이 손수건을 꺼내 눈언저리를 닦아 내며 입을 다물고 말았다.

"여보, 류조상, 산파는 와 주었을 테죠. 산파에게 물어보세요. 나는 이렇게 멀쩡히 살아 있잖아요. 그런데 아기가 어떻게……"

오고로가 다시 입을 열었다.

"오싱, 너는 뒷방 뒤에서 쓰러져 있었단다. 류조가 너를 발견한 것은 다음 날 이른 아침이었어. 그때 아쓰코 때문에 의사가 와 있어서 다행히 네 생명을 건졌던 거야. 조금만 더 늦었다면 오싱도 구제되지 못할 거라고 했다. 정말 불행 중 다행이었다. 하지만 태어난 아기는 오두막집으로 갔을 때는 이미 싸늘해져 있었단다."

"그럴 리가 없어요."

"의사가 사산이었다고 진단했다."

"거짓말이에요. 살아 있었어요. 정말로 살아 있었어요."
"오싱, 내가 알았을 때는 이미……"
류조가 더듬더듬 말했다.
"오싱이 얼마 동안이나 정신을 잃었는지는 모르지만 그동안에 어린 생명을 돌봐 주는 사람이 없어서 그렇게 된 거야."
"류조, 의사는 이미 죽어서 태어났다고 말했다!"
오고로는 류조에게 힘주어 엄격하게 말했다. 오싱은 이 순간 벙어리가 된 듯 굳게 입을 다물고만 있었다.
"설사 태어났을 때 아직 숨이 있었다 하더라도, 살 수 있는 몸이 아니었단다. 아주 여위고 조그마한 아기였다. 모태에서 제대로 자라지 못했다고 의사가 말했다. 무리도 아니지. 어멈이 이렇게 쇠약해 있으니 태아가 충분히 자랄 리가 없지."
한동안 무거운 침묵이 흐르고 난 뒤, 오싱은 잠꼬대처럼 말했다.
"좋아요. 이미 숨이 끊어진 아기라도 좋아요. 한번만 내 눈으로 보게 해 주세요. 부탁이에요."
오고로가 간곡하게 말했다.
"후쿠타로가 절에 맡기러 갔다. 내일 엄숙하게 매장할 생각이다. 아무런 죄도 모르고 죽었으니 반드시 극락으로 갈 것이다."
그 말이 떨어지기가 무섭게 오싱은 마치 무엇에 끌리기라도 한 듯 필사적으로 일어나더니 기다시피하며 밖으로 나가려고 했다.

"오싱……"

"내 아기를 만나고 오겠어요. 난 이름도 지었어요. 아이(愛)라고…… 모두에게 애정을 지닐 수 있는 아이짱이 되라고 말이에요. 아이짱에게 젖이라도 먹여 줘야 해요. 지금쯤 배가 고파서 울고 있을 거예요, 가엾게도…… 빨리 가 줘야만 해요."

오싱의 절규는 오고로 부자의 가슴을 천 갈래 만 갈래로 찢어 놓았다.

"오싱, 진정해!"

류조는 더 이상 견딜 수 없었는지 오싱을 힘껏 끌어안았다.

"아이짱…… 아이짱……"

오싱은 미친 듯이 중얼거렸다. 류조의 뺨에는 그칠 줄 모르고 눈물이 흘렀다. 누구의 도움도 받지 못하고 혼자서 아이를 낳고, 그 아기의 죽음을 믿을 수가 없어서 반쯤 광기의 세계를 헤매고 있는 오싱이 가여워서 견딜 수 없었다. 하지만 혼자서 뚫고 기어 나온 지옥의 깊이는 오싱밖에는 아무도 모르는 것이었다. 그리고 오싱의 가슴에 깊이 새겨진 상처 역시 누구도 알 수 없었다.

아기를 사산했다는 말을 듣고부터 오싱은 말을 잃었다.

한낮 오두막집에서는 류조와 기요가 멍하니 마루 위에 앉아 있는 오싱을 바라보고 있었다.

"더 이상 좋아지지 않을까요?"

"음식만 규칙적으로 제대로 먹으면 몸이 전같이 회복될 수 있다고 의사가 말하지 않더냐."

"그날 밤, 저만 옆에 붙어 있어도 이런 일이 생기지는 않았을 거예요……"

"설사 산파가 때맞추어 와 줬다고 해도 태어난 아기는 모태에서 충분히 자라지 못했기 때문에 결과는 마찬가지야. 어떻게든 살 수 없는 아기였다."

"누구에게도 도움을 받지 못하고 혼자서 아이를 낳고 스스로 탯줄을 자를 때 오싱의 심정이 어떠했을까 생각하면 불쌍해요."

"운이 나빴다. 아쓰코의 출산과 겹치지만 않았어도 이런 일은 없었을 텐데."

"오싱은 태어난 아기에게 이름까지 붙였어요. 아이(愛)라고요. 누구에게나 자상한 애정을 지닐 수 있는 아이가 되어 주었으면 하고 생각했대요. 틀림없이 오싱은 애정에 굶주리고 있었어요. 오싱은 어머니에게 사랑받지 못했고 나도 몹시 냉담하게 대해 왔어요. 얼마나 쓸쓸하게 살아왔을까요."

"넌 나를 원망하고 있구나."

"사가로 데리고 돌아온 게 잘못이었어요."

"이제 와서 잘도 그렇게 말하는구나. 아무도 너희더러 돌아오라고 말하지 않았다. 지진 피해로 알몸이 되어 갈 곳도 없다고 해서 받아들였던 거다.

"제가 용기도 없고 비겁해서 그래요."

"류조, 나는 특별히 너나 오싱이 미워서 괴롭힌 기억은 없다. 오싱도 다노쿠라가의 며느리가 되었으니 그에 상응하는 일을 해야 한다고 생각했을 뿐이다. 사가 지방의 여자들은 모두 그런 식으로 며느리로서 고생을 하며 살아왔다."

"그야 그럴지도 모르지요. 하지만 아기가 충분히 자라지 못한 것도 산모가 제대로 먹을 것을 먹지 못하고 매일 중노동만 해왔기 때문이에요. 그래서 오싱도 몸이 쇠약해져 버리고……"

"다른 여자들은 그래도 아기를 잘만 낳고 길렀다."

"역시 오싱이 나쁘다는 얘기군요."

"나도 이번 일은 무척 안됐다고 생각한다. 한 집안에 동시에 두 명의 산모가 출산하게 되면 좋지 않다고 해서 몹시 걱정하고 있었는데 그것이 현실로 돼 버렸구나."

"이건 그따위 미신 탓이 아니에요."

"다들 어리석은 생각이라고들 하더라만, 이번 일로 뼈저리게 깨달았다. 두 사람이 함께 출산하게 되면 아무래도 한 사람 쪽에는 손이 미치지 못하니까. 만약 오싱이 먼저였다면 아쓰코가 어떻게 되었을지 모를 일이다."

류조는 어이가 없어서 더 이상 말을 잇지 못했다.

"오싱이 아쓰코를 대신해서 희생해 주었다고 생각하자. 그리고 류조, 이제는 오싱을 뒷방으로 옮겨 주자. 여기서는 좀처럼 우리가 신경 써 주질 못하니까."

"저는 오싱을 여기 있게 해 주고 싶어요. 뒷방으로 가면 아무래도 아쓰코의 아이를 보게 돼잖아요. 가엾어요, 오싱이. 아쓰코의 아기를 보면 얼마나 괴롭겠어요."

그때 기요는 오싱이 젖가슴에서 수건을 꺼내는 것을 보았다. 푹 젖어 있었다. 류조는 선뜻 오싱의 손에서 그 수건을 받더니 마른 수건을 오싱의 가슴으로 넣어 주었다.

"이렇게 젖이 불어서 수건이 흠뻑 젖어요. 때때로 몹시 아픈지 가슴을 누르기도 하고…… 그런 때는 스스로 젖을 짜내요. 젖을 먹일 아이도 없는데 젖만 나온다는 게 가여워 죽겠어요."

"산모란 묘한 존재야. 의사도 몸이 쇠약해져 있으니 잘 돌봐주라고 할 정도로 약한데 젖만은 나온다는 사실이 말이다."

기요는 불쌍하다는 듯이 오싱을 바라보았다.

"세상 일이란 뜻대로 안되는 거구나. 아쓰코는 젖이 나오지 않는데 말이다."

류조는 땅이 꺼질 듯이 한숨만 내쉬었다.

"그럭저럭 점심때로구나. 밥을 가져다주어야겠다. 쓰네코가 여러 가지로 신경을 써서 만들어 준단다. 될 수 있는 대로 오싱에게 많이 먹이거라."

기요가 다시 부엌으로 돌아오자 안에서 아기 울음소리가 들렸다.

"또 울리고 있군."

기요가 부엌에서 일하는 쓰네코에게 말했다.

"젖이 부족한가 봐요?"

"저렇게 몸이 좋은데도 어째서 젖이 나오지 않을까."

"아쓰코상도 괴로운 모양이에요. 첫아이 때는 유두가 아파서 제대로 먹일 수가 없고, 젖이 부족한 아이는 더욱 강하게 빨아 대니까요. 아쓰코상이 좀 전에도 아프다고 하면서 열을 식혔어요.

기요가 안으로 들어간 직후 류조가 들어왔다.

"형수님, 더운 물을 좀 주시겠어요?"

"차라도 끓이시려구요?"

"오싱의 몸을 닦아 주려구요. 오싱은 정말 의지가 강한 여자인데 이렇게 되리라고는 정말 몰랐어요."

쓰네코는 몹시 안타까운 표정을 지었다.

"아무리 강한 여자도 아이에 대한 생각은 마찬가지예요. 게다가 오싱상은 지옥을 보았으니까요. 그럼요, 지옥이고 말고요. 스스로 탯줄을 자르지 않으면 안되었으니 그게 지옥이 아니면 뭐예요."

쓰네코는 솥에 물을 부으면서 말을 이었다.

"같은 여자인데도 딸과 며느리는 운명이 크게 달라져요. 오싱상도 저런 오두막집으로 옮겨지지만 않았어도 이런 일이 생기지 않았을 텐데. 며느리란 참 한심한 거예요."

이때 기요가 나와서 류조에게 말했다.

"류조, 좀 부탁하고 싶은 게 있다."

그때 거실로 아쓰코가 기듯이 나와서 기요에게 말했다.

"엄마, 싫다는데 그래요. 그건 싫어요."

"젖을 못 먹여도 좋다는 거냐? 아주 아기를 죽일 작정이구나."

"그러면 다른 사람에게 부탁해요. 오싱상의 젖을 받아 먹이거나 하다간 그야말로 우리 아기는 죽고 말아요."

이 말에 류조와 쓰네코는 너무 놀라서 눈을 크게 뜨고 기요와 아쓰코를 보았다.

"그런 당치도 않은 말은 하는 게 아니다. 오싱은 젖이 불어서 고생하고 있어. 먹일 아이가 있으면 오싱도 편안해져. 오싱을 위하는 일도 된다."

아쓰코는 잠자코 있었다.

"류조, 어떠냐? 아쓰코의 아이에게 오싱의 젖을 줬으면 하는데……"

"그런 무자비한 일을 어떻게 해요? 오싱의 아기는 아쓰코의 아기를 위해 죽은 거나 마찬가지예요. 그 아이에게 오싱의 젖을 주다니요. 조금은 오싱의 입장을 이해해 주셨으면 해요!"

"여자란 그렇게 마음이 좁지 않다! 오싱은 젖이 아플 때마다 쓸쓸한 생각을 하게 될 거다. 누구의 아이든 젖을 먹여 줄 수 있으면 자신도 위안받을 수 있는 거란다."

"그런 그럴듯한 이유를 내세워도 소용없어요. 그것만은 누가 뭐래도 거절하겠어요. 형수님, 어서 더운 물이나 주세요. 가겠어요."

이렇게 쏘아붙인 류조는 더운 물이 담긴 대야를 들고 나가려고 했다. 그때 쓰네코가 류조를 불러 세웠다.

"류조상, 잠시 제 말을 들어 보세요. 저도 그런 경우 무자비하다고 생각해요. 하지만 오싱상은 지금 너무 허탈한 상태에 있어요. 만약 젖 먹일 아이를 안으면 위안이 될지도 몰라요."

류조는 물끄러미 쓰네코를 바라보았다.

잠시후, 기요가 아기를 안고 류조와 함께 오두막으로 왔다. 오싱은 여전히 멍하니 마루 위에 앉아 있었다. 류조는 기요에게 아기를 받아안더니 살며시 오싱에게 안겨 주면서 말했다.

"오싱, 이 아기에게 젖을 먹여 줘. 배가 고픈 모양이야."

오싱은 조용히 아기를 내려다보았다. 기요는 그런 오싱을 조마조마하게 지켜보고 있었다. 오싱은 묵묵히 아기를 꼭 끌어안더니 살며시 가슴을 펼치기 시작했다.

기요는 비로소 안도의 숨을 쉬었다.

아기에게 흡족하게 젖을 먹인 기요는 자랑스러운 얼굴로 거실에 있는 오고로와 아쓰코에게 데리고 왔다.

"아쓰코, 배불리 젖을 받아먹더니 만족한 얼굴로 잠들어 버렸다."

오고로는 어이없어하며 그런 기요를 쳐다보았다.

"오싱이 묵묵히 이 아이를 안고 젖을 빨렸는데, 그때의 오싱의 얼굴이야말로 인자한 관음보살처럼 다정하고 부드러웠어요. 조용히 이 아이의 얼굴을 바라보고 있었지요. 이 아이를 자기의 아이로 생각한 것인지⋯⋯ 그것이 불쌍해서 혼났어요. 오싱이 기운을 찾으면 얼마나 괴로워할까."

기요는 남편에게 말하면서 눈물을 억제했다.

"여보, 앞으로는 반드시 오싱을 위해 줘야겠어요."

기요는 아쓰코에게 아기를 건네주면서 말을 이었다.

"아쓰코도 오싱에게 감사하지 않으면 벌받는다. 이 아이는 오싱의 아이를 대신해서 태어난 거란다."

오고로는 기요의 태도에 어안이 벙벙해서 잠자코 보고만 있었다. 기요는 쓰네코에게도 말했다.

"쓰네코, 오싱에게 무엇이든 몸보신이 되는 음식을 먹여주도록 해라. 돈을 아끼지 말고. 오싱의 몸을 원상태로 회복시켜 주지 않으면 오싱에게 미안해서 면목이 없어."

"네."

쓰네코는 시원스레 대답을 했고, 오고로는 기요의 변모한 태도를 믿어지지 않는다는 듯이 바라보았다.

오두막집에서는 류조가 오싱을 눕히려고 했다.
"젖을 빨려서 지쳤을 텐데…… 이제 곧 점심을 가져다줄 테니 그때까지 좀 누워 있지 그래."
"귀여운 여자아이더군요."
오싱은 갑자기 이렇게 말했다.
"그 아이, 나를 엄마로 생각하고 있었어요. 내 얼굴을 빤히 보면서 열심히 젖을 빨았어요. 아이(愛)가 살아 있다면 꼭 저런 여자아이였을 거예요."
"오싱, 당신?"
"아쓰코상의 젖이 부족해요? 내 젖이라도 좋다면 얼마든지 먹여 주겠어요. 아이 대신에 태어난 아기인걸요. 저 아기만은 튼튼하게 자라기를 원해요."
류조는 오싱을 말없이 바라보았다.
"아무리 우리 아이의 일을 애석하게 생각해 봤자 아이는 이제 돌아오지 않아요. 그러니 저 아기가 우리 아이의 몫까지 살아 주기를 원해요."
"오싱은 죄다 알고 있었어? 다행이야. 이대로 정신을 돌리지 못하는 게 아닐까 하고 걱정했어."
"모두 잊어버릴 수 있다면 얼마나 좋을까 하고도 생각했어요."

"오싱, 용서해 줘. 내가 좀 더 빨리 알아차렸다면 오싱을 혼자 내버려 두지는 않았어."

"당신 잘못은 없어요. 내가 아직 멀었다고 생각하고 참았기 때문이지 누구의 탓도 아니에요. 아쓰코상과 같은 날 밤에 해산이 닥쳤기 때문이에요. 아이(愛)가 지니고 태어난 운명이었어요."

"하지만 산파가 때맞춰 그 아기를 받아 주었으면 아기는 살 수 있는 몸이었잖아. 그러니까 결국은 내가 나쁜 거야. 여기로 당신을 데리고 돌아와서 당신에게 고통만 안겨 주었어."

"됐어요, 이제 나, 이미 체념했어요. 겨우 단념할 수 있게 됐어요. 우리에게는 유가 있어요. 죽은 아이만의 엄마가 아닌걸요. 언제까지나 걱정만 하고 있을 수는 없어요."

"오싱, 고마워……"

"빨리 회복해서 다시 출발해야만 해요. 이제부터 어떻게 할 것인지 잘 생각해서 말예요."

"초조해 할 건 없어. 충분히 섭생하고 나서도 늦지 않아."

이때 기요가 식사 준비를 해서 가져왔다.

"류조, 점심이 늦어지고 말았구나."

쓰네코가 또 하나의 식사 쟁반을 가져왔다.

"이건 서방님 거예요."

쓰네코는 쟁반을 내려놓으며 믿기지 않는다는 듯이 오싱을 보았다.
"어머님께도 형님께도 걱정을 끼쳤어요."
"오싱?"
"이젠 괜찮아요, 어머님. 곧 밭에도 나갈 수 있게 될 테니까요."
"오싱은 이미 모든 정황을 알고 있어요. 아쓰코 아기에게 젖도 계속 먹여 주겠다고 했어요."
"오싱, 네가 얼마나 괴로운지 안다. 나도 자식을 낳아 기른 어미다. 잘 안다. 게다가 아쓰코의 아기에게 젖을 주겠다고……"
"죽은 제 아이라고 생각하고 정성스레 먹이겠어요."
"오싱, 그저 미안하고 고마울 뿐이구나. 아쓰코도 얼마나 좋아하겠니."
기요는 오싱에게 머리를 숙이면서까지 치하했다.
"너는 아직 젊다. 앞으로 얼마든지 아이를 낳을 수 있단다. 이 다음은 몸을 조심해서 튼튼한 아기를 낳거라."
"어머님…… 제 아기는 태어났을 때 정말로 살아 있었어요. 하지만 울지는 않았어요. 세상에 태어났지만 울 힘도 없을 만큼 쇠약했어요."
기요는 아무런 대꾸도 할 수 없었다.
"이제 두 번 다시 그런 아기는 낳고 싶지 않아요."
오싱의 눈에서 굵은 물방울이 뚝뚝 떨어졌다.

"암, 두 번 다시 너에게 그런 쓰라린 고통은 안겨 주지 않겠다. 다음에 아기를 낳을 때는 몸을 소중히 간수하도록 나도 충분히 신경을 쓰겠다."

오싱은 다만 소리를 죽여서 울고 있었다.

기요가 처음으로 오싱에게 보인 자상함이었다. 그것이 오싱에게 조금이라도 위안이 되어 주었으면 좋겠다고 류조도 쓰네코도 간절히 바랐다. 그러나 그때 오싱이 무엇을 골똘히 생각하고 있었는지 아무도 알지 못했다.

자신의 아기를 죽음으로 몰고 가야 했던 괴로운 오싱도, 차츰 그 슬픔에서 벗어나 다시 새 출발하는 것처럼 주변사람에게는 느껴지게 되었다.

해산을 위해 옮겨가 있던 오두막집에서도 나오게 되어, 다시 자기 방으로 돌아온 오싱은 젖이 나오지 않는 아쓰코 대신 아쓰코의 아기에게 묵묵히 젖을 빨리고 있었다.

그런 오싱의 얼굴은 자기 아기를 소중히 다루는 것처럼 자애롭고 따스하여, 온 가족의 가슴을 뭉클하게 하고 눈물을 자아내게 했다. 기요마저도 손바닥을 뒤집듯이 오싱에게 연민의 시선을 보냈다.

우여곡절 끝에 태어난 아쓰코의 아기가 첫이레를 맞는 날이 되었다. 오싱은 뒷방에서 젖을 먹이고 기요는 옆에서 그 모습을 지켜보고 있었다.

"오늘 밤은 아기의 첫이레 밤이란다. 네 덕분에 무사히 첫이레 밤도 맞이할 수 있게 되었구나."

"그럼 이름도?"

"그래, 아이(愛)라고 지었단다. 이 아기는 네가 아이(愛)에게 먹일 젖을 빨려서 살린 셈이다. 그래서 적어도 네 뜻을 이 아기에게 남겨 주고 싶었지. 오늘 밤은 모두에게 축하 잔치를 베풀어 주자."

오싱은 지그시 아기를 바라보았고 그 모습이 하도 애처로워서 기요는 슬그머니 고개를 돌렸다.

지하실의 가미다나(집안에 신을 모셔놓은 작은 감실)에 '아이(愛)'라고 쓰여진 종이가 붙여져 있었다. 그리고 모든 식구들이 모여 있었다.

그때 아기를 안고 기요가 들어오더니 모두에게 말했다.

"글쎄, 이 아기는 계집애인데도 젖을 잘도 먹더니 이렇게 무거워졌어. 아이짱, 너는 죽은 아이까지 두 사람 몫으로 튼튼하게 자라야 한다. 응, 아이짱? 자, 이제 슬슬 축하 잔치를 벌여야지."

기요는 흥겹게 아기를 어르면서 쓰네코에게 말했다.

"네, 어머님, 이미 준비는 다 되어 있어요."

"오싱에게도 축하상을 날라다 주거라."

쓰네코는 서둘러서 축하상을 잔뜩 차려서 뒷방의 오싱에

게로 갔다.

"이름을 지어 준 축하상이야. 오싱상, 도저히 축하 기분 같은 건 낼 수가 없겠지만 어머님이 그렇게 해 주셨어."

"감사합니다."

"오싱상, 자네는 그래도 용케 아쓰코상의 아기에게 젖을 먹여 줄 마음이 생겼군 그래. 얼마나 괴로웠겠어. 하지만 그것으로 어머님도 마음이 변하셨어. 이것으로 오싱상도 다노쿠라가의 며느리로서 조금 더 떳떳하게 살아갈 수 있겠지. 참고 견딘 보람이 있어. 류조상도 이제 안심했을 테지만 나도 기분이 가벼워졌어."

"형님께도 정말 괴로움을 끼쳤어요."

"동서간에 서로 도우며 지내야지. 서로 한탄도 하면서……"

쓰네코는 오싱에게 이렇게 말하고 웃었다. 그때 류조가 유를 안고 들어왔다.

"유……"

"어머니도 쓰기상도 손님 접대하느라 무척 바빠. 유를 봐주라는군, 어머니가……"

오싱은 자기도 모르게 와락 유를 끌어안았다. 유는 울음을 터뜨렸다.

"유짱, 왜 그래. 네 엄마잖아."

"엄마 얼굴을 잊었군 그래."

쓰네코가 우는 유를 달래며 말했다.

"잊는 것도 당연하겠죠. 주욱 어머님하고만 지냈는걸요."

오싱이 아무렇지도 않게 말했다.

쓰네코가 축하 잔치상에 놓인 음식을 유에게 집어 주자 유는 울음을 뚝 그쳤다.

"엄마하고 얌전히 놀아야 해."

쓰네코가 유에게 그렇게 말하고는 웃으면서 나갔다.

"그동안 많이 자랐구나."

오싱이 유를 보며 말했다.

"오싱, 어머니도 이제서야 겨우 당신의 인정 많고 온화한 성품을 알아주셨어. 이제부터는 모든 일이 잘되게 되었어. 오싱도 이것으로 사가에 뼈를 묻을 수 있는 사람이 되었고."

오싱은 조용히 유를 바라보고만 있었다.

사가에 와서 처음으로 오싱에게는 평화로운 날이 계속되고 있었다. 산후 조리를 잘하도록 하라면서 밭일도 시키지 않아서, 하루에 몇 번쯤 아쓰코의 아기에게 젖을 주거나 마음껏 유를 돌봐 주기만 하면 되었다. 그런 오싱에게는 이미 아기를 잃은 슬픔은 치유된 것처럼 보였다.

그리고 이윽고 한 달이 지나 33일째를 맞이한 아이의 미야마이리(어린애가 태어나서 처음으로 그 고장의 수호신에게 참배하는 일) 날이 왔다.

뒤뜰에서는 오싱이 빨래를 하고 있었다. 가문이 든 의복을 입은 기요가 나왔다.

"오싱. 오랫동안 아이가 신세졌다. 오늘 미야마이리가 끝나면 아이도 아쓰코와 같이 시댁으로 돌아가게 되었단다. 아이에게 젖을 먹이는 일도 있어서 좀 더 집에 두고 싶었지만, 며느리의 입장이란 게 언제까지나 친정에 머물러 있을 수는 없어서 말이다."

"그럼 아이짱의 젖은 어떻게 하죠?"

"저쪽에서 유모를 구한다고 했다. 그러다가 차츰 다른 것도 먹게 되겠지. 내일부터는 네가 쓸쓸해지겠구나."

오싱은 그 자리에 조용히 서 있었다.

잠시 후 기요가 미야마이리 예복을 입은 아이를 안은 아쓰코 부부와 함께 바깥으로 나갔다. 오싱과 쓰네코는 그들을 전송했다.

"오싱상, 수고가 많았어."

"이것으로 제 역할도 끝났어요."

오싱은 멀어져 가는 아쓰코와 아이의 뒷모습을 하염없이 바라보며 언제까지나 서 있었다.

"오싱상 앞이야."

편지를 오싱에게 건네면서 쓰네코가 말했다.

그것은 뜻밖에도 사와가 보낸 편지였다.

"아니, 사와상이……"

오싱은 서둘러 편지를 읽어 내려갔다.

날마다 편지를 쓰려고 생각하면서도 벌써 반년이 지나가 버렸어요. 갑자기 집을 나온 이유는 잘 아실 것이라 생각합니다. 난 오싱상에게 미안한 일을 저질러 버렸고, 오싱상의 얼굴을 대할 수 없게 되었기 때문입니다. 어쩔 수 없었다고 한다면 변명이 될까요. 오싱상에게 뭐라고 사과해야 좋을지 모르겠습니다. 부디 용서해 주십시오.

나는 지금 도쿄의 요릿집에서 일하고 있습니다. 접객업에는 틀림없지만 저는 만족하고 있습니다. 사가의 일은 악몽으로 돌리고, 지금은 나오기를 잘했다고 생각합니다.

오싱상이 틀림없이 훌륭한 아기를 분만하신 것으로 여기고 더불어 축하 인사 드리겠습니다. 사내아입니까, 여자아입니까? 무사히 아기를 분만하시기를 바라는 뜻에서 저는 오싱상의 가출을 막았던 것입니다.

지금도 그러기를 잘했다고 생각하고 있습니다. 다만 그 아기를 볼 수 없어서 아쉬울 따름입니다. 어젯밤에도 오싱상과 꼭 닮은 사랑스러운 아기를 안고 계시는 오싱상의 꿈을 꾸었습니다.

도쿄에서 사와 드림.

편지를 읽어 내려가던 오싱의 눈에서 눈물이 흘러넘치고 있었다. 이윽고 그것은 통곡이 되어 버렸다.

한낮 뒷방으로 온 류조는 오싱이 보여 준 사와의 편지를 읽어 보았다.

"그렇군. 도쿄에 있었군, 사와상은…… 그야 투신자살을 기도할 정도로 마음이 괴로웠다면 도쿄에서 자기가 좋아하는 일을 마음대로 하는 편이 좋지. 죽을 각오로는 무엇이든 할 수 있으니까. 홀몸이라면 어떤 일을 해서라도 살아갈 수 있지."

"역시 사와상은 결심하길 잘했어요. 이제 바보 취급 당하는 일도 없을 테지요. 그 집에서 혹독하게 부려진 반만큼만 다른 곳에서 일해도 의식주 문제는 충분히 해결될 거예요. 만약 여기 그대로 남았다면 사와상의 고생은 평생 보답받지 못하고 끝났어요. 정말 잘됐어요."

"버림받은 몸이 되면 여자는 강해지는 법이지."

이때 오싱은 망설이고 망설여 오던 말을 결연하게 꺼냈다.

"나도 이제 이 집을 나가겠어요. 여기서 살아 봐야 아무것도 안된다는 사실을 깨달았어요."

"뭐라고, 오싱?"

류조는 자기가 잘못 들었다는 듯이 인상을 찡그리며 물었다.

"아무리 일해도 막내며느리는 죽을 때까지 막내며느리인걸요. 땀 흘려 일해서 농사지어 봤자, 쌀을 단 한주먹도 마음대로 할 수 없고 그저 얻어먹고 사는 것뿐이잖아요. 한푼의 돈도 받을 수 없구요. 이런 일이 평생 계속된다는 것은 생각만 해도 끔찍해요."

"이제 와서 갑자기 무슨 말을 하는 거야. 사와의 편지를 읽더니 당신까지 그런 어리석은 생각을 하는 거야?"

"사와상의 편지로 그런 생각을 하게 된 건 아니에요. 아이가 죽었을 때부터 계속해 온 생각이에요."

"나는 도쿄로 떠날 때 내 몫을 받아 버렸으니 이제 논 한 마지기도 받을 자격이 없어. 먹여 주는 것만으로 감사하게 생각하며 일하지 않으면 안돼. 그것을 알긴 하지만…… 늦어도 10년 후나 20년 후라도 좋아. 유가 자랄 때까지는 내 토지를 소유해야겠다는 일념으로 아리아케 해 간척 일도 시작했어. 평생을 본가에 의지하며 그저 일만 하는 무능한 사내로 끝낼 생각은 없어."

"그건 알고 있어요."

"알고 있다면 농담이나 꿈 같은 말은 좀 하지 마. 불쾌해."

이렇게 말하며 류조는 일어서려 했다.

"농담도 꿈도 아니에요. 나는 이제 이런 생활은 참을 수가 없어서 그래요."

"무슨 건방진 말이야. 도대체 뭐가 부족해서 그래."

"아이는 살 힘도 없는 몸으로 태어났어요. 그것이 어째서인지 당신도 잘 알고 있을 테죠. 임신을 해서 만삭이 되어도 열심히 일하지 않으면 몸이 더 무거워진다고 해서 쉬고 싶어도 쉴 수도 없었어요. 게다가 제대로 먹을 수도 없었어요. 그래도 어느 집의 며느리든지 똑같은 일을 하고도 참아 낸다는 말을 듣고는 말대답 한마디 하지 않고 참고 살아왔어요. 왜냐하면 그런 고통은 이미 익숙해져 있기 때문이에요. 나 한 사람 고생하는 것이라면 어떤 일이라도 참을 수 있어요. 다만 그것 때문에 애써 태어나게 된 아이가 고고의 울음소리도 낼 힘이 없어서 죽어 갔다고 생각하니……"

"오싱……"

"모두 내가 나빴어요. 막내며느리라고 해서 아무리 고통스러운 일이라도 묵묵히 참아 온 내가 나빴어요. 내가 아이를 죽인 거나 마찬가지예요."

"그래서 어머니도 너무 못할 짓을 했다고 하셨어. 게다가 요즘은 어머니도 많이 자상해지셨잖아."

"죽어 버린 아이는 다시 돌아오지 않아요. 그때부터 나는 이 집을 나갈 결심을 하고 있었어요. 여기 있어 봤자 나는 내가 하고 싶은 일 따위는 평생 할 수 없어요. 배 속의 아이마저 무사히 길러 줄 수도 없었는걸요."

"그래서 이곳을 나가면 자기가 좋아하는 일을 할 수 있다는 거야? 자기 뜻대로 살아갈 수 있다고 생각해?"

"여기서 아무것도 할 수 없는 부자유한 생활을 하느니보다는……"

"바보 같은 말을 잘도 하는군. 지금은 일만 하면 그럭저럭 먹고살 수 있는 그런 편한 시대가 아니야. 불경기가 심해서 어엿한 대장부도 일자리를 못 구하는 시대야.

"당신은 내 마음을 이해하지 못해요. 당신은 여기 남으면 돼요. 나는 유와 둘이서 나가겠어요."

"오싱?"

"이미 결정했어요 사실은 하루라도 빨리 나가고 싶었어요. 하지만 아이짱에게 젖을 먹이는 동안만 참자고 생각했어요. 죽은 아이 대신에 아이짱만은 튼튼히 자라 주기를 원했으니까. 하지만 그것도 오늘로서 끝났어요. 이 집에 있을 이유가 없어져 버렸어요."

"유와 둘이서 어디로 가겠다는 거야."

"그런 결심을 한 이상 어디든지 무엇이든지 할 수 있어요."

"오싱, 다시 한번 생각해 봐."

"이곳으로 와서 일 년…… 참으로 고통스러웠어요. 하지만 과거를 원망할 생각도, 후회할 생각도 없어요. 하지만 내게는 아무것도 남은 것이 없어요. 잃은 것뿐이고…… 그것이 견딜 수 없어요."

오싱은 그렇게 말하고는 일어서서 나갔다. 그리고 곧바로 거실에 있는 오고로와 기요를 향해 단정히 앉았다.

"아버님 어머님, 여러 가지로 신세를 졌습니다. 오늘 중으로 이만 떠나겠습니다."

오싱은 이렇게 말하고는 머리를 숙였다. 오고로와 기요는 뒤통수를 맞은 듯 어리벙벙한 표정이었다.

저녁 식사 준비를 하고 있던 쓰네코도 오싱을 바라보았다. 류조는 그곳에 말없이 버티고 서 있었다.

"유와 둘이서 이 집을 나가겠습니다."

이번에는 확고하게 정식으로 인사까지 하고 다노쿠라가를 나가야겠다고 오싱은 결심하고 있었다. 나갈 만한 이유는 충분했다. 그러나 막상 닥치고 보니 그것마저도 여자에게는 쉽지 않은 일임을 오싱은 누구보다도 잘 아는 터이다. 또 막상 집을 나가더라도 장차 어린 유를 데리고 혼자 살아가는 일이 얼마나 뼈를 깎는 고통을 각오하지 않으면 안되는가도……

〈제4부〉로 이어집니다.